Britta Serwart

Nur für einen Tag

Britta Serwart

Nur für einen Tag

Sequenzen aus dem Leben
einer St. Galler Fixerin

Mit einem Nachwort
von Jürg Bachmann, Präsident der
Stiftung Suchthilfe St. Gallen

Appenzeller Verlag

Umschlagbild: Regina Kühne
Umschlaggestaltung: Anna Furrer
Herstellung: Appenzeller Druckerei, Herisau
ISBN: 3-85882-351-1

Zum Beginn

1961 in St. Gallen geboren, wuchs ich bis zum siebten Lebensjahr im Ausland auf – in Rom, weil mein Vater da Lehrer an der Schweizerschule war, und in Stockholm, weil meine Mutter Schwedin ist. Nach der Primarschule besuchte ich das Gymnasium, vor der Matura wechselte ich jedoch in die Kunstgewerbeschule. Später studierte ich einige Zeit an einer Kunstschule in Zürich und arbeitete unter anderem als Textilentwerferin.

Mit sechzehn begann meine Drogenkarriere. Nach fünf Jahren intensiven Heroinfixens lernte ich meinen späteren Mann kennen, mit dem ich dann einige Jahre lang nur Methadon konsumierte. Wir bekamen zwei Kinder, Pascal und Chloé, heute achtzehn und vierzehn Jahre alt.

Nachdem 1990 mein Mann von einem durchgedrehten Junkie beraubt und ermordet wurde, stürzte ich exzessiv auf Kokain ab. Die Kinder gab ich meiner Mutter in Obhut, doch als sie sie in ein Heim bringen wollte, haute ich mit ihnen nach Brasilien ab und lebte ein halbes Jahr dort, bis ich kein Geld mehr hatte und zwangsläufig in die Schweiz zurück musste. In der Folge wurden mir die Kinder per Entzug der elterlichen Gewalt ohne Einspruchsmöglichkeit weggenommen. Von da an versuchte ich, meine Familie in der Szene zu finden, und erlebte dabei viele der Geschichten, die dieses Buch erzählt.

1996 wurde ich wegen Dealerei und Drogenkonsums in Untersuchungshaft genommen. Während dieser Zeit des Eingesperrtseins entstanden vorliegende Texte. Nach meiner Verurteilung und Verbüssung der Gefängnisstrafe glaube ich, nahezu alles, was man dem Drogenleben abgewinnen kann, erlebt zu haben und hoffe mit diesem Lebensabschnitt nun abschliessen zu können.

Der erste Schuss

Ich war 16, das war 1977, als ich Harry kennen lernte, den Mann, mit dem ich etwa ein Dreivierteljahr später den ersten Schuss Heroin machte. Für ihn hatte ich Thomas verlassen, einen 32-jährigen Kneipenbesitzer aus meiner Heimatstadt. Ihm gehörte eines der drei In-Lokale der St. Galler Szene. Dort verkehrten vor allem Haschfreaks und Rockertypen. Ich war schon bald drei Jahre dabei und kannte jeden dort. Hasch hatte ich eine Zeit lang geraucht, aber die Phase war vorbei, denn eigentlich sagte mir diese Droge nichts, genauso wenig wie Alkohol.

Im Gegensatz zu vielen Freundinnen von mir, die auch im «David's» verkehrten, unterlag ich nie dem Gruppendruck. Saufen und mit Typen rumbumsen wollte ich nicht. Thomas war der erste Typ gewesen, mit dem ich geschlafen hatte und mit 16 war ich da schon eine alte Jungfer.

Ich verliebte mich Hals über Kopf in Harry und schwebte jeweils im siebten Himmel, wenn er am Wochenende vom Militär heimkam. Ich ging damals noch zur Kunstgewerbeschule und hatte so ziemlich alle Freiheiten. Meine Eltern waren ziemlich locker und ich durfte Harry auch mit nach Hause bringen. Meine Eltern waren sich einiges gewöhnt von mir, denn mit knapp 15 hatte ich ihnen einen von oben bis unten in schwarzes Leder gekleideten Typen mit einer 1200er-Harley-Davidson als meinen festen Freund vorgestellt und er war akzeptiert worden. Nur als ich mit 14 einmal mit einem Joint in der Hand und einem Hell's Angel am Hals in der Lokalzeitung abgebildet war, liess meine Mutter die Zeitung verschwinden und mein Vater hatte zum ersten Mal in seinem Leben keine Mittagslektüre.

Erst als ich schon rettungslos verliebt war, erfuhr ich von Harry, dass er seit sechs Jahren auf H (Heroin) war. Zwar sagte er, er sei jetzt sauber, aber ich merkte ziemlich schnell, dass das nicht ganz stimmte. Wenn er an den Wochenenden manchmal ganz unruhig zusammen mit seinem besten Freund Raphael auf irgendwas wartete, ahnte ich, dass es dabei nicht um ein Piece Hasch ging, wie sie mir jeweils anzugeben versuchten.

Ich hatte keine Lust, gleich nach der Kunstgewerbeschule mit einer Lehre anzufangen. Ich wusste auch gar nicht, was ich lernen wollte. Klar, man erwartete von mir, dass ich nun, nachdem ich schon das Gymnasium nach vier Jahre geschmissen hatte, wenigstens eine erfolgreiche Kunstgewerblerinnen-Karriere beginnen würde. Doch ich wollte mir die Kunst als Vergnügen bewahren und mir nicht die Freude daran durch eine langweilige, viel zu lange Lehre vermiesen. So begann ich eine Schnupperlehre in der Psychiatrischen Klinik Littenheid, wo ich als Hilfsschwester arbeitete. Als Hilfsschwester hatte ich den besseren Lohn als als Praktikantin. Das war mir wichtig, denn ich wollte mich zum ersten Mal selbstständig machen.

Ich wohnte im Schwesternheim und traf mich entweder dort oder öfter noch bei Raphael in St. Gallen mit Harry. Wir zogen fast immer zu dritt um die Häuser. Beide wollten nicht, dass ich auch mit Heroinfixen begann, aber ihre Heimlichtuerei ging mir mehr auf den Wecker, als wenn ich gewusste hätte, was lief. Eines Tages, nachdem ich monatelang alles Mögliche probiert hatte, um Harry vom Heroin wegzubringen, erwischte ich ihn auf der Toilette mit einer aufgezogenen Spritze. Es war das erste Mal, dass ich direkt damit konfrontiert war, und es wurde so was wie ein Schlüsselerlebnis. Ich weinte und bettelte, er solle den Schuss nicht machen und schliesslich drohte ich in meiner Hilflosigkeit damit, ihn zu verlassen, wenn er diesen Schuss machen würde. Ich wusste, das wäre das Schlimmste für ihn überhaupt, denn er liebte mich abgöttisch, doch ich konnte noch nicht wissen, wie unmöglich dieses Ansinnen war.

Heute ist mir natürlich klar, dass er den Schuss trotzdem machte, doch damals bekam ich einen Heulkrampf. Ich konnte nicht glauben, dass ihm angeblich dieser eine Schuss wichtiger war als unsere Liebe. Einige Tage später verlangte ich von Harry, dass er mir auch einen Schuss mache. Meine Überlegung dabei war, dass ich ja nicht etwas bekämpfen konnte, was ich nicht kannte. Ich wollte meinen Feind kennen lernen, denn es war eine Herausforderung für mich, dass ich zum ersten Mal bei einem Kampf nicht Siegerin war. Harry weigerte sich standhaft, mir den ersten Schuss zu setzen, sagte, er wolle nicht schuld sein und so. Doch ich liess mich nicht beeindrucken und machte ihn so lange fertig, bis ihm nichts anderes mehr übrig blieb. «Nur einmal!», sagte ich, «nur zum Ausprobieren!»

Doch schon während dieser erste Schuss «einfuhr», dachte ich als Erstes: Das ist nicht das letzte Mal, damit hast du nun eine Weile zu tun! Das ist wortwörtlich, was ich dachte, denn ich fand es so irre gut, dass ich realistischerweise sofort annahm, dass ich es nicht bei dem einen Mal belassen würde. Ich fing nicht langsam an und nahm immer mehr, wie es üblich war, sondern ich stürzte mich, exzessiv wie ich damals schon war, kopfüber in die Sache und war schon nach wenigen Wochen ärger drauf als Harry und Raphael, die schon sechs Jahre drauf waren.

Zu meinem 17. Geburtstag bekam ich von Raphael ein paar Schüsse Heroin und er hätte mir kein grösseres Geschenk machen können. Als er gehört hatte, dass Harry mich angeschossen hatte, war er irre wütend geworden, hatte ihn sogar geschlagen deswegen; doch da er wusste, wie es ist, akzeptierte er die Tatsache schnell, dass ich jetzt mit konsumierte. Oft war er es, der für uns alle drei das Dope organisierte. Er hatte einen reichen Vater, der sich auf vielfältige Art und Weise ausnehmen liess. Als dieser das Geld nicht mehr so üppig freiwillig herausrückte, klaute er es ihm einfach. Einmal brachen wir sogar in seinen Laden ein. Die Geldkassette, die wir dabei fanden, brachen wir mit antikem Werkzeug auf, das als Dekoration in der Wohnung von Raphaels Eltern herumhing. Dabei schnitten wir Schlitze in den Perserteppich, die sicher jeder einzelne mehr Schaden anrichtete, als der Inhalt der Kassette wert gewesen ist. Zum Glück waren sie nicht sofort sichtbar, sonst hätte der Papi sicher noch länger geschmollt als wegen des Einbruchs.

Manchmal verkauften wir Lebensmittel en gros aus seinem Laden illegal an Hotels und Restaurants aus der Gegend, ohne dass er das je herausgefunden hatte. Im Ganzen schlugen wir uns mehr schlecht als recht durch und oft hatten wir auch kein Dope. Manchmal versuchten Harry und Raphael zu dealen, doch meistens ging das schon nach kurzer Zeit in die Hose, da wir ja immer zu dritt davon leben mussten. Zu jener Zeit kostete ein Gramm Heroin bis zu 750 Franken, durchschnittlich 650 Franken, und davon konnte man dann vielleicht zehn Schüsse machen, wenn das Dope gut war. Damals bekam man noch reineres Heroin als heute, beispielsweise das weisse Thai-H, das sich kalt mit Wasser auflösen liess. Auch den brown Sugar musste man nicht mit Ascorbinsäure vermischen, damit er sich beim Aufkochen löste; selten brauchte man einen kleinen Tropfen Zitronensaft oder Essig.

Erst 1980, als in den Herstellungsländern der Import irgendeiner Chemikalie verboten wurde, die zur Herstellung von Heroin nötig war, kam das Ascorbindope auf. Recht beliebt war auch Morphinbase, denn die war etwas billiger und ein Schuss M hielt etwas länger vor als ein Schuss H. Zur Not spezialisierten wir uns darauf, in Kasernen und Spitäler einzubrechen, um dort die Gift-Schränke zu leeren. Wir holten flüssiges Morphium, Methadon-, Palphium-, Opium-, Morphium- und Codeintabletten raus und verschmähten auch Schlaftabletten oder Amphetamine wie Ephedrin nicht. Wir waren fast gezwungen, uns Ersatzdrogen zu beschaffen, denn die Ärzte rückten zu jener Zeit kaum Methadon raus. Schon gar nicht mir mit meiner erst kurzen Drogenkarriere. Es gab Ärzte, die Schlaftabletten und Ritalin (ein Amphetamin) herausgaben, doch die meisten taten dies aus humanitären Gründen nicht. Die wenigen, die es taten, wurden so gestürmt und ausgenommen von allen Süchtigen aus der Umgebung, dass sie schon nach kurzer Zeit resigniert aufgaben, denn unter anderen Unannehmlichkeiten wie dem Verlust von «normalen» Patienten infolge der Anwesenheit der Fixer in den Wartezimmern mussten sie sich auch noch beim Kantonsarzt für jede herausgegebene Tablette Methadon oder Codein rechtfertigen.

Harry kannte einen selbst ernannten Drogenberater, der behauptete, in Schweden den Doktor für Psychologie erworben zu haben. Bei dem machte ich den ersten offiziellen Entzug. Zuvor hatte es zuhause dramatische Auseinandersetzungen gegeben, als meine Eltern erfuhren, dass ich drauf war. Als ich diesen ersten längeren Entzug bei diesem Arzt von Gottes Gnaden zuhause machte, kam mir ein Traum in den Sinn, den ich gehabt hatte, bevor ich meinen ersten Schuss gehabt hatte. Ich träumte, ich würde zusammen mit Harry einen Schuss machen. Da ich damals wie jeder Mensch Angst vor Spritzen hatte, änderte mein Unterbewusstsein das Stechen im Traum in das Essen eines Schokoröllchens mit Schlagsahne um. Doch im Traum war dies reell «einen Schuss machen». Wie ich mich später erinnerte, hatte es auch den genau gleichen Effekt wie ein wirklicher Schuss. Ich weiss noch, wie gut und losgelöst von allem «Irdischen» ich mich danach gefühlt hatte. Ich sah mich zusammen mit Harry in einem Zimmer, das vollständig mit orientalischen Teppichen und Tüchern ausgekleidet war und ich fühlte mich so gut, dass ich nur wünschte, dass dies nie mehr aufhörte.

Als ich aufwachte, weil meine Mutter mich weckte, und noch den ganzen Vormittag lang in der Schule versuchte ich krampfhaft, dieses Gefühl zurückzuholen. Wenn ich die Augen schloss und mich konzentrierte, konnte ich eine Ahnung dieses Gefühls zurückholen, doch im Verlauf des Morgens verblasste die Erinnerung immer mehr. Erst als ich wirklich den ersten Schuss gemacht hatte, erinnerte ich mich wieder an den Traum und daran, dass das Gefühl genau übereinstimmte. Ich fragte mich, woher ich es im Traum hatte wissen können, wie sich Heroin spritzen anfühlt. Ob es eine Vorahnung war oder die Erinnerung an etwas, was ich in einem früheren Leben erlebt hatte? Die Sequenz mit dem orientalischen Zimmer schien mir eher auf das zweite hinzudeuten. Vielleicht hatte ich mal im Orient gelebt und Opium geraucht in einem früheren Leben.

Heute denke ich, egal ob Vorahnung oder Erinnerung an ein früheres Leben, in diesen Dimensionen existiert eh keine Zeit im Sinne von Vergangenheit und Zukunft, auf jeden Fall hatte ich in meinem Unterbewusstsein das Wissen darüber, was Opiate bewirken.

So gings nicht weiter. Tagsüber ging ich zur Schule oder arbeiten und abends hing ich auf der Gasse rum, um mir mein Dope zu beschaffen. Den Eltern log ich vor, ich sei im Moment sauber und den Lehrern musste ich immer öfter Ausreden bringen, wieso ich so selten anwesend war oder wieso ich im Unterricht meistens einschlief, wenn ich schon mal da war. Ich ging auf eine ziemlich ausgeflippte Kunstschule. So hatte ich wenigstens dort nicht allzu viele Probleme. Sie war in Zürich und ich konnte zwischendurch mal eine Stunde klemmen und zum Hirschenplatz rennen, um mir Dope zu holen.

In St. Gallen gab es damals überhaupt keine Gasse, da lief alles privat ab, und der Zürcher Hirschenplatz war in den 70er-Jahren die erste offene Drogenszene in Europa. In St. Gallen war es unmöglich, sich das Dope direkt zu verdienen, man musste irgendwie zu Bargeld kommen. Ich brauchte zwar damals noch nicht so viel Dope, so etwa drei Schüsse pro Tag. Ein Gramm Thai-H kostete damals noch bis zu 750 Franken und brown Sugar war nicht billiger. Für 100 Franken bekam man ein Zehntelgramm und davon machte man sich nur, wenns sehr gut war, zwei Schüsse. Das alles hiess, dass ich oft auf Entzug in die Schule oder zur Arbeit ging.

Doch eines Tages hatte ich endgültig die Nase voll von der ganzen Nuschelei und Schauspielerei. Meinen Job hatte ich verloren, als die Bullen gemeint hatten, sie müssten mich während der Arbeitszeit wegen eines Einbruchs verhaften, den ich nicht begangen hatte und bei dem es überhaupt keinen Hinweis gab, dass ich es gewesen war.

So war es noch schwieriger geworden, jeden Tag genug Geld aufzutreiben und ich hatte mich noch mehr aufgerieben dabei. Doch nun sollte Schluss sein mit diesen Halbheiten – halb hatte ich mir so ne bürgerliche Fassade bewahrt und meinen Eltern das brave Schulgirl vorgespielt – halb war ich Junkie, auf Absturz programmiert. Ich schmiss erst mal die Schule, damit es kein Zurück mehr gab beim Gespräch mit meinen Eltern. Denen sagte ich nach einer Weile die Wahrheit. Dass ich nämlich drauf war – wieder – und dass die Schule für mich nicht mehr in Frage käme. Ich wollte irgendwie den Turkey machen und nachher weitersehen. Ich sagte meinen Eltern, hier in meiner gewohnten Umgebung könne ich das nicht, ich müsste weg. Gemeinsam überlegten wir, wohin. Meine Mutter ist Schwedin und ihre Eltern und Geschwister leben alle in Schweden, so schien es das Naheliegendste zu sein, nach Schweden zu reisen. Meine Grossmutter wohnte in Stockholm, zusammen mit ihrem fünften Ehemann, und hatte zwei Landhäuser in der Nähe von Upsala. Zu ihr wollte ich. Bei ihr hatte ich als Kind immer ganz besondere Ferien verbracht und ich liebte meine Grossmutter. Und ich liebte Schweden. Ich fühlte mich immer sehr zuhause dort.

Zu meiner Omama hatte ich von klein auf eine ganz spezielle Beziehung. Mit ihr hatte ich schon immer besser reden können als mit meiner Mutter und zwischen uns gab es ein Einverständnis, das von einer grossen Ähnlichkeit herrührte. Auch mit meiner Mutter hatte ich schon immer grosse Ähnlichkeit, aber sie trennten mich mehr von ihr als meine vordergründigen Probleme. Meine Grossmutter war eine jung gebliebene Frau, die viel jünger aussah, als sie war. Bei meinen Freunden gab ich sie zum Jux jeweils als meine Mutter aus, wenn sie bei uns in den Ferien war – und wurde bewundert, wie jung meine Mutter aussähe. Nur wenn es um Drogen ging, da war bei ihr finish. Das wusste ich aus den üblichen Diskussionen und von einer Begebenheit her, als sie mal einen Brief von mir an eine Freundin in der Schweiz las, in dem ich etwas über Haschisch geschrieben habe: «Haste Haschisch in den Taschen, haste immer was zu naschen!», oder so ein Teenie-Spruch wars gewesen, und nur weil meine Mutter damals sehr cool reagierte, war mir eine Katastrophe erspart geblieben. Aus diesen Gründen beschlossen meine Eltern und ich, ihr nichts davon zu sagen, dass ich Drogen nahm und zu Besuch kommen würde, um den Entzug zu machen. Es sollte einfach etwas vage bei Schwierigkeiten zuhause bleiben. Es war auch so, dass sich meine Mutter für mich schämte. Sie wollte vor ihrer Mutter und ihren Geschwistern nur als die grosse Gewinnerin dastehen, die ausgezogen war, um die Welt zu erobern. Und ich war nun der erste Fleck auf ihrer ach so makellosen Weste!

Schon ein paar Tage später sass ich im Zug nach Stockholm. Dreissig Stunden im Zug standen mir bevor. Das hiess, dass ich schon im Zug auf Entzug kommen würde, denn den letzten Schuss hatte ich kurz vor der Abfahrt gemacht. Damit ich nicht in Versuchung kommen würde, schon in Zürich auszusteigen, hatten mir meine Eltern 150 Franken mitgegeben. In Norddeutschland war mir hundeelend. Ganz allein im Zug und auf Turkey, das war kein Spass. In Kopenhagen hatte ich eineinhalb Stunden Aufenthalt. Meine Gedanken kreisten nur um einen Schuss. Doch wohin, mitten in einer unbekannten Stadt? Nach einer halben Stunde Hin- und Herüberlegen gabs für mich kein Halten mehr. Ich haute den erstbesten, etwas abgefuckt aussehenden Typen an und fragte ihn nach der Drogenszene. «Where can I get some H?» Ich konnte kein Dänisch, nur Schwedisch, aber in Skandinavien reden alle sehr gut Englisch. Der Typ meinte, er wisse gleich in der Nähe des Bahnhofs was und führte mich zu einem Haus, wo ich im Eingang hätte warten sollen und ihm das Geld mitgeben. «Do you think, I'm crazy?» Ich zeigte ihm den Vogel und entfernte mich mit «Fuck off». Ich ging ziemlich schnell, wollte ihm nicht noch Gelegenheit geben, es mit Gewalt zu versuchen. Zufällig lief ich geradewegs auf eine Ecke zu, wo einige Typen rumhingen, die wie überall auf der Welt leicht als Junkies zu identifizieren waren. Ich fragte sie nach H und einer hielt mir tatsächlich ein etwas seltsames, in Plastik geschweisstes Tütchen hin. Sollte ich es wagen, das blind zu kaufen? Lange Zeit zum Auswählen hatte ich nicht mehr, in zwanzig Minuten würde mein Zug weiterfahren und den musste ich erwischen. Ich hatte ein gutes Gefühl und das trog mich eigentlich nie, so kaufte ich das Zeug wie eine Katze im Sack für meine ganzen 150 Franken.

Ich musste den ganzen Weg zum Bahnhof zurück rennen, um den Zug noch zu erwischen. Auf der Toilette stellte sich die Ware als sehr gut heraus und ich war erleichtert. Hätte mich schön angeschissen, der ganze Stress wäre für nichts gewesen. Auf jeden Fall war ich bis Stockholm breit wie sonst nie.

Ich freute mich zwar sehr, meine Grossmutter wiederzusehen. Doch die ersten Tage erwiesen sich als schwieriger, als ich gedacht hatte. Mir war speiübel und ich war natürlich völlig lustlos. Meine Grossmutter konnte das nicht verstehen, war ich doch früher nie so drauf gewesen. Wie gesagt, sie hatte von nichts eine Ahnung und so blieb bei allem, was wir redeten, etwas Unausgesprochenes zwischen uns, denn mit Klimaveränderung konnte ich nicht alles erklären. Ich war nahe dran, mit der Wahrheit rauszurücken, doch ich war mir meiner Verantwortung für das Ansehen meiner Mutter bewusst, und deshalb blieb alles unausgesprochen, was mir vielleicht hätte helfen können. Das mit der Verantwortung ist natürlich pure Ironie, denn in Wirklichkeit hasste ich meine Mutter dafür, dass sie mich zwang zu lügen und es mir so verunmöglichte, mich bei meiner Grossmutter mal so richtig auszuweinen. Denn obwohl sie gegen Drogen war, hätte sie sich sicher auch auf dieses Problem einstellen können, wenns um mich ging dabei. Wie früher auch war meine Omama mit Geld recht grosszügig. So sparte ich mir alles zusammen, was sie mir jeden Tag für Essen und Shopping gab; denn am Tag musste sie arbeiten, wenn sie «på stan» (in der Stadt) war. Sie hatte eine eigene Firma, in der sie für das schwedische Parlament Büroarbeiten machte und ich musste mich tagsüber selber beschäftigen. Die coolen Kleiderläden abklappern, war früher meine Lieblingsbeschäftigung gewesen, wenn wir in Stockholm waren, aber nun ödete mich das genauso an wie alles andere auch. Meine Gedanken kreisten ständig nur ums Dope. Die paar Mal, die ich die Wohnung verliess, hielt ich nach einer eventuellen Szene Ausschau, doch ich hatte keine Ahnung, ob es so was überhaupt gab und wenn, wo sie sich abspielte. Ich horchte bei einem Besuch meine

Tante aus und fand heraus, dass die U-Bahn-Zentrale eine Rolle spielte. Eines Abends raffte ich mich auf, um diese U-Bahn-Zentrale abzuchecken. Meiner Grossmutter erzählte ich, ich ginge in eine Disco oder einen Club. Das hatte ich schon früher gemacht, als ich einmal mit 14 mit einer Schulfreundin bei ihr gewesen war, das war voll drin. Da bekam ich noch ne schöne Stange Geld dafür.

Bestückt mit ein paar hundert Kronen schlich ich vorsichtig vor besagter U-Bahn-Station herum. Überall standen Bullen, aber es war nicht klar ersichtlich, wo etwas lief, nicht wie bei uns am Hirschenplatz. Da und dort sah ich vereinzelt kleine Gruppen von Leuten, die vielleicht was mit Drogen zu tun hatten. Doch auch diese liefen so geschäftig herum, dass sie genauso gut normale Passanten sein konnten. Vielleicht machten sie das zur Tarnung wegen der vielen Bullen, doch sicher konnte ich nicht sein und nichts hätte ich mir weniger gewünscht, als ne Stockholmer Zivilstreife um Dope anzuhauen.

Doch dann sah ich ihn. Ein mittelgrosser, schlanker Typ mit dunklen Locken in Jeans und Lederjacke grinste mich etwas schüchtern an. Er musste bemerkt haben, dass ich etwas suchte.

«Na, bist du neu hier?», fragte er mich auf Schwedisch.

«Ja, schon!», antwortete ich in Englisch. Ich konnte zwar Schwedisch, aber ich war nicht gewohnt, es zu reden.

«Ah, du bist fremd hier, woher kommst du denn?»

«Aus der Schweiz, ich bin bei meiner Omama in den Ferien!»

«Und was machst du nachts hier auf dem U-Bahnhof?»

«Nun, ich suche vermutlich dasselbe wie du, kannst du mir dabei helfen? Ich brauche etwas H!» Ich hatte spontan Vertrauen zu dem Typen.

«Kann ich machen! Ich heisse Tommy, und du?»

«Britta!»

«Britta? Gefällt mir – eine Schweizerin namens Britta. Und du suchst nur H oder sonst noch was?»

«Ja. H, ich hab schon tagelang nichts mehr gehabt. Weisst du, wo wir was kriegen? Ich lade dich ein», drängte ich ein bisschen, jetzt, wo ich so nahe dran war, eilte es plötzlich. Das ist ein ekelhafter Zustand, man ist mit einem Schlag viel mehr auf Entzug und glaubt, es nicht mehr aushalten zu können. Man sollte dringendst auf die Toilette und geht nicht, weil es so eilt. Diesmal war ich vor allem gierig drauf, mal etwas in diesen Ferien geniessen zu können. Es ist unmöglich, auf Entzug irgendetwas zu geniessen.

«Komm, dahinten habe ich vorhin eine Frau gesehen, die immer guten Stoff hat, sie verkauft aber nur halbe-halbe. Hast du 250 Kronen? Für weniger bekommen wir bei ihr nichts – aber davon machst du dir dann vier Drucke!»

«Ja, ich habe 250 Kronen, auch noch mehr, aber nehmen wir erst mal so ein halbes Halbes, zum Probieren!» Also kauften wir bei der Kollegin von Tommy ein Viertelgramm. Es war aussergewöhnlich verpackt, so was hatte ich noch nie gesehen. Das Pulver war in leere Medizinkapseln abgefüllt, die, die man in der Mitte auseinanderziehen konnte. Eine gute Idee, fand ich, und sauberer als unsere Papierbriefchen. Ich war gespannt, wie das Zeug sein würde.

«He, Tommy, wo geht man in Stockholm hin, um sich einen Schuss zu setzen? Gibts hier irgendwo Toiletten?»

«Oh nein, du, das wäre viel zu heiss, da ist ständig die Polizei, aber ich zeig dir was!» Wir fuhren mit der Tunnel-Bahn zwei Stationen. Tommy führte mich in einen Lift für Rollstuhlfahrer und Leute mit Kinderwagen usw. Wir stiegen ein, und zwischen der Unterführung und dem Ausgang drückte er auf Stopp.

«So, jetzt haben wir unsere Ruhe. Jetzt kann man den Lift weder von unten noch von oben bewegen und nebenan ist noch einer, da fällts nicht auf.» Wir machten es uns so gemütlich, wie das halt in einem Lift möglich ist, und präparierten unsere Schüsse. Endlich war mir wohler und auch Tommy hatte dringend einen nötig gehabt. Danach quatschten wir entspannt über alles, was einen so interessiert, wenn man sich erst kennen lernt. Später liefen wir ziellos in der kalten, nassen Stadt herum und redeten und redeten. Es war

Herbst und arschkalt, man konnte sich nirgends setzen. Tommy war 25 und war schon seit er fünfzehn war auf H. Er lebte auf der Strasse und schlief in Notschlafstellen. Auch sonst unterschied sich sein Leben kaum von dem eines Fixers vom Hirschenplatz. Nebel quoll in dicken Schwaden durch die dunklen Strassen, doch wir sahen nichts und hörten nichts, nur uns selbst. Trotz der Kälte, die uns bis auf die Knochen frieren liess, war ein Zauber zwischen uns entstanden, dem wir uns nicht mehr entziehen konnten. Erst als schon der Morgen graute und es unerträglich kalt wurde, begleitete Tommy mich nach Hause. Er lieh mir seine Lederjacke, weil ich bereits mit den Zähnen klapperte, und als wir vor dem Haus meiner Grossmutter ankamen, wurden die Strassen schon wieder etwas belebter. Wir küssten uns lange zum Abschied und vereinbarten, dass wir uns am nächsten Abend wiedersehen wollten um 22 Uhr beim MacDonald's an der Ecke.

Meine Grosseltern schliefen zum Glück noch fest. Bevor ich mich schlafen legte, machte ich mir noch einen Schuss, obwohl ich danach nichts mehr haben würde. Den Rest hatte ich Tommy geschenkt. Tommy!, dachte ich. Und dann erst noch Friberg mit Nachnamen. Irgendwie musste es was auf sich haben mit diesen freien Tommys, hatte ich doch schon einmal einen Freund namens Thomas Frei gehabt und hatte auch mal eine kurze Affaire mit einem Tom Frey mit Ypsilon, in den ich tödlich verliebt gewesen war und dem ich monatelang nachgeweint hatte. Und dieser schwedische Tommy ging mir nun auch nicht mehr aus dem Sinn. War es Liebe auf den ersten Blick oder nur Sehnsucht nach irgendjemandem in einer grossen, fremden Stadt? Nun, was es auch war, etwas hatte mich berührt an dem Typen und hatte in mir etwas ausgelöst, was mich, nachdem er gegangen war, meine Einsamkeit noch mehr fühlen liess. Eine Einsamkeit, die nicht war wie die eines Kindes, das Heimweh hat, sondern ein Gefühl von Alleinsein, das bis tief hineingeht, dorthin, wo es keine Rolle mehr spielt, an welcher Ecke dieser Welt man gerade herumhängt. Als ich nach dem Mittag aufwachte, war ich alleine zuhause. Meine Grossmutter war im Büro und mein Grossvater war zum Landhaus gefahren, in dem wir alle drei das Wochenende verbringen wollten. Ich rollte mich in das alte, königsblaue Sofa im Wohnzimmer, das ich schon als Kind so gerne gemocht hatte. Ich sah mich um, schaute diesen Prunk vergangener Zeiten an, der diesen abgewetzten Plüschpolstern und den ein wenig verstaubt aussehenden antiken Möbeln immer noch anhaftete. Hier hatten rauschende Feste stattgefunden, als meine Grossmutter noch jung und reich gewesen war. Hier war vor Jahrzehnten einmal gelebt worden, hier hatte man das Leben in vollen Zügen genossen, ausgekostet. Doch das war vorbei – ihr Leben und ihre Liebe hatte meine Grossmutter ins Landhaus verlagert und hier verstaubte nur noch ihre Vergangenheit.

Wieder wurde mir bewusste, wie sehr ich an der Naht zweier Welten lebte. Zwei Welten, die zwar aneinander stiessen, aber überhaupt nichts miteinander zu tun hatten. Ich war ein Bindeglied, aber ich wollte nur das eine oder das andere richtig machen. Von der bürgerlichen Scheinwelt hatte ich die Nase gestrichen voll. Wieder kam jene masslose Wut hoch, die irgendwo tief in mir kochte. Eine Wut, die kaum in Worte gefasst werden kann, da ich niemandem wirklich etwas vorwerfen konnte. Ich konnte niemandem, auch nicht meinen Eltern, die Schuld geben, dass ich mich im Leben nicht zurechtfand, mich nicht zufrieden geben wollte mit dem Leben, das sie für mich geplant hatten und das sich vor mir ausbreitete wie der alte, schon fast graue Perserteppich im Wohnzimmer meiner Grosseltern; der hatte zwar, als ich ein Kind war, spannend ausgesehen, nun aber war er nur noch Ausdruck der tödlichen Langeweile, die ich bei dem Gedanken empfand, meinen Eltern gerecht werden zu müssen.

Ich beschloss, sauberen Tisch zu machen, wenn ich aus den Ferien nach Hause kommen würde. Ich würde mit meinen Eltern endlich Klartext reden. Ihnen sagen, dass ich die ganze Farce, die das letzte Jahr gelaufen war, nicht mehr mitmachen wollte. Ich hatte zwar schon einige Male Anlauf genommen, das zu tun, doch hatte ihre Angst und ihre Enttäuschung mich immer wieder dazu gebracht, weiterzulügen, das Spiel weiterzuspielen. Der Druck, den sie damit auf mich ausübten, brachte in mir den Wunsch hoch, ihnen zu entsprechen und den einfachen, vorgefertigten Weg zu gehen, den sie für mich geplant hatten. Sie wäre doch so intelligent!, hiess es dann, sie könnte alles erreichen ... ! Aber alles war mir zu wenig, denn es war nur das, was sie sich vorstellten. Wenn ich jenen ausgelatschten bürgerlichen Pfad verlassen würde, so würde ich dies mit allen Konsequenzen tun, die dies für mich haben konnte.

Am Nachmittag kroch mir schon wieder das wohlbekannte Frösteln den Rücken hinauf, das dem Turkey den Namen gegeben hat. Ich machte mich auf in die City, wo das Büro meiner Grossmutter lag. Dort in der Nähe war auch die U-Bahn-Zentrale und da wollte ich hin, um zu schauen, ob ich Tommy schon nachmittags dort finden konnte. Ich sehnte mich nach ihm. Doch tagsüber war die ganze U-Bahn überfüllt mit Leuten auf dem Weg zur Arbeit und zurück und an jeder Ecke standen Bullen, die aufpassten, dass sie das unbehelligt tun konnten. Da hatte das Pack nichts zu suchen. So fand ich weder Tommy noch sonst jemanden. Also sass ich lustlos bei meiner Grossmutter im Büro herum und liess Kindheitserinnerungen Revue passieren. Ich wartete nur noch auf mein Rendezvous um 22.00 Uhr bei MacDonald's.

Umso enttäuschter war ich, als er nicht kam. Ich suchte Tommy an allen Orten, wo wir zusammen gewesen waren. Spät in der Nacht fand ich ihn an dieselbe Säule gelehnt, wo wir uns zum ersten Mal gesehen hatten. Auch er hatte mich gesucht. Er war kurz, nachdem ich den MacDonald's verlassen hatte, gekommen. Ich wollte diesmal eine etwas grössere Menge H kaufen, doch war gerade eine grosse Razzia im Gang und kein Dealer liess sich blicken. Tommy sagte mir, er habe auch noch ein paar Privatadressen, aber da müsste ich ihm das Geld anvertrauen, denn dorthin könne er keine unbekannten Leute mitnehmen. Das gäbe Stunk. Das kannte ich, das war auch bei uns so. Bloss hätte ich bei uns auch niemals jemandem Geld mitgegeben, so ohne jegliche Sicherheit. Ware gegen Geld, das war Gesetz. Doch ich wollte Tommy vertrauen. Also gab ich ihm alles Geld, das ich hatte und wartete in einer Stehbar auf ihn.

Ich wartete, länger als abgemacht war und wurde langsam nervös. Doch er kam. Und gab mir alles Dope, das er bekommen hatte. Er war sogar noch auf Turkey, hatte sich nicht einmal einen kleinen Schuss gegen seine Entzugserscheinungen gemacht, sondern war schnurstracks zu mir zurückgekommen. Ich war irgendwie gerührt, denn dies war sicher ein Zeichen, dass er mein Vertrauen auch schätzte.

Es war schon weit nach Mitternacht und es regnete in Strömen. Ich hatte keine Lust, in einem Lift oder sonst wo in der Kälte rumzuhängen und fragte Tommy deshalb, ob wir nicht zu mir gehen wollten. Ich sagte ihm, wir müssten einfach sehr leise sein, aber am Morgen würde meine Grossmutter schon früh weggehen und wir hätten unsere Ruhe. Er war einverstanden, er wohnte ja sowieso nirgends. Also fuhren wir zu mir und schlichen leise in mein Zimmer. Wir hörten Musik und machten uns erst mal zwei, drei Drucke. Der Stoff war gut und die Musik depressiv. «Jane» – fire, water, earth and air. Wir lagen uns in den Armen und wir küssten uns. Es war schön – mehr brauchten wir nicht. Den Versuch, miteinander zu schlafen, gaben wir schnell wieder auf, wir waren viel zu tilt dafür. Eng umschlungen schliefen wir ein. Wir wussten, am Morgen würden wir uns trennen und uns dann wahrscheinlich nie mehr sehen, denn am Nachmittag sollte mein Grossvater mich und meine Grossmutter abholen kommen, um aufs Land zu fahren. Wir sprachen zwar darüber, wie es wäre, wenn er mit in die Schweiz fahren würde, doch wir wussten wohl beide, dass solche Träume selten in Erfüllung gehen. Wenn ich heute an Tommy denke, ahne ich, dass er nicht mehr lebt. Schon in jenen Tagen hatte ihn eine Todesnähe umgeben, die fast greifbar gewesen war.

Auf dem Strich

Brigitte und ich waren Freundinnen. Was uns verband, war, dass wir beide noch sehr jung waren, die jüngsten von den Alten vom Hirschenplatz, von denen, die immer da waren. Der Kampf ums tägliche Dope hatte uns zusammengebracht, denn ausser dem Alter und dem Beschaffungsstress hatten wir nicht viel gemeinsam. Sie war klein und eher pummelig, hatte kurze, rötliche Locken und trug immer enge Jeans-Sachen, die ihre rundlichen Formen möglichst eng umschlossen. Ich war gross und schlank, vielleicht sogar dünn, hatte lange gerade, blonde Haare und trug meistens Kleider und Hüte in Pastellfarben, rosa und hellblau bevorzugt, manchmal auch in Türkis. Vom Aussehen waren wir beide Mädchen, typische Teenies, doch was die Sprache, die wir führten, betraf und in allem, was wir sonst so machten, waren wir schon abgebrühte Szenengängerinnen, die kaum etwas ausgelassen hatten.

Brigitte war schon vor mir auf den Strich gegangen. Ich liess auch diese Erfahrung nicht aus. Wies auf dem Fixerinnen-Strich im Seefeld zu- und herging, hatte ich erlebt, wenn ich Brigitte jeweils abholte, meistens spät nachts. Spät nachts hatte ich sie auch kennen gelernt. Sie hatte einen Dealer, den sie jeweils nachts, wenn auf dem Strich nichts mehr lief, traf, um bei ihm mit dem verdienten Geld H zu kaufen. Ich kannte noch keinen eigenen Dealer in Zürich, doch hatte ich es satt, den schlechten Szenen-Stoff kaufen zu müssen. So kam mir Brigittes Angebot, gemeinsam nachts einzukaufen, sehr gelegen. Meistens musste ich eine Weile auf sie warten, wenn sie noch mit einem Freier unterwegs war. Während ich so dastand, hielten oft auch Autos mit Freiern neben mir an. Ich wies diese jeweils möglichst freundlich ab und sagte, ich warte auf meine Freundin. Wenn ich trotz ihren Überredungsversuchen hartnäckig blieb, fuhren sie davon.

Einmal fuhr einer in einem roten Ami-Fass vor. Ich winkte von weitem ab und kehrte ihm demonstrativ den Rücken zu. Doch er liess sich davon nicht beeindrucken, rief irgendwas und deutete, ich solle zu ihm herkommen. Ich dachte, es sei vielleicht ein besonders hartnäckiger Typ oder er wolle etwas fragen und schlenderte gelangweilt hin. Dann gings so schnell, dass ich kaum einen Piepser von mir geben konnte. Ich bückte mich zu der offenen Beifahrertür hinunter, eine Hand schoss heraus, riss mich hinein und schon fuhr das Auto mit aufheulendem Motor davon. Der Typ begann mich zu beschimpfen. Erst da hatte ich Zeit, mir den Typen anzuschauen. Er trug Cowboy-Stiefel, klobige Ringe an den Fingern und protzige Goldketten um den Hals. Zusammen mit dem roten Ami-Auto ergab das das Bild eines typischen Zuhälters. Er schrie mich an:

«Verdammte Fixerschlampe – meint, sie müsse hier herumstehen und uns das Geschäft versauen. Ohne Gummi für fünfzig Franken rumficken, was? Brauchst einen Schuss, was? Scheiss Junkie-Nutte!»

Ich liess ihn fertig schimpfen. Ich wusste, die Situation war heiss, mehr als heiss sogar. Wenn ich dem erzählte, ich hätte hier nur auf meine Freundin gewartet, wäre er sowieso gleich durchgestartet und ausgeflippt. Ich musste was anderes bringen, etwas, das ihn davon abhalten würde, sofort dreinzuschlagen; denn wenn er damit mal anfing, dann würde es nicht ohne Spital ausgehen für mich. Ich sagte so cool wie möglich:

«Ei, Mann, was hast du eigentlich gegen mich? Denk doch mal nach! Die Freier, die mit mir weggehen, die stehn auf junge Mädchen und nicht auf Lack- und Ledernutten mit hohen Stiefeln wie deine, und Freier, die auf deine Nutten stehen, die lachen, wenn sie mich sehen! Was willst du also von mir? Ich nehme dir doch nichts weg! Wir nehmen uns beide gegenseitig nichts weg! Und für fünfzig Franken ohne Gummi gibts bei mir nichts, das ist eine Beleidigung, wenn du so was behauptest.»

Den letzten Satz sagte ich recht scharf und mit voller Überzeugung. Der Zuhälter schien verblüfft. Wahrscheinlich hatte er noch nie so eine Antwort erhalten. Er überlegte, schaute mich von oben bis unten an und grinste mich schliesslich an. Mittlerweile hatte er am Strassenrand angehalten, lehnte sich aufs Steuerrad und sah mich dabei ständig an. Plötzlich lachte er laut raus und meinte prustend:

«Du bist mir ein Früchtchen! Aber Recht hast du ja irgendwie!» Dann fragte er mich, wo ich hinmüsse, er fahre mich. Ich antwortete, ich müsse dorthin zurück, wo er mich eingeladen habe, meine Freundin warte auf mich.

Auf dem Rückweg diskutierten wir angeregt übers Geschäft und er klagte mir sein Leid mit den Fixernutten, dies manchmal sogar für zwanzig Franken machten und erst noch ohne Gummi. Und das versaue ihm das Geschäft. Ich stimmte ihm zu, was das Unterbieten der Preise und das Ohne-Gummi-Bumsen anbelangte und war vor allem froh, dass alles so glimpflich abgelaufen war.

Er lud mich am selben Ort aus, wo ich eingestiegen war, nicht ohne mir seine Hilfe anzubieten, wenn ich mal in Schwierigkeiten wäre. Ich brauche nur nach Sowieso zu fragen, es würden ihn alle kennen. Brigitte stand mit einigen anderen Mädchen da und wartete auf mich. Sie staunten nicht schlecht, als sie mich aus dem Ami-Fass aussteigen sahen. «Mensch, was wollte denn der von dir?», fragten mich alle erschrocken durcheinander. Ich erzählte kurz, was vorgefallen war, und die anderen versicherten mir alle, ich hätte verdammtes Schwein gehabt, der Typ habe schon manch einer das Gesicht verschnitten und mehrere spitalreif geschlagen. Der war sogar richtig bekannt dafür, dass er es speziell auf Fixerinnen abgesehen hatte. Mich liess der Typ fortan in Ruhe, im Gegenteil, er hupte und winkte freundlich, wenn er irgendwo an mir vorbeifuhr.

Wenn wir jeweils bei ihrem Dealer einkauften, wurde ich richtig neidisch auf Brigitte, weil ich sah, wie viel Geld sie in der kurzen Zeit verdient hatte. Wenn ich da dran dachte, wie mühsam ich mir meine Fränklein zusammenmischelte, kam ich wirklich ins Grübeln, ob ich das mit dem Strich nicht auch bringen könnte. Einmal, als ich überhaupt kein Geld mehr hatte, beschloss ich, es zu versuchen.

Doch es war nicht mein Geschäft. Nach etwa drei Wochen gab ich es wieder auf, denn kein Freier ist ein zweites Mal zu mir gekommen. Ich hatte das Glück, dass mir einer einmal tausend Franken schenkte und damit begann ich zu dealen und hatte mein «Geschäft» gefunden.

Sarah oder OpenAir-Festival St. Gallen

Es war ein milder Frühling und man konnte schon abends draussen sitzen. Ich sass in der Frauenbeiz und besprach mit den Frauen aus unserer Gruppe eine symbolische Hausbesetzung. Die sollte in zwei Wochen in Baden stattfinden und wir mussten vorher noch den Tatort besichtigen.

«Kommt Sarah eigentlich auch mit?», fragte mich Ruth.

«Nein – und ich bin auch froh, dass sie nicht mitkommt, bei so was ist sie mir ein Klotz am Bein!», antwortete ich.

Sarah war meine Freundin. Ich hatte sie bei einem Vorstellungsgespräch bei einer St. Galler Band kennen gelernt und einige Zeit später begann unsere Liebesgeschichte. Ein Freund von mir hatte mich darauf aufmerksam gemacht, dass ein paar seiner Kollegen jemanden für ihre Sommer-Tournee suchten. Es sei eine Band, die eine Doppel-LP aufnehmen wolle und eine grosse Bühnenshow plane. Ich war neugierig und ging hin. Es stellte sich heraus, dass sie eine zweite Sängerin für ein bestimmtes Stück suchten. Doch da musste ich sie enttäuschen. Wenn mich eine Muse nicht geküsst hatte, dann ist es die des Singens. Schon in der ersten Klasse fand meine Lehrerin, so wie ich singe, könne ich im Keller die Mäuse verscheuchen. Und später am Kantonsschul-Konzert durfte ich zwar dem Dirigenten die Blumen übergeben und in der ersten Reihe stehen, aber ich wurde dazu angehalten, doch bitte nur den Mund auf- und zuzumachen und nicht zu versuchen, Töne von mir zu geben.

Aber die Band hatte trotzdem Verwendung für mich: Sie brauchte noch eine Frau für Tanzeinlagen und die Show. Bei der ersten Probe lernte ich Sarah kennen.

«Mein Name ist Sarah. Das heisst, eigentlich heisse ich anders, aber mein richtiger Name gefällt mir nicht, drum, bitte, nenn mich Sarah!», stellte sie sich vor. Sie war die Freundin des Bassisten. Doch schon am gleichen Abend vertraute sie mir an, dass er sie nerve, weil er sie dauernd bedränge, mit ihm zu schlafen. Und sie hatte sexuell gar nichts im Sinn mit ihm. Ich ahnte, dass sie mit gar keinem Mann sexuell etwas im Sinn hatte. Ich hatte ein Auge für Frauen, die sich nur für Frauen interessierten, und auch für schwule Männer, denn es gab viele davon in meinem Freundeskreis.

Eigentlich waren fast alle Frauen aus der Gruppe lesbisch, die sich in der Frauenbeiz trafen. Ich hatte bisher einige kurze Flirts mit Frauen gehabt, aber eine Beziehung war nie draus geworden. Männer waren mir eigentlich lieber. Nach der nächsten Probe sassen wir draussen und redeten über den ersten Auftritt. Es stand fest, dass das erste Konzert in der Tonhalle St. Gallen stattfinden würde. Ich war gespannt. Doch bis dahin gab es noch viele Proben. Irgendwann drehte sich Sarah zu mir, legte ihre Hände um meinen Hals und küsste mich leidenschaftlich. Ich war erstaunt darüber, dass sie es gewagt hatte, den Anfang zu machen. Sonst schien sie eher unschlüssig. Doch ihre Küsse waren überzeugend und ich war sehr erregt. Wir zogen uns halb aus und dann lagen wir im Gras, streichelten und küssten uns, bis der Tau fiel. Weil wir beide weit weg wohnten, gingen wir in ein Lokal, das noch offen war. Es sassen fast nur Männer drin. Ich wäre lieber bald wieder gegangen, doch erwies sich Sarah als mutig. Sie küsste mich, als wären wir allein, und bald schon kümmerten wir uns nicht mehr um die zum Teil unverständlichen und zum Teil gierigen Blicke der Typen. Es gab auch welche, die uns blödes Zeug zuriefen: «Hei, Girls, wir wären auch zu zweit!» – Oder: «Schafft ihr das so ganz allein?»

Mich kümmerte das nicht und Sarah schien es sogar zu geniessen, die Männer zu provozieren, indem sie sich immer hemmungsloser benahm. Irgendwann ödete uns das Ganze an und wir verliessen das Lokal. Wir gingen Hand in Hand zum Bahnhof. Dort trennten wir uns und jede nahm ein Taxi. Sie wohnte in der entgegengesetzten Richtung.

Auf der Heimfahrt überprüfte ich meine Gefühle. Ich war schon etwas verliebt, doch ich ahnte, dass ich mir mit einer Beziehung mit Sarah eine Menge Probleme einhandelte. In der folgenden Zeit stellte sich heraus, dass ich damit Recht hatte. Wir unterschieden uns in allem. Schon rein äusserlich: Ich war gross und hatte kurze, weissblond gefärbte Haare, sie war einen Kopf kleiner und hatte lange, dunkelbraune Locken. Ich war eher kopflastig und rational, sie ein Luftibus der Sonderklasse, bei allem völlig emotional. Ich nannte sie einen Schmetterling. Mal flatter-flatter hier, dann flatter-flatter da! Wenn sie ihre Schmetterlingsallüren hatte, konnte ihre Stimmung innert einer Viertelstunde von himmelhochjauchzend bis selbstmordgefährdet schwanken. Manchmal wurde ich fast wahnsinnig neben ihr. Ich kam einfach nicht mit beim Wechsel ihrer Launen. Und doch war es genau das, was mich an ihr faszinierte.

Auch ich hatte meine chaotische Seite. Und die lebte ich mit ihr voll aus. Wir trafen uns öfter. Ab und zu kam Sarah in die Frauenbeiz. Nur mit meinen politischen Ambitionen hatte sie nichts am Hut. Es interessierte sie ganz einfach nicht. Doch bei allem anderen klammerte sie sich immer mehr an mich. Sie wollte mich am liebsten ganz für sich alleine haben. Manchmal drohte sie sogar mit Suizid, wenn ich am Abend nicht bei ihr bleiben wollte. Doch ich hatte noch viele andere Interessen. Da war die politische Frauengruppe und die Band und auch mein Mann wollte ab und zu einen Abend mit mir verbringen, tagsüber arbeitete er ja. Zum Glück war er so tolerant. Ich konnte eigentlich machen, was ich wollte. Er ging selten aus, doch mich zog es fast jede Nacht in die Stadt.

Die Show mit der Band gedieh, und schon bald hatten wir unseren ersten Auftritt in der Tonhalle. Ich tanzte eine Harlekinpuppe – es war so eine Art Breakdance. Bei einem anderen Stück spielte ich, in ein riesiges Fell gekleidet, einen Bären und musste einen der Musiker anspringen und beissen. Es war eine witzige Show mit über die Bühne springenden Toastern und anderen Gags. Das Konzert erhielt sehr gute Kritiken und so bekamen wir ein Engagement fürs Open-Air St. Gallen. Das war natürlich eine aufregende Sache. Da spielten Gruppen von internationalem Format mit. Die Hauptgruppe war die damals sehr bekannte Heavy-Metal-Gruppe «Whitesnake».

Doch vorher hatten wir Konzerte in der ganzen Schweiz, unter anderem auch im Volkshaus in Zürich.

Meine Freunde wussten zwar alle, dass ich ein Junkie war und Methadon hatte, aber niemand wusste, wie viel und dass ich mir das Methadon spritzte. Das verheimlichte ich allen aus Angst, es könnte mich jemand einem Arzt verraten, vielleicht sogar mit guter Absicht. Denn es war streng verboten, das Methadon zu spritzen und darum bekam man es normalerweise in einer nicht injizierbaren Siruplösung.

Ich hatte meinem Arzt erzählt, ich würde den Sirup nicht vertragen und bekam deshalb die Tabletten trocken. Zusammen mit Wasser konnte man daraus eine Lösung filtrieren, die man gut spritzen konnte. Um eine Erklärung für meine Kollegen zu haben, warum ich manchmal so lange auf der Toilette war, sagte ich, ich müsse die Kontaktlinsen einlegen und reinigen. Es wurde nie jemand misstrauisch, obwohl ich die Ausrede über acht Jahre lang benützte.

Zwischendurch musste ich mal ein kleineres Konzert auslassen, weil eine wichtige Frauenaktion anstand. Wir hatten wieder eine symbolische Hausbesetzung vor, die nur ein Wochenende lang dauern sollte. Es ging darum, gegen den Umbau von billigem Wohnraum in Büros zu protestieren. Um sicher zu sein, dass alles klappte, mussten wir zuerst das Haus und die Umgebung abchecken. Mir fiel die Aufgabe zu, abzuklären, wie wir in das Haus hineingelangen konnten. Das musste meist sehr schnell gehen, bevor die Bullen anrückten.

Dieses Haus hatte ein altes Kaba-Schloss an der Haustüre. Ich schaute mir das Ding genauer an und sagte mit Kennermiene: «Zehn Sekunden, dann hab ichs offen!» Damit hatte ich etwas angegeben. Denn ich hatte meinem Mann, der als Tresor-Spezialist natürlich mit einem gewöhnlichen Schloss keine Mühe hatte, schon oft zugeschaut, wie er so eins knackte, aber selbst hatte ichs noch nie getan. Darum hatte ich dann schon ein wenig Schiss, als es zur Sache ging. Aber ich hatte Glück: Das Schloss-Knacken bewältigte ich souverän. Wir waren alle drin, samt Material, Getränkeharassen, Food und so weiter, bevor die Schmier hatte auf hundert zählen können. Dann hängten wir unsere vorbereiteten Transparente an die Fassade. Ich stürzte fast ab, als ich meins platzierte. Ich hatte immer denselben Spruch darauf: «Feuer und Flamme dem Patriarchat, der grösste Zuhälter ist der Staat.» Und genau dabei musste mich irgend so ein Idiot von Pressefotograf abgelichtet haben, denn am andern Tag war ich, voll erkennbar, in einer Zeitung abgebildet. Ich ärgerte mich masslos, vor allem weil es eine so genannte linke Zeitung war, die normalerweise Rücksicht darauf nahm, dass Hausbesetzungen illegal sind.

Am Abend machten wir voll einen drauf: Das ganze Haus verwandelte sich in eine Riesenfesthütte. Die Getränke hatten wir zu dritt im Denner geklaut. Wir hatten einfach ganze Harasse rausgetragen. Am Tag drauf war Sonntag und wir verteilten Flugblätter an die Spaziergänger, die am Haus vorbeikamen. Auf dem Dach hatten wir Wachen postiert, die allfällig anrückende Bullen sofort meldeten. Die meisten Leute, mit denen wir redeten, waren auf unserer Seite und fanden die Wohnungspolitik, die die Städte betrieben, auch voll beschissen. Nur manche motzten was von «verdammtes Aufrührer-Pack» und «Scheiss-Emanzen».

Wir hatten auf dem Flugi darauf aufmerksam gemacht, dass die Hausbesetzung auf zwei Tage befristet sei und so blieben wir von der Polizei unbehelligt. Auch als wir den Platz verliessen. Ein, zwei Wochenenden später sollte eine grossen Frauen-Nacht-Demo in Zürich sein, mit Fackelzug durch die ganze Stadt und so. Da waren alle wieder mit dabei.

Im Juni war dann das OpenAir-Wochenende. Aus der ganzen Schweiz kamen Leute, um drei Tage lang Musik zu hören und zu saufen und zu kiffen. Wir hatten alle Backstage-Pässe, und so hing ich meist hinter der Bühne rum. Mit all den verschiedenen Musikern zu reden, fand ich interessanter als draussen bei all den Kiffer-Freaks rumzuhängen. Nur mit Sarah drehte ich ab und zu eine Runde über den Zeltplatz.

Eine Woche danach konnten wir Ausschnitte aus unserem Auftritt am Schweizer TV sehen. Es war das erste Mal, dass ich mein Konterfei am TV sah. Bei dem Film gings um die Konzerte der Schweizer Bands am OpenAir. Wir waren ganz schön stolz darauf, dass sie ausgerechnet uns ausgewählt hatten und meine Tanzerei machte sich gar nicht schlecht dabei.

Die Geschichte mit Sarah dauerte nur diesen Sommer lang. Nachher blieb ich wieder vermehrt zuhause und ging nicht mehr so oft aus. Auch die Frauengruppe war nicht mehr so aktiv.

Im Herbst lernte ich einen Typen kennen, der mir einen Superjob als Textilentwerferin bei einer der berühmtesten Firmen für Haute-Couture-Stoffe der Welt vermittelte. Mit ihm zusammen leitete ich ein Pilotprojekt, bei dem es um die Aufarbeitung einer alten Stoffdruck-Technik ging. Das war einer der interessantesten Jobs, die ich je hatte. Den machte ich, bis ich schwanger wurde. Im fünften Monat hörte ich auf zu arbeiten.

Ideen und Ideale

Mitte der Achtzigerjahre gründete ich zusammen mit anderen den JBS, den Junkie-Bund der Schweiz. Ich, Anne-Marie und Soledad hatten die Leitung und die Organisation. Wir waren eine autonome politische Gruppe von Ex- und praktizierenden Junkies und einigen Mitstreitern. Wir mischten uns laut und fordernd in die damalige Drogenpolitik ein. Wir machten diverse Aktionen und gaben jeweils Pressecommuniqués dazu heraus, wir veröffentlichen Artikel und liessen uns zu Podiumsdiskussionen einladen. Um aufzuzeigen, wie sehr die Dinge im Fluss waren, erzähle ich hier am besten einige Beispiele von Aktionen, die wir durchführten:

Der Sitzstreik. Giuseppe, dessen Frau Nita Mitglied war beim JBS, war verhaftet worden und wurde in Einzelhaft gehalten, obwohl er stark selbstmordgefährdet war. Nach zwei Tagen hatte ihn immer noch kein Arzt besucht, obwohl er tierisch auf Entzug sein musste. Nita hatte versucht, mit der Polizei zu reden, doch die hatte kein Gehör für solche Probleme. Dabei war es erst wenige Wochen her, seit sich ein Junkie in demselben Knast erhängt hatte; auch bei dem hatte die Polizei nicht reagiert, obwohl er seinen Selbstmord angekündigt hatte. Also druckten wir sofort Plakate, auf denen wir auf das Schicksal des Giuseppe A. aufmerksam machten und seine Freilassung forderten. Wir pflasterten nachts die ganze Fussgängerzone in der Innenstadt damit voll. Am frühen Morgen begannen wir einen Sitzstreik vor der Kantonspolizei. Wir sassen anfänglich zu zehnt auf dem Platz vor der Schmier und hängten rundherum Transpis auf, auf denen wir bessere Haftbedingungen für selbstmordgefährdete Drogendelinquenten forderten. Nach Dienstbeginn kamen die Polizisten, um uns wegzuschicken. Wir weigerten uns.

«Sie wissen, dass wir sie alle anzeigen können, oder?», fragte ein Bulle.

«Dann machen Sie mal!», sagte ich.

«Wer sind Sie überhaupt, Name, Vorname!

«Britta Serwart!»

«Na klar! Serwart – gut bekannt bei uns! Und Sie da?»

«Armani Nita!»

«Auch bekannt!»

«Soledad Moreno!»

«Noch nicht bekannt!» – So gings weiter, bis alle Streikenden mit Namen und Adressen notiert waren. Die Polizisten drohten uns weiter, doch dann gaben sies auf und liessen uns bis am anderen Mittag sitzen. Zwischendurch kamen einige Leute von der Presse und wir gaben unsere Communiqués raus. Doch dann hatten wir Erfolg: Die Polizei liess Giuseppe ans Fenster treten, damit er zu uns herunterrufen konnte, er sei jetzt in einer Doppelzelle und der Arzt habe ihm Methadon verschrieben. Das waren unsere Bedingungen gewesen, damit wir abrückten.

Die Demo. Die Legalize-Demo war legal, angemeldet und abgesegnet. Die Schmier sperrte die Route ab und schliesslich warens dann ein paar hundert Leute, die zusammen mit uns durch die Stadt marschierten. Ich war zuvorderst mit dem Megaphon. Ich weiss noch genau, was ich hineinschrie: «Legalisiert Heroin, Kokain und alle Drogen überhaupt! – Heroin und Kokain in die Migros, neben Salz und Zucker! – Die fetten Schweine sollen nicht mehr verdienen am Elend auf der Gasse. – Entkriminalisiert Drogensüchtige. – Nicht die Junkies sind die Verbrecher. Die sitzen weiter oben. – Legalisiert Heroin, Kokain und alle harten Drogen!»

Es war krass, zu verlangen, Heroin und Kokain in der Migros kaufen zu können. Aber es war irgendwie die Zeit für krasse Forderungen, für radikale Rebellion.

Big Brother is watching you: Auf der Kreuzung an der Strasse, die am Bienenhüsli vorbeiführte, stand eine so genannte Verkehrsüberwachungskamera. Doch die filmte nicht wie angegeben den Verkehr, sondern sie war ständig auf die Szene beim Bienenhüsli gerichtet.

Wir vom JBS gedachten, dagegen was zu unternehmen. Zuerst wurde darüber geredet, die Kamera runterzuschiessen, doch die weniger Radikalen in unserer Gruppe gaben zu bedenken, dass so ein Ding über 50 000 Franken kostete, wie sie recherchiert hatten. Und natürlich gäbe es auch eine Anzeige wegen Sachbeschädigung. Der Kompromiss war, dass wir auf die Stange kletterten und einen Sack über die Kamera stülpten. Auf der einen Seite hatte ich ein grosses Auge aufgemalt und auf der anderen «Big Brother is watching you!»

Auch zu dieser Action hatten wir die Presse eingeladen und Communiqués vorbereitet. Doch die Presse liess sich von den Bullen überzeugen, dass man auf den Bildern nicht einmal Autonummern erkennen würde, geschweige denn, dass man Leute identifizieren könne. Und in diesem Sinne berichtete sie dann auch, – obwohl man ja schon mit jeder billigen Videokamera ein besseres Ergebnis erreicht als angeblich mit dieser 50 000-Franken-Kamera! Wir griffen daraufhin die konventionelle Presse in Untergrund-Zeitungen an, sie sei leichtgläubig, blauäugig und bestechlich.

In den Neunzigerjahren schien es mir nun nicht mehr angesagt, laute und fordernde Politik zu betreiben. Der Karren steckte zu tief im Dreck.

Pascal

Ich hatte mich fast drei Monate lang auf Magen-Darm-Grippe behandeln lassen, bis mir der Gedanke kam: schwanger! Könnte es sein, dass ich schwanger bin? Es war eigentlich schon gar keine Frage mehr – zu genau passten alle Symptome, die ich bei mir festgestellt hatte. Ich kotzte am Morgen, ich war verstopft und meine Brüste waren grösser und spannten.

Ich flitzte zur Apotheke, obwohl ich mir fast sicher war; bevor ich mir überhaupt überlegen wollte, was das für mich heissen würde, musste ich Sicherheit haben. Ich machte meinen ersten Schwangerschaftstest ganz allein zuhause. Ich wollte es meinem Mann erst sagen, wenn es mindestens durch den Test bestätigt war. Gefühlsmässig war ich in Hochstimmung. Irgendwie hatte diese Schwangerschaft vom ersten Gedanken an gestimmt für mich. Schon während ich auf das Ergebnis wartete, war für mich alles klar – an Abtreibung habe ich nie einen Gedanken verschwendet. Ich wusste, auch wenn ich politisch für Abtreibung als Eigenverantwortung jeder Frau war, für mich käme nie eine in Frage. Meine Einstellung zu meinem Körper und zum Leben allgemein ist so positiv, dass ich hundertprozentig sicher bin, dass es mir nie ein Kind bescheren würde, das nicht sein sollte.

Auch mein Mann freute sich, als ich die Bestätigung des Arztes hatte. Natürlich gabs Diskussionen wegen meiner Methadonabhängigkeit. Noch wusste man damals nicht allzu viel über allfällige Auswirkungen auf ein ungeborenes Kind. Die Informationen, die mein Arzt einholte, stammten zum grössten Teil aus Amerika. Zur Hauptsache hiess es da, das Risiko für eine Missbildung beim Kind sei kaum (0,2 %) erhöht, doch etwa fünfzig Prozent der Kinder würden nach der Geburt unter Entzugserscheinungen leiden. Mein Arzt schlug mir vor, die Methadondosis zu reduzieren. Ich weiss nicht mehr genau, wie viel ich offiziell hatte, auf jeden Fall waren es mehrere hundert Milligramm, die ich täglich brauchte. Ich stimmte zu, versuchte es auch, aber es gelang mir nicht, bei der Geburt auf 60 Milligramm zu sein.

Diese Schwangerschaft war eine der schönsten Zeiten, die ich mit meinem Mann hatte. War ich vorher noch sehr oft ausgegangen, so blieb ich jetzt vermehrt zu Hause. Die Interessen nach aussen liessen nach. Ich spürte, das Wichtigste war, dass ich Ruhe hatte, dass ich keinerlei Stress auf mich und mein Kind kommen liess. Ich machte mir auch keine Ängste über eventuelle Folgen meiner Sucht für das Kind. Ich hörte nicht einmal auf zu rauchen. Ich war mir so sicher, dass alles gut gehen würde und dass jegliches Unbehagen meinerseits gegenüber der Schwangerschaft auf das Kind viel gravierendere Folgen haben könnte. Oder wenn ich dauernd nervös wäre, weil ich nicht rauchen durfte. Ich weiss nicht, wo ich diese felsenfeste Sicherheit hernahm. Sie kam aus meinem Innern – sie hielt mich davon ab, viel zu grübeln und sagte mir einfach: Geniesse es, es ist okay so. Ich glaube, das hat viel zu dem fast bilderbuchhaften Verlauf der Schwangerschaft und der Geburt beigetragen und es half mir auch bei meinem zweiten Kind, bei dem es wieder genauso gut lief.

Ich kostete all die Freuden, die eine Schwangerschaft mit sich bringt, voll aus – die ersten Ultraschallbilder zum Beispiel. Ich konnte mich nicht beherrschen, ich musste meinen Arzt fragen, ob es ein Junge oder ein Mädchen sei. So wusste ich schon im fünften oder sechsten Monat, dass es ein Junge würde. Wenn ich hätte wählen können, hätte ich mir ein Mädchen gewünscht, aber es leuchtete mir ein, warum mir das Schicksal einen Jungen bescherte. Es hatte etwas mit der schwierigen Beziehung zwischen mir und meiner Mutter zu tun. Wahrscheinlich erhoffte ich mir, bei einem Jungen weniger die Fehler zu wiederholen, die bei mir und meiner Mutter passiert waren.

Dann kamen die ersten spürbaren Kindsbewegungen. Es war ein erregendes Gefühl, dieses Kind, das in mir wuchs, endlich auch zu spüren. Zu sehen, wie sich die Bauchdecke hob und senkte, wenn es strampelte. Es gab mir auch das Gefühl, dass es dem Menschlein da drinnen wohl war, dass alles in Ordnung war. Alle Untersuchungen beim Arzt zeigten optimale Ergebnisse, das Kind entwickelte sich völlig normal. Es gab also nichts, was die Idylle störte.

Von aussen liess ich nichts mehr an mich herankommen, das mich beunruhigt hätte. Meine Umgebung reagierte verschieden. Ich verkehrte zu jener Zeit vor allem in Frauenkreisen und hatte viele lesbische Freundinnen. Diese waren sehr gehemmt in ihren Reaktionen, da sie sich nicht recht vorstellen konnten, dass ich mich über das ungeplante Kinde freute. Darum mied ich diese Kreise mit der Zeit, ich hatte keine Lust, mich zu rechtfertigen. Es hatte sogar Frauen gehabt, die mich fragten: «Und was machst du, wenn es ein Junge wird?» Sie schafften es tatsächlich, ihre Männerfeindlichkeit sogar auf ein ungeborenes Kind zu übertragen. Andere dachten an Vergewaltigung und so, weil sie glaubten, ich hätte ausschliesslich Frauenbeziehungen. Ich hatte auch eine Weile lang eine Beziehung zu Sarah, doch die hatte keinen Einfluss auf die Beziehung zu meinem Mann.

Auch im neunten Monat war ich topfit, obwohl ich einen Riesenbauch hatte. Ich hatte nur etwa so viel zugenommen, wie man der Schwangerschaft zuschreiben konnte und von hinten sah man überhaupt nichts. Aber vor mir wölbte sich eine Riesenkugel. Trotzdem fühlte ich mich nicht allzu sehr eingeschränkt in meiner Bewegungsfreiheit. Noch am Tag vor der Geburt fuhr ich mit dem Mofa die fünfzehn Kilometer von Trogen, wo ich wohnte, nach St. Gallen, um einzukaufen. Am nächsten Morgen hatte ich einen kleinen Blutfleck im Slip, der zwar nicht beängstigend war, mich aber trotzdem dazu veranlasste, mich im Spital zur Kontrolle anzumelden.

Mein Vater fuhr mich im Auto hin. Das errechnete Geburtsdatum wäre erst in zehn Tagen gewesen. Ich liess meinen Vater auf dem Parkplatz warten, denn ich war überzeugt, dass es nur eine Sache von einer Viertelstunde sein konnte. Doch damit war nichts.

Die Hebamme untersuchte mich und teilte mir mit, ich könnte gleich liegen bleiben, das Kind werde bald kommen. Der Muttermund sei schon fast voll eröffnet.

Mein Vater zog los, um meinen Mann zu holen, obwohl auch der Arzt meinte, es sei nicht sicher, dass er zur rechten Zeit da sein werde. Doch es trat ein Stillstand im Geburtsvorgang ein, wahrscheinlich weil ich mich hingelegt hatte. Ich telefonierte mit Ginger, bat ihn, mir mein Methadon mitzubringen, denn ich hatte ja gar nichts vorbereitet. Etwa eine Stunde, nachdem mein Mann eingetroffen war, kurz bevor man mir Wehenmittel geben wollte, gings weiter mit der Geburt und zwar sehr rasant. Ohne Vorankündigung kamen die Presswehen. Ich hatte nicht eine Vorwehe gehabt. Man schob mich in den Kreisssaal und legte mich auf einen Gebärstuhl. Die Hebamme wies mich an, meine Füsse fest in ihre Hüften zu stemmen und zu pressen. Ich presste etwa drei-, viermal, bis der Kopf des Kindes an der Scheidenöffnung sichtbar wurde. Doch nun stresste mich die Hebamme dermassen mit ihrem «Pressen, pressen!», dass ich viel zu viel Blut in den Kopf hinaufpresste. Dadurch kam ich von einer Sekunde auf die andere plötzlich voll auf Entzug. Ich war so erschöpft, dass ich begann, weitere Wehen «wegzuatmen», was ich erstaunlicherweise schaffte. Dies war darum aussergewöhnlich, weil man normalerweise Presswehen nicht mehr für beeinflussbar hält. Doch an diesem Punkt der Geburt war dies nicht mehr besonders angebracht. Weil ich jedoch zu kaputt war, um weiter zu pressen, beschloss der Arzt, das Kind, das im Geburtskanal feststeckte, mit der Saugglocke herauszuholen. Dafür musste er eine örtliche Betäubung vornehmen, die mir als das weitaus Schlimmste und Schmerzhafteste der ganzen Geburt in Erinnerung blieb. Der Arzt stocherte mit der Spritze da unten rum, dass ich glaubte, es höre nicht mehr auf. Als dann schliesslich die ganze Scheidenregion betäubt war, setzte der Arzt zum Dammschnitt an. Dieser musste grösser ausgeführt werden als bei einer normalen Geburt, da die Saugglocke ziemlich gross war und in die Scheide hineingeschoben werden musste, um am Kopf des Kindes angebracht zu werden. Dann hiess es «Nochmals pressen!» und ich presste, presste und schrie: «Zieht es endlich raus!» Mit diesem Schrei lag das Kind da.

Bevor es mit der Geburt losgegangen war, hatte ich den Arzt und die Hebamme gefragt, ob sie glaubten, es gäbe ein kleines oder ein grosses Kind und beide hatten geantwortet, dass es ihrer Meinung nach ein sehr kleines Kind sein würde. Doch nun staunten alle nicht schlecht, als sie den Riesen-Brummer daliegen sahen. «Ach, darum gings so streng!», sagten sie. «Das ist ja ein recht grosses Kind – und Sie sind halt ziemlich eng gebaut!»

Pascal war vier Kilogramm schwer, 54 Zentimeter lang und quietschlebendig. Ohne besondere Aufforderung schrie er gleich los. Sie wickelten ihn in ein Tuch und legten ihn mir in den Arm. Mein Mann war völlig weg vor Glück. Während der Geburt hatte er sich zurückgehalten und ich war ihm dankbar dafür. Nach einer Weile nahm mir die Hebamme das Baby wieder weg, um es zu baden, den Nabel zu verbinden und so weiter. Ich flüsterte meinem Mann zu, ob er einen fertig vorbereiteten Methischuss dabei habe, und als er bejahte, wartete ich ungeduldig, bis der Arzt und die Hebamme endlich draussen waren. Als es so weit war, zog ich den Ärmel hoch, hielt meinem Mann den Arm hin und sagte: «Mach!» Er setzte mir den Schuss gekonnt und gleich ging es mir viel besser. Der Knall war längst überfällig gewesen, denn ich hatte seit Stunden kein Methadon mehr gehabt und damals machte ich sicher alle vier bis fünf Stunden einen Schuss.

Doch ich konnte mich noch nicht wirklich ausruhen. Denn das Zunähen stand noch bevor. Weil die örtliche Betäubung schon fast ganz nachgelassen hatte, spürte ich jeden einzelnen Stich. Trotzdem sagte ich nichts und biss die Zähne zusammen, bis der Arzt endlich fertig war. Dann säuberte man mich und ich durfte ins Spitalbett, das bequemer war als der harte Stuhl. Darin schoben mich mein Mann und die Hebamme aufs Zimmer und dort durfte ich das nun sauber angezogene Baby halten. Sein Bettchen stand neben meinem und sollte auch in der Nacht dort bleiben. Man sagte mir, ich dürfe das Kind so oft zu mir nehmen, wie ich wolle. Es war ein recht fortschrittliches Spital und das Personal war sehr freundlich und locker.

Nun konnte ich mein frisch geborenes Baby besser geniessen als gleich nach der Geburt und so schaute ich es erst mal ganz genau an. Am meisten fiel mir die ein wenig hässliche blaue Beule auf dem Kopf auf, die die Saugglocke zurückgelassen hatte. Es hatte ausserdem blaue Augen wie sein Vater, der nun neben mir sass und seinen Sohn liebevoll betrachtete. Noch getrauten wir uns beide kaum, das Baby zu halten, so zerbrechlich klein erschien es uns.

Ginger

Ich hatte schon oft von ihm gehört – von diesem geheimnisvollen Ginger. Man sprach von ihm wie von einer Legende, irgendeinem grossen Helden der ersten Tage. Jeder hatte Ehrfurcht in der Stimme, wenn er von ihm sprach. Man spürte die grosse Achtung, die alle vor ihm hatten. Seine Heldentaten wurden unter vorgehaltener Hand nur Privilegierten weitererzählt. Er gehörte zu den Pionieren, den ersten Fixern in St. Gallen. Zu denen, die noch im alten «Africana» herumhingen, der berühmt-berüchtigten Musicbar, von der ich nur noch das Ende miterlebt habe. Dort waren noch Uriah Heep und andere später gross gewordene Bands aufgetreten. Man hatte Hasch geraucht und all die anderen Drogen ausprobiert. Und obwohl es ein öffentliches Lokal war, hatte sich niemand den Teufel drum geschert, dass es verboten war.

Und Ginger war der kleine König dieser Szene gewesen. Schon mit 15 knackte er seinen ersten Tresor und avancierte bald zum Spezialisten mit eigener Handschrift. Er war nie erwischt worden und nur weil er von falschen Freunden in die Pfanne gehauen worden war, verraten aus Hoffnung auf bessere Urteile, sass er dreimal in Regensdorf, dem schlimmsten Knast in der Schweiz. Das erste Mal war er noch nicht einmal 18, als man ihn dorthin schaffte, denn die schlimmste Jugenderziehungsanstalt, die Aarburg, hatte sich geweigert, ihn nochmals aufzunehmen. Was er mir von dort später erzählte, ging über meine Vorstellungskraft.

Die Aarburg war ein Heim für Schwererziehbare. Es war wirklich eine alte Burg, deren Rückseite direkt an einer steil abfallenden Felswand stand. Dort stürzte manch ein jugendlicher Insasse in den Tod, der sich einen unerlaubten Ausgang verschaffen wollte; denn wenn man klettern konnte, war es möglich, unbemerkt hinein- und herauszugelangen. Wenn sie dabei oder bei sonst einem Verstoss gegen die Hausordnung erwischt wurden, schlug man sie zu viert oder noch mehr zusammen, bis sie sich nicht mehr rührten. Die schlimmste Strafe jedoch war der Bunker. Ginger schilderte mir das später so: Zuerst kam man da für eine Woche hinein, doch wenn die zu Ende war, war man so fertig, dass man dem nächstbesten Wärter eine in die Fresse schlug. Worauf man rechtsumkehrt wieder in den Bunker zurückkam, diesmal für zwei Wochen. Dasselbe wie nach der ersten Woche und man sass noch vier Wochen drin, also insgesamt sieben Wochen. Wohlgemerkt, es waren 15- und 16-Jährige, die so bestraft wurden.

Im Bunker sass man in Dunkelhaft, das hiess, dass man noch nicht einmal die Hand vor dem Gesicht sah. Die Zelle war nicht so hoch, dass man darin stehen konnte und nur etwas breiter und länger als die dünne Matratze, die am Boden lag. Ausserdem gab es einen Kotkübel, der einmal pro Tag geleert wurde, und eine Bibel, die man in der Dunkelheit gar nicht lesen konnte. Waschgelegenheit gabs keine. Dafür geschmälerte Kost: Zum Frühstück ein Brot und etwas Kaffee; am Mittag eine Wassersuppe und ein Brot und zum Nachtessen Tee und Brot. Das sieben Wochen lang ohne Unterbruch, ohne täglichen Spaziergang oder so – und für einen 16-Jährigen! So alt war Ginger damals und er sass nicht nur einmal sieben Wochen lang im Bunker.

Ich wunderte mich, dass Ginger noch normal war, nachdem er so jung solch schlimme Dinge erlebt hatte. Man merkte ihm nur an, dass er sehr misstrauisch war, speziell allen Autoritäten – Behörden, Polizei und Sozialarbeitern – gegenüber. Er war immer ein Einzelgänger und traute nur sich selbst – und später mir. Als Erwachsener machte er seine Coups nur noch allein, denn die wenigen Male, bei denen er mit anderen zusammen Einbrüche gemacht hatte, war er nachher von seinen Komplizen verpfiffen worden. Er selbst gab nie etwas zu bei der Polizei. Schon früh war er bei den Bullen einer der am meisten gehassten Delinquenten, denn er blieb immer hart – und wenn sie ihn monatelang in Untersuchungshaft behielten.

Er war auch einer der wenigen, denen je die Flucht aus dem Bezirksgefängnis gelungen ist. Dazu musste er eine Wand durchbrechen und mehrere Türen überwinden, was ihm nur dank seiner Geschicklichkeit gelang. Einbrüche machte er strikte nur dort, wo sowieso zu viel war. Wo es sich um gerechtere Verteilung von Vermögen handelte. Er machte sich eine Ehre daraus, nie jemandem etwas zu stehlen, der selbst nicht viel hatte. So wäre er nie in einen Tante-Emma-Laden eingebrochen, sondern nur bei grossen Firmen und reichen Leuten.

Auch sonst hatte er ganz klare Prinzipien, gegen die er nie verstiess, und wenn es ihn weiss ich was kostete. Ich habe nie mehr einen so geradlinigen Menschen kennen gelernt wie Ginger. Gerade in dieser Hinsicht habe ich viel gelernt von ihm.

Ich kannte viele Leute, die ihn kannten, doch ihn selbst traf ich nie auf der Szene. Nie sah man ihn an den üblichen Orten, dort wo sich die Giftler von St. Gallen versammelten, aber ich hörte immer wieder einmal eine wilde Geschichte über ihn. Mich nahm es sehr wunder, wer er war, doch ich traf ihn erst 1981 – und ausgerechnet in Zürich. Das AJZ, das Autonome Jugendzentrum, das in den Achtzigern durch die Krawalle berühmt geworden war, war vor kurzem geschlossen worden und ich hatte wieder einmal einen Entzugsversuch abgebrochen und stand auf dem Hirschenplatz, wo sich die Zürcher Szene auf der Suche nach einem neuen Standort vorübergehend wieder versammelt hatte. Ich hörte dem Gespräch zu, das neben mir zwischen drei Typen stattfand, und hörte heraus, dass der eine ein St. Galler sein musste. Ich haute ihn an und stellte fest, dass es der berühmte Ginger war.

Etwas scheu kam er mir vor, was irgendwie nicht ganz zu den Geschichten passte, die ich gehört hatte. Ich hatte mir einen viel souveräneren Typen vorgestellt, der vielleicht sogar etwas eingebildet war, arrogant und viel zu schön, um sich mit mir abzugeben, denn es war bekannt, dass er nicht mit jedem sprach. Doch so war er überhaupt nicht, im Gegenteil, auch er schien erfreut zu sein darüber, jemanden aus St. Gallen getroffen zu haben.

Wir beschlossen, gemeinsam mit dem Zug nach Hause zu fahren.

Doch vorher wollte er noch einen Schuss machen und fragte, ob ich mitkomme. «Ja, aber ich habe nichts mehr», sagte ich. «Na und?», war seine Antwort. Für mich war es nicht selbstverständlich, dass mich ein Fremder einfach einlud. Immerhin kostete ein Schuss damals mindestens 100 Franken und es war nicht sehr üblich, sich gegenseitig einzuladen. Wir gingen auf eine Toilette und dort hielt mir Ginger sein Briefchen mit Dope hin, ich solle mir nehmen, so viel ich brauchte. Das war wieder eine sehr grosszügige und sehr unübliche Geste. Im Zug waren wir dann ziemlich zu, aber in guter Stimmung.

Wir unterhielten uns über gemeinsame Bekannte und über Dinge, die wir auf der Gasse erlebt hatten. Dabei sah ich mir den Typen genauer an. Gross war er und hatte eine gute Figur, schlank und sehnig. Trotzdem war er kein im üblichen Sinn schöner Mann. Dazu hatte er eine zu schlechte Haltung, er ging immer etwas gebückt und auch das knochige, asketische Gesicht mit den tief liegenden Augen war nicht eigentlich schön zu nennen. Trotzdem hatte er etwas an sich, was mich anzog. Ob es die Augen von einem verwischten, hellen Blau waren, die einen so kritisch, aber auch neugierig anschauten, oder seine starke, ehrliche Ausstrahlung? – Ich wusste es nicht. Auf jeden Fall bewog mich etwas an ihm, zu tun, was ich sonst nicht machte, – oder sicher nicht so schnell: Ich musste wissen, ob dieser Mann an mir interessiert war. Ich legte ihm meine Beine über seine Knie und wartete ab, wie er darauf reagierte. Er legte seine Hand auf meine Unterschenkel und begann sie vorsichtig zu streicheln. So sassen wir, bis wir in St. Gallen ankamen. Dort beschlossen wir, zu ihm zu gehen, um dort zusammen einen Druck zu machen. Doch eigentlich wollten wir vor allem noch nicht auseinander gehen. Es lag noch etwas in der Luft, was erst noch klar werden musste. Sonst hätte die Gefahr bestanden, dass wir uns nicht mehr wiedergesehen hätten.

Ginger hatte ein Zimmer bei seinen Eltern, die schon längst schliefen. Das Zimmer war klein und wirkte unpersönlich. Erst als mir Ginger seine super Revox-Anlage vorführte und ich merkte, dass er stolz darauf war, spürte ich, dass er trotz der kargen Einrichtung zu jedem Ding eine Beziehung hatte. Es sah alles sehr ordentlich aus, nicht wie man es sich sonst bei Junkies gewöhnt war.

Schon bald vertiefte sich unsere Beziehung und wir gingen fest miteinander. Wir dealten mit Sugar, um unseren Konsum zu finanzieren. Doch dies verleidete uns ziemlich bald und wir begaben uns in ein Methadonprogramm. Von da an fixten wir nur noch Methadon. Wir bekamen es in Tabletten und daraus stellten wir selbst eine injizierbare Flüssigkeit her.

1983 heirateten wir und 1985 kam unser erstes Kind zur Welt. Ginger arbeitete immer und wir führten eigentlich ein sehr bürgerliches Leben. Bis ich mit meinem zweiten Kind schwanger wurde.

Ginger stürzte total auf Koks ab und verlor seine Arbeit. Vor mir hielt er es geheim und ich merkte fast ein Jahr lang nichts. Als ich es herausfand, vereinbarten wir, dass ich für ihn das Dealen übernehmen würde, da er sich dazu nicht in der Lage fühlte. Im Gegenzug würde ich ihm seinen Konsum auf ein erträgliches Mass beschränken.

Das ging einige Zeit gut. Als ich eines Tages endlich wieder einmal etwas mit den Kindern unternehmen wollte, schickte ich meinen Mann zum Dealen ins Bienenhüsli. Es lief ihm recht gut und am Nachmittag hatte er kein Dope mehr und wollte bei mir Nachschub holen. Er hatte vergessen, dass wir in der Stadt abgemacht hatten und liess sich von einem Kunden, der Stoff kaufen wollte, im Auto nach Hause fahren. Da er keine Wohnungsschlüssel hatte, schlug er dem Kunden vor, zu warten, bis ich käme und in der Zwischenzeit im Keller einen Schuss zu machen.

In diesem Keller musste nun Folgendes passiert sein: Irgendwann beobachtete dieser Kunde, ein Österreicher namens Alfred, dass mein Mann mehr als 4000 Franken in der Tasche hatte, schlug ihn von hinten nieder und beraubte ihn. Danach fuhr er schnurstracks zum Bienenhüsli zurück. Mein Mann folgte ihm zu Fuss, schwer verletzt. Auf der Mühleggtreppe muss er gestürzt und etwa zehn Minuten liegen geblieben sein, wie eine Zeugin der Polizei berichtete. Trotzdem fand Ginger Alfred noch beim Bienenhüsli und zusammen mit einem Kollegen durchsuchte er Alfreds Auto nach dem Geld.

Ich hatte wie abgemacht im «Katharinenhof» auf meinen Mann gewartet und als er lange nicht kam, gab ich die Kinder einer Kollegin und ging zum Bienenhüsli. Dort traf ich Ginger. Blutüberströmt erzählte er mir, dass er überfallen worden sei. Ich antwortete ihm, dass das Geld im Moment egal sei, er solle sofort ins Spital gehen, um sich untersuchen zu lassen. Er versprach das zu tun, und ich ging die Kinder holen, um mit ihnen nach Hause zu gehen.

Als Ginger um 21 Uhr immer noch nicht zu Hause war, ging ich in die Notfallstation des Spitals. Dort liess man mich eine halbe Stunde warten. Dann sagte mir ein Arzt, mein Mann sei vor einer halben Stunde an einer Hirnblutung im Kleinhirn gestorben:

«Er starb an einem Schlag mit einem spitzen Gegenstand auf den Hinterkopf, – sicher nicht an einem Treppensturz.»

Ich war verzweifelt wie noch nie. Was sollte ich den Kindern sagen?

Am nächsten Tag ging ich in das Spital, um alle Angelegenheiten zu klären. Auf dem Rückweg verhaftete mich die Polizei. Ich sagte den Bullen, ich hätte ihnen nichts zu sagen, da auch mein Mann seinen eigenen Mörder nie der Polizei verpfiffen hätte. Der Polizist fragte mich, ob ich meinen Mann nicht geliebt hätte, und ich antwortete nur:

«Eben schon!»

Aufgrund der Aussagen des Kollegen, der meinem Mann bei der Durchsuchung von Alfreds Auto geholfen hatte, wurde Alfred verhaftet. Er stritt den Mord ab und gab nur den Raub des Geldes zu. Er behauptete, mein Mann habe es nicht einmal gemerkt, dass er ihm das Geld gestohlen habe. Seine Aussage war sehr unglaubwürdig. Der Blick titelte: «Mord jetzt auch am St. Galler Platzspitz.» Und die

Polizei und die Gerichtsmedizin waren sich plötzlich einig, mein Mann sei an einem Treppensturz gestorben. Dabei war jedem klar: Es interessiert die Bullen schlichtweg nicht, wenn Junkies Junkies umbringen.

Platzspitz

Auf dem Platzspitz begannen die Jugos den Arabern den Rang abzulaufen. Immer mehr übernahmen sie alle Geschäfte auf der Szene. Aus Afrika war der Markt mit haufenweise schlechtem Kokain überschwemmt worden und die Jugos waren dadurch eine Weile lang ins Hintertreffen geraten. Doch nun kamen sie mit noch mehr noch schlechterem Stoff wieder. Die Zeit, in der sie vor allem im Kokshandel kein Bein auf den Boden gekriegt hatten, überwanden sie mit faulen Tricks. Wollte beispielsweise jemand 100 Gramm Koks kaufen und geriet dabei an irgendwelche Jugos, so konnte es ihm passieren, dass sie ihm 100 Gramm miesen Sugar gaben, ihm die Kohle abnahmen und sagten: «Du nehmen das, du verreisen, sonst gar nix und verreisen!» Und das arme Schwein stand mit beschissenem Heroin da und hatte den teuren Kokspreis dafür bezahlt. Und da sie meist zu zehnt oder noch mehr kamen und bewaffnet waren, hatte niemand eine Chance zu reklamieren. Darum war mein oberstes Gebot: Nie Business mit Jugos – auch wenn sie mir manchmal verlockende Angebote machten.

Anfang der Neunzigerjahre war die ältere Generation von Jugos im Business – und die hatten sehr wenig Ahnung von Dope. Es waren Kleinkriminelle, die für Taschen-, Automaten- und Ladendiebstähle sowie kleinere Einbrüche hergekommen waren, noch vor dem Krieg in Jugoslawien. Als dann mit solchen Dingen immer weniger Geld zu machen war, weil kaum mehr jemand mit viel Bargeld rumläuft und Läden und Automaten immer besser gesichert waren, liessen sie sich zum Drogenhandel rekrutieren. Und zwar von Leuten, die fest entschlossen waren, damit die ganz grosse Kohle zu machen. Gefährliche Leute. Mit dem Krieg wurde die Sache dann noch schlimmer. Auf der Gasse begann ein richtiger Kleinkrieg. Man kann nicht alle Ausländer in denselben Topf mit den Jugos schmeissen. Die Türken zum Beispiel waren viel geradliniger und korrekter. Wenn sie jemanden als Freund bezeichneten, dann hielten sie ihm die Stange.

Bei den Arabern unterschied ich zwei Gruppen: die Beduinenfürsten, die stolz, ehrlich und rar waren, und die Bazardiebe, die link und noch linker waren und in Massen auftraten. Diese beiden Gruppen zu unterscheiden, war überlebenswichtig. Die Jugoslawen waren die Unberechenbarsten und man ging besser von vornherein davon aus, dass sie link waren, wenn man nicht mehr drum herumkam, mit ihnen Geschäfte zu machen. Hinter ihnen standen die zu allem entschlossenen Russen – die skrupellos über Berge von Leichen gingen und denen nichts heilig war. Ich bin absolut keine Rassistin, aber wenns ums Überleben geht, tut man besser daran, den Tatsachen ins Auge zu sehen, auch wenn sie nicht in ein ideales Weltbild passen.

Ich verkaufte ab und zu Koks auf dem Platzspitz zu einer Zeit, als eine Gruppe Jugos mit einem speziell fiesen und skrupellosen Trick ihren Einstand hielt. Vorher war es eine schöne Zeit lang ruhig gewesen auf der Szene, es hatte fast so was wie Frieden geherrscht. Es ging niemandem ganz schlecht und die Repression seitens der Polizei war erträglich. Auch die Filterler, die untersten in der Szenenhierarchie, hatten ihr Auskommen. Sie führten so eine Art Dienstleistungsbetrieb. Auf geklauten SBB-Gepäckwägelchen bauten sie sich Tische auf. Dort boten sie Löffel, Ascorbinsäure, Feuer, sauberes Wasser und Filter an, eben alles, was man braucht, um sich einen Schuss zu präparieren. Als Entgeld liess man ihnen einen Teil des Schusses, oder man bezahlte was. Ein Hauptteil der Arbeit der Schmier bestand darin, die Wägelchen ein-, zweimal täglich zum nahen Bahnhof zurückzubringen. Eine Viertelstunde später hatten alle neue geholt!

Und dann gabs da noch die Vermittler und die Wögeler. Die Wögeler (kommt von Wägen) hatten Minigrip-Säcklein (kleine Plastiksäcklein mit Druckverschluss) zum Verkaufen und boten ihre Pesola-Waagen den Dealern zur Miete an, wenns um einen Deal ging, bei dem eine abgewogene Menge verkauft wurde. Dafür erhielten sie dann einen Spitz Dope (eine Messerspitze voll). Die Vermittler vermittelten Kunden, das heisst sie passten Kaufwilligen ab und lotsten sie zu ihrem Dealer. Und wie überall gabs von allen gute und schlechte. Schlechte Filterler waren unsauber, miese Vermittler schwatzten den Kunden schlechten Stoff auf und linke Wögeler hatten falsch eingestellte Waagen.

Nun kamen eines Tages zwei jugoslawische Dealer zu zwei Filterlern. Diese hatten sie willkürlich aus denen ausgesucht, die immer da waren und die somit einen gewissen Bekanntheitsgrad hatten. Sie boten ihnen ein Geschäft an: 10 Gramm Sugar auf Kommission zum Preis von 1500 Franken. Zum Probieren gaben sie den beiden einen Schuss Superware, worauf die beiden begeistert zusagten. Bezahlen mussten sie erst nach dem Weiterverkauf. Aber der Stoff, den sie zum Weiterverkauf erhielten, war so schlecht, dass er total unverkäuflich war. Daher konnten sie nicht zahlen. Deshalb wurden sie von zwanzig Jugos so zusammengeschlagen, dass beide mehr als zwei Monate im Spital lagen.

Diese Action machte natürlich schnell die Runde: Bald hatte jeder in der Szene davon gehört. Nur wusste niemand, dass der Stoff so schlecht gewesen war. Und so machten die Jugos dasselbe mit fast allen anderen Filterlern und mit diversen Vermittlern. Die zwei ersten waren nur als Warnung für alle anderen drangekommen, so dass nun keiner mehr wagte, den schlechten Stoff nicht zu bezahlen. Und so machten sie alles, um das Geld aufzutreiben und ungeschoren davonzukommen. Die einen gingen auf den Strich, andere begingen Einbrüche. Für jene Bande von Jugos war die Sache kein schlechtes Geschäft und ausserdem hatten nun alle einen Heidenrespekt vor ihnen.

Auch ich verkaufte ab und zu auf dem Platzspitz Dope. Vor allem dann, wenn es nach ein paar faulen Tagen wieder einmal nötig war, viel Geld auf einmal zu machen. Und das konnte man dort besser als in St. Gallen, nur war es auf dem «Spitz» auch heisser als beim Bienenhüsli, man konnte eher alles verlieren.

Es gibt verschiedene Möglichkeiten, auf der Gasse zu dealen.

Man kann zum Beispiel einem Gramm Koks einen Teil Streckmittel beimengen und dann viele kleine Portionen zu einem möglichst hohen Preis verkaufen. Man hat dann quasi einen maximalen Pro-Gramm-Preisgewinn. Bloss verkauft man so nur wenige Gramm. Denn man hat lange, die überteuerten kleinen Portionen los zu werden und konsumiert selbst zu viel von dem, was zu Geld gemacht werden müsste. Mir war es lieber, bei einem minimalen Pro-Gramm-Gewinn viel, gut und schnell zu verkaufen. Da ich diese Taktik konsequent durchzog, hatte ich viele Stammkunden, die mir meinen Stoff unbesehen abnahmen, weil sie von gleich bleibend guter Qualität ausgingen und auch die Preise immer dieselben waren. Egal, wie teuer ich den Stoff eingekauft hatte. So machte ich mit einem guten Gewissen meinen Gewinn und meistens hatte ich ein rechtes Gefolge von Leuten, die davon lebten.

Wenn ich auf den Platzspitz kam, gab es ein Riesentrara. Johnny rief:

«Hei, Britta, kommst du wieder zu mir?»

Jonny war erster Filterler am Platz. Er fragte mich, ob ich neben seinem Tisch stehen würde, wenn ich etwas zu verkaufen hatte. Damit kam er in den Genuss der «Prämie», die ich ihm zahlte, und gleichzeitig hatte er damit viele Kunden, die, nachdem sie bei mir Stoff gekauft hatten, bei ihm ihren Kuchen richteten.

Und schon flitzte Tino daher:

«Hei, St. Gallerfrau, auch wieder einmal da? Kann ich wieder für dich vermitteln?» Er vergass immer meinen Namen. Ich lachte. «Na klar! Immer nur mit den Besten, oder?» Wir besprachen die Konditionen und Jonny und Tino waren zufrieden. Ich gab beiden immer einen Vorschuss-Knall. Das war für mich selbstverständlich, denn niemand sollte äffig anfangen müssen, und der Vermittler sollte wissen, was er weiterempfahl, wenn ihm sein Ruf etwas bedeutete.

Rund um die Rondelle ging es zu und her wie auf dem Wochenmarkt. Alle priesen lauthals ihren Stoff an. Manche suchten einen Partner für einen «Cocktail» (Mischung aus Kokain und Sugar).

«Wer hat Sugar für einen Cocktail?», rief einer, der nur Koks hatte.

«Fünfziger, Läppen, Halbe, Ganze (Gramm), wer sucht ‹Paki› (Heroin aus Pakistan, im Gegensatz zu ‹Türgg› aus der Türkei)?», riefen Vermittler und Dealer. Auch Tino legte los:

«Wer sucht gutes, organisches Koks – kein Synti. Wer sucht Koks zum Basen (free base = aufbereitetes Kokain zum Rauchen)?», pries er meine Ware an, während er seine Runden drehte. Das «organisch» betonte er deshalb besonders, weil zu der Zeit das meiste Kokain auf der Gasse einen hohen Anteil an synthetischen Substanzen enthielt – Speed, Amphetamine und sogar Angeldust. Ich achtete immer darauf, keinen solchen Dreck zu kaufen und zu verkaufen. Ich konnte den Stoff recht gut beurteilen.

Tino machte seinen Job gut – bald war um mich herum so ein Gedränge, dass ich kaum mehr nachkam. Wir mussten schleunigst etwas ändern, denn so war es viel zu heiss. Die Bullen überwachten den Platz ständig mit Ferngläsern und wenn ihnen solche Zusammenballungen auffiel, kamen sie. Um das zu verhindern, stellte ich zwei Mann mehr ein, die alle Hände voll zu tun hatten, die Leute fernzuhalten. Sie versuchten, sie dazu zu bringen, ohne Affentheater etwas abseits zu warten, bis ich kam. Doch die meisten befürchteten, dann nichts mehr zu bekommen, weil so viele da waren. Nach zweieinhalb Stunden war ich fix und fertig. Doch mit dem, was ich in der kurzen Zeit verdient hatte, konnten ich und meine Family wieder ein, zwei Tage leben. Ich war zufrieden, dem letzten Kunden hatte ich sogar noch mein eigenes Konsum-Piece verkauft, weil er mich so bedrängt hatte. Doch nun fiel mir plötzlich siedendheiss ein, dass ich den Jungs, die mir geholfen hatten, noch ein Extra-Piece versprochen hatte. Scheisse, ich hatte nicht einmal mehr einen Schuss für mich. Ich sagte ihnen, dass ich nochmal herkommen würde, wenn ich bei meinem Dealer neuen Stoff geholt hätte. Ich sah, dass sie enttäuscht waren.

«Das haben schon viele versprochen, aber keiner hat je sein Versprechen gehalten!», sagte der eine. Der andere meinte: «Nun ja, eigentlich ist sie uns ja nichts mehr schuldig. Wir haben ja schon so viel gekriegt!» Doch Tino beschwichtigte beide:

«Nein, die ist nicht so – wenn sie was sagt, dann tut sies auch!»

Aber auch er zweifelte ein bisschen daran. Denn er wusste wie gross das Risiko war, mit viel Stoff auf die Gasse zu kommen, nur um ihnen noch was zu bringen. Doch mir war es sehr wichtig, mein Wort zu halten. Ich wollte die Leute nicht ausnützen, nur weil sie gewissermassen von mir abhängig waren. Nur wenn ich mir selbst ganz klare Prinzipien auferlegte, konnte ich vor mir selbst das Gesicht wahren. Also ging ich, nachdem ich bei meinem Dealer gewesen war, nochmals zu ihnen.

Im Zug nach St. Gallen schlief ich ein. Als ich zuhause ankam, war die Family gerade beim Aufstehen. Man hatte mich erwartet.

«Guten Morgen allerseits!», sagte ich. «Hier hat aber nicht etwa jemand Bock auf einen Schuss vom neuen Stoff, oder? Feinste peruanische Flakes gefällig?», neckte ich sie. Sie hatten. Danach tat ich keinen Streich mehr. Ausser das Dope zu geniessen. Und die anderen herumzujagen.

Einige Tage später machte ich auf dem Weg zu meinem Dealer einen kurzen Stopp auf dem Spitz. Ich kam gerade dazu, als ein grosser, bulliger Jugo Tino bedrohte.

«Du morgen zahlen 1500 Franken, sonst morgen tot dich schlagen!», radebrechte er.

Ich schnallte, dass Tino einer von denen gewesen sein musste, bei dem sie den faulen Link abgezogen hatten. Ich sah, dass Tino Angst hatte. Der Anblick des wild gestikulierenden Jugos machte mich stinkwütend. Ich rastete voll aus und schrie den Jugo an:

«Wenn ihr solche Scheisse verteilt, seid ihr selbst schuld, wenn niemand zahlen kann und überhaupt – weisste was? – Für 15 Lappen bringt man niemanden um, für 15 Lappen fährt man noch nicht einmal eine Faust aus, mit 15 Lappen putzt man sich den Arsch, du Arschloch!»

Rundherum war es totenstill geworden. Überall angststarre Gesichter. Als ob die Luft gefroren wäre. Der Jugo stand stocksteif da und gaffte mich an, als traue er seinen Ohren nicht. Dann machte er eine unbeholfene Geste in Richtung seiner Kollegen, die ein paar Meter abseits standen. Die Leute rundherum sahen mich schon in Grund und Boden gestampft. Doch als der Jugo sah, dass seine Kollegen nichts mitgekriegt hatten, trottete er davon. Grosse Erleichterung überall. Die einen fanden: «Cool!» Andere hingegen fragten mich, ob ich eine Selbstmörderin sei und ob ich denn gar nie mein Maul halten könne – schliesslich wäre es ja allen an den Kragen gegangen, wenn der ganze Trupp Jugos angerückt wäre. Denen erwiderte ich: «Impotente Feiglinge – alles lasst ihr euch gefallen, ihr Vollidioten!»

Die Jugos kamen immer durch mit ihrer Masche. Sie waren auf Angstmache programmiert wie Computer. Sie spulten stereotyp ihr Programm ab, worauf dann die erwartete Reaktion kam und mit Leuten, die Schiss hatten, war alles weitere ein leichtes Spiel. Wenn aber jemand nicht nach Schema X reagierte, so wars aus bei denen. Ein Ersatzprogramm hatten sie nicht, sondern der Apparat stellte auf Tilt und lief ins Leere. So war es auch bei diesem Typen gewesen.

Denn normalerweise kam niemand heil davon, der einem von denen Arschloch ausgeteilt und ihm dabei auch noch den Fuck-Finger gezeigt hatte. Doch wie mir Tino später erzählte, wurde er nachher nie mehr belästigt, seines Wissens als Einziger von denen, die nicht gezahlt hatten.

In der Folge half mir mein grosses Maul sehr viel öfter, als dass es mir schadete. Mit seiner Hilfe überstand ich manche heisse Situation auf dem Platzspitz, der immer gefährlicher wurde. Einmal musste ich spät nachts mit sehr viel Geld in der Handtasche von der Rondelle durch den Park zum Bahnhof gehen. Nachts war es dort stockdunkel, nur die Rondelle war beleuchtet. Und auf dem Weg standen überall Bäume und Gebüsche. Plötzlich sprang ein Typ aus einem Gebüsch vor mir auf den Gehweg. Er hatte die Kapuze von seinem Sweatshirt hochgezogen und schaute grimmig darunter hervor. Er hielt mit beiden Händen eine Knarre und zielte auf meinen Kopf.

«Los, Geld her! Und mach vorwärts!», zischte er.

Er konnte aber nicht wissen, dass ich viel Geld dabei hatte. Zum Glück hatte ich, kurz bevor ich ging, noch jemandem für einen Hunderter was verkauft. Und diesen Schein hatte ich in der Eile einfach in die obere Jackentasche geschoben. Spontan zog ich nun den Schein heraus und zeigte ihn her. Ziemlich kühl sagte ich:

«Schau, das ist meine letzte Hunderter: Aber weisste was? Ich geb' ihn dir nicht! Um den zu kriegen, musste du schon abdrücken! Los, drück ab, mach schon!» Ich vertraute darauf, dass die meisten Typen, die bewaffnete Raubüberfälle machten, Feiglinge sind, und rechnete damit, dass er für einhundert Franken nie schiessen würde. Ich war mir sicher, dass er nicht damit rechnete, dass ich noch mehr Geld hatte. Die Rechnung ging auf. Er motzte was von «blöde Sau» und haute eiligst ab.

Hätte ich nachgegeben, hätte er 25 000 Franken erwischt. Ein anderes Mal war die Situation ähnlich: Nacht, Typ mit Knarre, «Geld und Dope her!» Ich hatte nur wenig Geld und wenig Dope bei mir. In der beschissenen Situation, in der ich mich befand, war mir aber auch das zu schade für so ein Arschloch. Aus meiner eh schon miesen Laune heraus sagte ich: «Ach was, du willst schiessen, wenn ich dir nichts gebe? Okay, los, schiess, drück ab, sonst mache ich es sowieso nächstens selbst. Ich bin froh, wenn du das machst!» Ich bedrängte ihn richtiggehend damit, dass er abdrücken solle. Der dachte sicher, ich sei verrückt, und suchte schnell das Weite. So hatte ich mit einer spontanen Idee mein Ziel erreicht: Ich wollte mich nicht tatenlos ausnehmen lassen von so einem Idioten.

Zu Feuerwaffen hatte ich ein diffuses Verhältnis. Einerseits bin ich überzeugte Pazifistin und damit auch gegen jegliches Kriegswerkzeug. Andererseits ist es einfach ein geiles Gefühl, eine Knarre zu tragen. Es gibt einem ein Gefühl von Unverwundbarkeit. Eine

Pistole kann den Unterschied in der Körperkraft zwischen Frauen und Männer ausgleichen. Doch eine Pistole in den Händen einer Frau, die nicht damit umgehen kann, stellt sich unter Umständen als höchst kontraproduktiv heraus. Dann nämlich, wenn sie nicht entschlossen genug wirkt und der Angreifer ihr die Knarre einfach wegnimmt und sie im dümmsten Fall gegen sie verwendet. Ich war mir immer ganz sicher gewesen, dass ich würde schiessen können, wenns wirklich nötig sein sollte. Und doch war ich nicht gefasst darauf, wie schnell mich die Gewalttätigkeit eines anderen Menschen dazubrachte, mit Gewalt zu antworten. Ich hasse Steve noch heute dafür, dass er mich dazubrachte, dass ich mit einer 8-Millimeter-Automatic in sein Gesicht zielte und abdrückte. Es wäre zwar Notwehr gewesen, aber ich danke Gott oder wem auch immer heute noch dafür, dass die Knarre aus unerfindlichen Gründen nicht abging.

Trotzdem hatte ich ein Gefühl von Verlust danach. Ich wusste, dass ich damit unwiderruflich eine Hemmschwelle überschritten hatte. Die natürliche unbewusste Hemmung davor, einen Menschen zu töten, hatte ich für immer verloren. Nur mein Verstand konnte mich in Zukunft davon abhalten, aus geringerem Anlass als in Notwehr auf jemanden zu schiessen. Ich beschloss, nur noch dann eine Waffe in die Hand zu nehmen, wenn ich mich voll im Griff hatte. Keinesfalls dann, wenn ich emotional überfordert war.

Mich überkommt noch heute die kalte Wut, wenn ich daran denke, wie Steve eines Tages wieder mal völlig ausgeklinkt auf mich losging und sich mein kleiner, vierjähriger Sohn zwischen uns hinstellte und zu ihm sagte:

«Du langst meine Mutter nicht an!»

Nach diesem Ereignis hatte ich meine Kinder weggegeben, um ihnen solches künftig zu ersparen.

Die Szene am Brunnenbergplatz No. 17

Ich war viel zu früh dran. Und Zürich am frühen Morgen ist echt öde. Tags zuvor hatte ich von einem Dealer vierzig Gramm schlechten Stoff erhalten und war unterwegs, um zu reklamieren und das Zeug umzutauschen. Aber vor Mittag war da keine Menschenseele wach. Mir fiel ein, wie mich Savi vor ein paar Tagen zum tausendsten Mal bequatscht hatte, ihn endlich einmal in Zürich zu besuchen. Bei seinem Chef. Von dem hatte er mir schon so viele Geschichten erzählt, dass es mich wunder nahm, obs den überhaupt gab. Denn Savi war ein ziemlicher Angeber. Für ihn sprach, dass er in der Zürcher Szene wirklich alles kannte, was Rang und Namen hatte. So konnte er einem manchmal ganz gute Kontakte vermitteln; und davon lebte er.

Er hatte mir schon x-mal gesagt, sein Chef wolle mich unbedingt kennen lernen. So benutzte ich die Gelegenheit, um diese Sache mal abzuchecken. Ich fuhr zu der Adresse, die Savi mir gegeben hatte. Ich war schon etwas unsicher, denn wie Savi mir erzählt hatte, musste das eine ganz grosse Sache sein, die der Typ da aufgezogen hatte. Was, wenn man mich bloss dumm anschauen und fragen würde, was ich hier wolle? Ich hätte keine Antwort gehabt.

Doch auf den Empfang, den man mir bereitete, war ich kein bisschen gefasst. Ich hatte mich schon gewundert, dass die Türe unten sofort aufging, kaum hatte ich meinen Namen an der Gegensprechanlage genannt. Als ich aus dem Lift trat, stand der Chef in der Türe und begrüsste mich überschwänglich.

«Da ist sie ja, die berühmte Britta! Endlich kommst du mal vorbei! Hast dir ganz schön lange Zeit gelassen damit!»

Anscheinend war er sich das nicht gewohnt. Er war mir von Anfang an voll sympathisch. Er hatte kurze, graue, gelockte Haare, war gross und schlank. Er war bestimmt 45, aber sein Aussehen und seine Art liessen ihn jünger erscheinen. Er stellte sich vor:

«Ich bin Philip, deinen Namen weiss ich ja!»

Er führte mich in eine Art Wohnzimmer, wo einige Leute herumhingen. Denen führte er mich vor, als wäre ich Ihre Hoheit die Kaiserin von St. Gallen persönlich. Ich war masslos erstaunt darüber, dass den meisten mein Name ein Begriff war. Denn Zürich war ja nicht mein Pflaster. Seit den AJZ-Zeiten vor zehn Jahren war ich eigentlich nur selten hier gewesen.

Ich beobachtete das Treiben in der Wohnung. Philip gab eindeutig den Ton an. Zwei, drei Leute gehörten anscheinend zu seiner Mannschaft und sorgten in der Wohnung dafür, dass der Karren lief. Sie bedienten auch die Gäste im Wohnzimmer. Diese waren Dealer und Kleinhändler verschiedenster Grössenordnung, die darauf warteten, der Reihe nach zum Chef ins Büro gerufen zu werden, wo dann diskret die einzelnen Geschäfte liefen. Die Hierarchie war eindeutig: Da gabs welche, die wurden wie der letzte Dreck behandelt, und andere wurden fast ehrerbietig umschmeichelt. Von den Privilegierten wurde der Chef auch teilweise mit Papi angesprochen. Er bewies auch sonst einen zynischen Humor bei der ganzen Arschleckerei, die man ihm zukommen liess. So konnte er sich manchmal am Telefon mit «Gott!» melden. Er war der unumstrittene König der ganzen Szenerie. Und anscheinend war er auch in der Kokain-Szene von Zürich ein grosses Tier. Ich habe dort Geschäftsleute ein- und ausgehen sehen, deren Namen ich lieber sofort wieder vergessen habe.

Gegen Nachmittag wurde Philip nervös. Alle schienen auf eine Lieferung Koks zu warten, die ausgeblieben war. Der Chef wurde immer wütender. Das gibt Mais.

«Da hagelt es Bussen, das gibt grausame Bussen!», schrie er herum. Mir erklärte er daraufhin:

«Weisst du, ich habe hier ein neues System eingeführt. Bei Verspätungen von Dope-Lieferungen oder wenn einer seine Schulden ewig nicht zahlt, gibts einfach Bussen. Entweder zahlt dann so ein Arschloch mehr oder er bekommt weniger. Ich lasse mir die verdammte Schlamperei einfach nicht mehr gefallen!»

Ein Typ aus Genf stresste Philip dauernd:

«Hast du nicht vielleicht wenigstens vierzig, fünfzig Gramm da? Ich muss unbedingt vor sechs Uhr zurück in Genf sein.»

Philip nahm mich beiseite.

«Du hast doch gesagt, du hättest vierzig Gramm Koks dabei. Kannst du mir die nicht pumpen, dann bin ich wenigstens den Langweiler los. Ich weiss, dass der Stoff nicht besonders ist, aber für den reichts alleweil, und überhaupt: selber schuld!»

Ich hatte Philip erzählt, warum ich eigentlich nach Zürich gekommen war, deshalb wusste er von meinem Stoff. Er versprach mir, am selben Abend alles zurückzugeben und zwar in guter Qualität. Das war zwar ein gutes Angebot, aber auch ein Risiko, das ich bei keinem anderen eingegangen wäre. Philip traute ich irgendwie blind. So gab ich ihm alles, was ich hatte.

Inzwischen war auch Savi eingetroffen. Es schien ihn zu freuen, mich zu treffen.

«Anscheinend bist du voll gut angekommen beim Chef, was?», fragte er ein bisschen neidisch. Er hatte etwas hoch angegeben, was seine Stellung innerhalb der Organisation anbelangte. Er hatte immer so getan, als sei er die unersetzliche rechte Hand des Chefs. In Wirklichkeit, so stellte es sich nun heraus, war er so was wie sein Laufbursche. Dass ich das wusste, war ihm sichtlich peinlich.

Gegen 21 Uhr wurde mir die Warterei zu öde. Der Chef war weg. Er sei unterwegs, um die ausstehende Lieferung zu checken. Das hoffte ich wenigstens. Denn wenn ich mein Dope nicht zurückbekäme, wäre ich nahezu pleite. Trotzdem hatte ich keine Lust, noch länger darauf zu warten. Mein Stolz liess es nicht zu. So schrieb ich Philip einen Brief:

«Lieber Philip, heute hat mir im Wohnzimmer ein recht intelligenter Typ von einer interessanten Idee erzählt. Er sagte, er wolle ab sofort Bussen verteilen für Verspätungen bei Geschäften. Was denkst du: Kann ich als Auswärtige diese neue Sitte auch für mich in Anspruch nehmen – generöserweise überlasse ich es dem Verspäteten selbst, die Höhe der Busse festzusetzen... In St. Gallen warten meine Leute auf mich, darum kann ich unmöglich länger warten. Bis morgen Mittag. Love, Britta.»

Ich übergab den Brief Savi und dem Hausangestellten. Sie lasen meine Nachricht, schauten zuerst einander und dann mich an.

«Bist zu verrückt geworden? So eine Frechheit kannst du nicht bringen beim Chef – unmöglich!», meinten beide. «He, der macht Hackfleisch aus dir!»

Ich sagte:

«Was seid ihr doch für Memmen, fertige Waschlappen. Ihr gebt ihm den Brief, sonst werde ich sauer.»

Am andern Mittag stand ich wieder vor Philips Tür. Die von Savi erwartete Reaktion auf meinen Brief blieb aus. Im Gegenteil. Philip riss mich in seine Arme, tanzte mit mir herum und stiess ein Mordsgeheul aus.

«Da ist sie ja! Menschenskind hab' ich nen Spass gehabt an deinem Brief. So was Geiles von einem Brief habe ich noch nie gekriegt, der kommt in einen Rahmen!», rief er und konnte sich kaum mehr erholen. «Das ist was für die Arschlecker hier, endlich mal jemand mit Courage!»

Er bezahlte seine Busse grosszügig. Ich erhielt von ihm ein Mehrfaches von dem, was ich ihm geliehen hatte. Ich hatte von da an bei ihm einen Stein im Brett. In der Folge wurden wir gute Freunde. Ich konnte von ihm haben, was ich wollte, und ich tat ihm jeden Gefallen, um den er mich bat. Die Grundlage dafür war, dass geschäftlich zwischen uns alles immer total ehrlich lief. Nachdem wir vereinbart hatten zusammenzuarbeiten, fragte er mich als Erstes, was ich mir für einen Grammpreis vorstelle. Ich antwortete geradeheraus:

«Ich bezahle Qualität, nicht Quantität. Gib mir deinen 1a-Stoff und dann sagst du mir, was du dafür brauchst. Koks panschen kann ich auch selbst, wenn ich das will!»

Die Antwort verblüffte ihn. Es war schon recht frech, denn schliesslich war ich ja nur eine ganz kleine Nummer gegen ihn. Aber es gefiel ihm, dass ich kein Blatt vor den Mund nahm. Ich bekam von Anfang an nur die beste Ware von ihm, völlig reines Kokain, und das zu seinem besten Preis. Ich war froh, so dealen zu können. Denn ich hatte zwar ein schlechtes Gewissen, weil Dealen illegal ist, aber es war für mich stets Ehrensache, keine mit Synthetik oder giftigen Substanzen gestreckte Ware abzusetzen. Solange ich niemanden übervorteilte und keine Teenies anfixte, blieb meine Moral gewahrt, speziell auch darum, weil ich immer nur zur Finanzierung meines Eigenkonsums dealte.

Auch bei mir zu Hause war man froh, dass alles gut gegangen war und ich nicht ohne Stoff zurückkam. Einmal mehr wurde mir bewusst, dass alle Leute, die mit mir zusammenlebten, davon abhängig waren, wies bei mir lief. Ich versuchte mir zwar immer wieder klar zu machen, dass ich nicht für sie verantwortlich war. Doch wenn ich dann wieder sah, wie vielen Leuten ich das Leben etwas leichter machen konnte, indem ich die Dope-Beschaffung organisierte und die diversen Jobs, die dabei gemacht werden mussten, auf die richtigen Leute verteilte, so liess ich mich immer wieder drauf ein. Für mich gings ja immer auf, auch wenn viele Freunde fanden, ich liesse mich ausnutzen.

Am längsten mit dabei an der Teufener Strasse war Anni. Sie wurde auch «die kleine Anni» genannt, weil sie so klein und dünn war. Sie war vor etwa einem halben Jahr dazugekommen und hatte mir am Anfang vor allem die Kinder gehütet, wenn ich ausser Haus zu tun hatte. Meine Kinder hatte ich dann schweren Herzens zu meiner Mutter gebracht, weil ich zu fest abgestürzt war und ihnen das Leben um mich herum nicht mehr zumuten konnte. Anni war geblieben und jetzt machte sie den Haushalt für alle. Alle, das waren Jedd, Guido, Steve, Fidi, Ralf, Nana und Elise. Die wohnten zwar – ausser Steve – nur sporadisch bei uns, doch verbrachten sie die meiste Zeit in unserer Umgebung. Steve war ein Relikt aus einer total verkrachten Liebesgeschichte und war einfach nicht davon zu überzeugen, dass ich ihn nicht mehr da haben wollte.

Vor ihnen allen machte ich nie ein Geheimnis aus dem, was ich tat. So erzählte ich ihnen auch von Philip und der neuen Connection. Sie alle hatten noch nie so gutes Kokain gehabt, obwohl auch das, was ich früher gebracht hatte, überdurchschnittlich gut gewesen war. Ich hatte keine Mühe, das Zeug in St. Gallen los zu werden. Meine Mitbewohner meinten zwar, es sei zu heiss, das Dope ungestreckt zu verkaufen, aber Anni, die mich am besten kannte, sagte zu ihnen:

«Lasst sie in Ruhe, sie hat nun einmal ihre Prinzipien und überhaupt stimmt es gar nicht, dass es zu gefährlich ist, denn bei ihr sind sich die Stammkunden gewohnt, dass das Koks viel stärker ist als bei allen anderen, und denen, die zum ersten Mal bei ihr kaufen, sagt sies ja allen!»

Die Szene war damals noch hinter dem Bienenhüsli. Das war ein zentral gelegenes altes Riegelhaus mit einem Vorplatz und einem Hinterhof. Dort versammelten sich alle Junkies aus St. Gallen und der Umgebung, um Dope zu kaufen. Das Haus selbst war abends etwa drei Stunden lang offen. Es war von der Stadt offiziell als Fixerhüsli mit Fixerstübli betrieben worden. Das Fixerstübli war ein Raum, wo sauberes Fix-Besteck zur Verfügung gestellt wurde und wo man sich sauber, unter Aufsicht von Sozialarbeitern, den Schuss setzen konnte. Der Polizei war der Zutritt zum Haus nicht gestattet. Auch der Hinterhof war in dieser Hinsicht einigermassen sicher. Wenn man bei beiden Eingängen eine Wache aufstellte, sah diese die Schmier schon von weitem und konnte alle warnen. Die, die viel Stoff dabei hatten, versteckten ihn dann oder gaben ihn gegen eine Belohnung einem der vielen Filterler zur Aufbewahrung. Denn die Filterler wurden bei Razzien höchst selten kontrolliert, da sie sozusagen zum Inventar gehörten. Ausserdem war die Polizei damals ganz allgemein viel weniger hinter uns kleinen Junkies her. Jene Politik, die ein offizielles Fixerstübli erlaubte, war so locker wie nie vorher und wie nachher.

Ich ging pro Tag etwa zwei-, dreimal für zirka eine Stunde zum

Bienenhüsli, um Koks zu verkaufen. Alle kannten mich dort. Oft warteten schon viele Leute auf mich, denn man wusste, dass mein Stoff ein paar Mal besser war als der von den meisten anderen. Ausserdem stimmte bei mir das Gewicht der abgepackten Portionen und ich hatte viel bessere Preise als üblich. Es war damals normal, dass Halbe nur 0,35 Gramm wogen.

Meine Verkaufstaktik hatte auch Auswirkungen auf das allgemeine Preis- und Qualitätsniveau des Stoffes auf der Gasse und das machte mich nicht besonders beliebt bei anderen Dealern. Doch um es nicht auf die Spitze zu treiben, war ich jeweils nur kurze Zeit da. Und da dort fast rund um die Uhr Betrieb war, blieb genug Zeit für alle, um ihre Ware loszuwerden. Franz, der X-Large, zum Beispiel, fragte mich immer, wann ich auftauchen würde:

«He, Britta, wie lange bleibst du etwa hier? Ich geh eins saufen, bis du wieder weg bist. Solange du hier bist, verkaufe ich eh nix!»

Die kleine Anni und ich wohnten seit einigen Tagen wieder allein an der Teufener Strasse. Steve hatten wir wieder einmal hinausgeworfen. Es war nun schon mehr als einen Monat her, seit ich es endlich geschafft hatte, mit ihm Schluss zu machen. Ich hatte genug gelitten in der Zeit, in der wir zusammen waren. Nach einer anfänglich heissen Bettstory hatte sich eine völlig kranke gegenseitige Abhängigkeit entwickelt, die hauptsächlich von seinem Psychoterror und seinen Gewalttätigkeiten genährt wurde. Und nun liess er sich einfach nicht entsorgen. Wenn wir ihn vorne rausschmissen, so kam er hinten wieder rein. Und schlug dabei alles zu Klump, was ihm im Weg stand. Darum war ich auch ziemlich erschrocken, als ich die Wohnungstür eingeschlagen vorfand. Die kleine Anni war nirgends zu sehen, als ich eintrat. Doch dann hörte ich ein Geräusch aus dem Bad. Die Türe war verschlossen.

«Anni, bist du das da drin?»

«Gott sei Dank, Britta, dass du endlich da bist.» Sie kam raus. In der Hand hielt sie ein Bajonett, so ein altes Militärding. Ich musste trotz allem lachen. Das Bajonett war fast grösser als die ganze Anni.

«Mensch, was hast du denn damit vor?»

«Du hast gut lachen, du ahnst nicht, was hier los war. Steve ist wieder mal ausgeflippt – wahrscheinlich ist ihm das Koks ausgegangen, das du ihm gestern mitgegeben hast. Ich habe dir noch gesagt, der steht morgen früh wieder auf der Matte.»

«Und was wollte er von dir?»

«Koks natürlich. Er hat mir einfach nicht geglaubt, dass ich keins mehr habe. Er ist auf mich losgegangen und hat mich bedroht. Der wollte sogar wissen, wo du deinen Bunker hast!»

Ich erschrak.

«Den hast du ihm aber nicht gezeigt?»

«Sicher nicht – ich hab ihn gelinkt. Ich habe ihm den früheren Bunker gezeigt und gesagt, du hättest eben alles mitgenommen.»

«Mann, zum Glück ist unser neues Versteck so gut. Stell dir vor, der hätte alles gefunden. Ist ja alles dort, Dope, Geld, alles!», sagte ich erleichtert. Die kleine Anni hatte mehr Mumm in ihren klapprigen Knochen, als man einem so kleinen, dünnen Persönchen zugetraut hätte. Doch wenn Steve einen Anfall hatte, weil er kein Dope mehr hatte, dann hielt ihn nichts mehr auf. In einem solchen Zustand hatte er Anni schon zu Boden geschlagen und so war ich froh, dass sie unverletzt war.

«Jetzt reichts mir!», sagte ich zu ihr. «Jetzt besorge ich mir wieder eine Knarre. Nächstes Mal frage ich Philip, ob er mir eine besorgt. Das Arschloch kommt mir jetzt einfach nicht mehr ins Haus. Es ist vorbei mit dem Mitleid!»

«Ich verstehe sowieso nicht, dass du so lange Mitleid hattest mit ihm und ihn dauernd mit durchgefüttert hast. Früher konnte er sich ja sein Dope auch selbst besorgen!», sagte Anni zu mir.

«Du hast Recht, jetzt geben wir ihm alle konsequent nichts mehr – Terror hin oder her. Mehr kann er in der Wohnung ja kaum noch zerstören!»

Ich beschloss tatsächlich, mir wieder eine Knarre zuzulegen, denn Steve hatte mir schon zweimal alles weggenommen; mit Gewalt hatte ers damals geschafft, denn wenn er seine Schübe hatte, entwickelte er Bärenkräfte, denen ich ohne Waffe nichts entgegenzusetzen hatte. Am Abend traf ich Philip in seiner Privatwohnung, die er zusammen mit seiner Freundin bewohnte, um dem Trubel am Brunnenbergplatz ab und zu den Rücken zu kehren. Dahin lud er nur seine besten Freunde ein und es freute mich, dass er mich anscheinend auch dazuzählte. Ich erzählte ihm von meinem Problem mit Steve.

«Philip, kannst du mir so schnell wie möglich eine Knarre besorgen? Am liebsten wäre mir eine Automatic, egal welchen Kalibers, einfach nicht zu gross sollte sie sein. Wenn Steve das nächste Mal gewalttätig wird, kriegt er von mir eine Kugel – ich hab so was von genug von dem Typen! Gestern hat er wieder die kleine Anni bedroht.» Wir befanden uns in Philips elegant eingerichtetem Schlafzimmer. Er griff unter sein Kopfkissen, zog dort seine eigene Waffe hervor und drückte sie mir in die Hand. Diese Geste war so spontan, dass ich richtig gerührt war, hatte er doch, zumindest symbolisch, seine Sicherheit aufgegeben zugunsten von meiner. Es war eine kleine, handliche Vier-Millimeter-Walther und ich hielt sie stets in hohen Ehren. Aber ich war froh, dass ich sie nicht gegen Steve verwenden musste. Denn ich hatte schon oft genug Auseinandersetzungen gehabt mit ihm, bei denen ich mit Waffen gegen ihn vorgegangen war. Diesmal traf ich ihn zum Glück nicht mehr an der Teufener Strasse.

Ich gewann bei Philip immer mehr an Ansehen. Wenn ich da war, hielt ich mich nur in seinen Privaträumen auf, auch wenn er da gerade mit irgendwelchen wichtigen Geschäftspartnern verhandelte. Wie selbstverständlich stellte er mich dann jeweils als Mitarbeiterin – «seine Beste» – vor und bezog mich in die Gespräche ein. Dabei kam oft unsere gemeinsame Art von Humor oder Sarkasmus zum Tragen. Einmal zum Beispiel bezeichnete mich so ein nobler Herr in einem Gespräch über das Business als Kleindealerin. Ich antwortete ihm ganz ernst:

«Ich bin keine Kleindealerin. Ich bin ein General, der mit an die Front geht!» Ich sah, dass sich Philip innerlich bog vor Lachen – ich durfte ihn nicht weiter ansehen, sonst hätte ich laut herausgelacht und der Gag wäre dahin gewesen. Der Gesprächspartner war so verblüfft, dass er ins Stocken kam. Ein anderes Mal kam ich gerade dazu, als Philip eine Besprechung mit einigen Typen beendet hatte und der gemütliche Teil anfangen sollte. Er stellte mich vor und sagte:

«Zur Begrüssung rauchen wir jetzt zusammen eine gute Pfeife!» So wie er das sagte und versuchte, den anderen heimlich mit einem Auge zuzuzwinkern, ahnte ich, dass er vor meinem Eintreffen etwas angekündigt hatte. Vielleicht hatte er gesagt: «Jetzt könnt ihr mal sehen, was die Frau für einen Zug hat!», oder so ähnlich. Philip orderte sieben Pfeifen und kurze Zeit später wurden auf einem Silbertablett sieben ordentliche und präparierte Wasserpfeifen zum Base-Rauchen serviert. Er verteilte sie feierlich und legte jedem ein Kügelchen Base aus seiner privaten Basebüchse auf den Aschenkegel. Bei mir und bei sich selbst legte er eine vier-, fünfmal grössere Portion auf. Ich sah, dass es fast an eine Überdosis grenzte, aber ich tat, als ob nichts sei. Man wünschte gegenseitig «Cheers!» oder «Gut Rauch!» und alle fingen gleichzeitig an den Pfeifen zu saugen an. Als die anderen keine Puste mehr hatten, legten Philip und ich erst richtig los. Denn das war die richtige Art zu rauchen: zuerst langsam und vorsichtig, dann mit starkem Zug. Mir ging der Atem vor Philip aus, aber die anderen waren schon längst fertig und starrten gebannt auf mich. Sie fragten sich, wie lange es dauern würde, bis es mich umhaute. Doch obwohl es wirklich nahe an einer Überdosis war, tat ich, als merkte ich nichts Ungewöhnliches. Ich zuckte mit keiner Wimper und nach etwa einer Minute sagte ich ganz cool zu Philip:

«Und – rauchen wir jetzt noch was Rechtes?» Wieder tat er, als ob ich was ganz Normales gesagt hätte, aber als es niemand sah, machte er mir ein Zeichen mit dem Daumen nach oben. Das sollte heissen: Du hast gewonnen, 1:0 für dich!

Leider dauerte das Spitzenverhältnis, das ich mit Philip hatte, nicht lange. Vier Wochen später wurde er verhaftet. Von den wenigen seiner Kollegen, die nicht mit verhaftet worden waren, erfuhr ich, dass man ihm verdammt viel vorwarf und dass er nicht so schnell wieder rauskommen würde. Mehr als zwanzig Kilo wollte ihm die Staatsanwaltschaft anhängen. Er war kein unbeschriebenes Blatt. Bevor er angefangen hatte, nur mit Drogen zu handeln, war er ein genialer Trick-Betrüger gewesen – seine Coups waren auf der Gasse legendär. Letztlich war er jedoch ein Schwerstsüchtiger, bloss eben ein bisschen schlauer als die meisten.

Ich vermisste ihn. Ich arbeitete von da an mit den übrig gebliebenen Typen weiter. Doch die waren alle nicht annähernd so fair und zuverlässig wie Philip. An sein Format und seinen Stil kamen sie nicht heran, obwohl mehr als einer versuchte, Philip zu kopieren. Richtig geschmacklos wurde es manchmal. Ich hatte oft Schwierigkeiten mit ihnen, weil manche tatsächlich glaubten, in mir ein geeignetes Opfer zum Ausnehmen und Ablinken gefunden zu haben. Da hatten sie sich jedoch schwer geschnitten, denn ich war mir meiner Stellung viel zu bewusst. Denn Kleindealer, die bar zahlten, wählen die Grossdealer aus und nicht umgekehrt. Wenn man nicht darauf angewiesen ist, Dope auf Kommission zu erhalten, ist man quasi König in dieser Szene. Man muss sich nur dementsprechend verkaufen und sehr selbstbewusst auftreten.

Bevor ich eine neue Connection gefunden hatte, wurde auch ich verhaftet. Dies zum Glück nicht im Zusammenhang mit Philip. Ein ehemaliger Lieferant aus St. Gallen hatte mich verpfiffen. Die Polizei hatte darauf mehrere Wochen lang mein Telefon abgehört. Natürlich hatten wir am Telefon nie etwas Verbotenes besprochen und wenn, dann in Codes, die für Aussenstehende unverständlich waren. Es gab allerdings Leute, die Codes verwendeten, die so durchschaubar waren, dass sie die Bullen richtig darauf aufmerksam machten, dass da was lief. Aber zu dieser Sorte von Naivlingen gehörten wir nicht.

Das Ganze war sowieso grotesk. Denn wenn sie bei so kleinen Fischen wie mir schon solche Massnahmen wie Telefonüberwachungen anordneten, wer hatte dann noch Zeit für die wirklichen Verbrecher?

Meine Verhaftung verlief übertrieben dramatisch. Ich war sehr spät nachts von Zürich nach Hause gekommen und hatte wieder einmal die ganze Wohnung voll von Leuten vorgefunden. Auch Jonas und Pitsch waren da und warteten auf ihren Sugar. Ich hatte ihnen versprochen, in Zürich billig 10 Gramm Sugar für sie zu besorgen. Das war ein reiner Gefälligkeitsdienst, den ich ab und zu für jemanden machte, denn er brachte mir rein gar nichts ein. Im Gegenteil, oft hatte ich gerade deswegen ein Riesentheater und Unkosten. So hatte ich bei Philip einmal zu meinem Einkauf zusätzlich noch 10 Gramm Sugar bestellt. Auch für ihn war so was kein Geschäft, denn erstens machte auch er kaum je was mit Heroin und zweitens war bei so kleinen Mengen für ihn sowieso kein Gewinn drin. Philip lieferte wie bestellt und zum abgemachten Preis. Nachher erfuhr ich von einem seiner Leute, dass er für diese 10 Gramm Sugar mehr bezahlt hatte, als er von mir dafür erhielt. Doch so war Philip – wenn er etwas versprochen hatte, hielt er es ein, selbst wenn er draufzahlte! Das nenne ich Klasse und Stil.

Da es spät geworden war, schliefen Jonas und Pitsch bei uns. Auch Guido, Mehmet und Jedd blieben über Nacht. Platz hatte ich ja genug. Im Kinderzimmer stand immer noch das Kajütenbett von Pascal und Chloé und im Wohnzimmer hatte es zwei megabequeme Sofas und einen Liegesessel, die alle optimale Schlafstellen abgaben. Ich war so müde von dem Stress in Zürich, dass ich dummerweise den eingekauften Stoff nicht in meinem Bunker versorgte. Ich steckte ihn einfach in eine grosse Büchse Bonbons neben meinem Bett. Am frühen Morgen läutete es an der Wohnungstüre. Ich war die Einzige, die aufwachte und schlaftrunken, wie ich war, öffnete ich einfach die Tür. Während ich die Klinke hinunterdrückte, merkte ich gerade noch, wie dumm das war. Denn so früh morgens konnte es eigentlich nur die Schmier sein. Doch da war es schon zu spät. Mit einem Schlag flog die Türe auf und acht oder neun Bullen drängten sich hinein. Sofort verteilten sie sich auf alle Zimmer, damit niemand noch etwas verschwinden lassen konnte. Mir befahlen zwei Bullen, mich im Wohnzimmer aufs Sofa zu setzen und keinen Mucks zu machen. Ich vermutete, dass sie einen Tipp von einem der Anwesenden erhalten hatten. Sie waren so gezielt auf die verschiedenen Zimmer losgegangen, dass ich annahm, dass sie wussten, wen und was sie vorfinden würden. Anhand mehrerer Indizien fanden wir später heraus, dass Jonas und Pitsch von den Bullen dafür angestellt worden waren, ihnen den günstigsten Zeitpunkt für eine Hausdurchsuchung zu melden. Ein Hinweis darauf war auch ein äusserst seltsames Ansinnen von der Polizei an mich:

«Frau Serwart, wo ist die Schachtel?»

«Welche Schachtel bitte?», fragte ich. Ich war völlig verblüfft über die komische Frage, denn ich hatte beim besten Willen keine Ahnung, welche Schachtel die meinten. Ausserdem war ich viel zu beschäftigt damit, mir zu überlegen, wo ich das verdammte Dope hingestopft hatte. Mein Hirn rotierte, denn so was war mir mehr als peinlich – ich wusste tatsächlich nicht mehr, wo ich das Zeug versteckt hatte, so müde war ich gewesen. Ein Löffel mit Koks für zwei Schüsse, die ich mir vor dem Schlafen noch hatte machen wollen, stand unberührt auf dem kleinen Tisch neben meinem Bett. Die Bullen hatten ihn noch nicht entdeckt – und so überlegte ich fieberhaft, wie ich da rankommen konnte. Doch das Geplänkel um die komische Schachtel ging weiter.

«Ach, kommen Sie, Frau Serwart, Sie wissen ganz genau, welche Schachtel wir meinen, rücken Sie sie endlich raus!»

«Nein, ich habe echt keinen Schimmer, was ihr von mir wollt – die grosse, schwarze Kartonschachtel mit den Fix-Utensilien habt ihr ja schon gefunden unter dem Bett. Die werdet ihr wohl nicht meinen, da ist nichts Spannendes drin!», sagte ich. Plötzlich kam ein anderer Bulle ins Wohnzimmer und hielt mir mit der Frage, was das sei, ein Päckchen Marshmallows hin. In dem Moment kam mir in den Sinn, wo ich das Dope versteckt hatte. Denn in der Büchse waren dieselben Süssigkeiten enthalten. Ich versuchte krampfhaft, nicht daran zu denken, um ihnen nichts zu suggerieren, denn wenn ich noch etwas Zeit hätte, könnte ich vielleicht noch was deichseln. Doch schon eine halbe Minute später rief ein Bulle aus dem Schlafzimmer:.

«Wir haben den Stoff gefunden, er war bei den Bonbons!»

Scheisse!, dachte ich, doch ich sah, dass sie den Löffel mit dem Koks noch nicht entdeckt hatten. Ich begann sofort, einen Plan zu schmieden, um wenigstens diese zwei Schüsse für mich zu retten. Ganz harmlos fragte ich den Bullen, der mich bewachte:

«Ach, sagen Sie, dürfte ich nicht bitte mein Methadon nehmen, ich habe heute Morgen noch keines gehabt, und Sie wissen ja, ich brauche das.» Da es ein netter Bulle war, erlaubte er es mir. Ich führte ihn in mein Schlafzimmer, das inzwischen fertig durchsucht war. Der Bulle gab mir das Necessaire, in dem ich flüssiges und Methadon in Tabletten aufbewahrte. Mit einer Selbstverständlichkeit nahm ich eine 20-Milliliter-Spritze raus, die man zum Methi-Fixen braucht. Ich zog die Flüssigkeit auf die Spritze und ging damit schnell zum Spiegel im WC nebenan. Ich tat so, als versuchte ich verzweifelt, eine Vene am Hals zu finden, wo ich das Zeug reinspritzen konnte. Als genug Blut in der Spritze war, fluchte ich kurz und sagte zu dem Bullen:

«Sorry, jetzt ist mir etwas Blut in der Pumpe geronnen, jetzt muss ich alles nochmals filtrieren!» Gleichzeitig ging ich zu dem Löffel mit dem Dope und spritzte die blutige Flüssigkeit hinein, um sie dort quasi zu filtrieren. Ich rührte so lange um, bis sich das Dope schön aufgelöst hatte und zog den Schuss wieder auf die Spritze. Und was ich mir nun am Spiegel in die Halsvene spritzte, war so ein enormer Riesen-Megaschuss, dass ich danach eine Viertelstunde lang nur noch dasitzen konnte – ich brachte beim besten Willen keinen Pieps mehr heraus. Warum der Bulle nicht schon am Anfang interveniert hatte, sondern einfach bei der ganzen ja ziemlich ekelhaften Prozedur zuschaute, weiss ich bis heute nicht. Wahrscheinlich hatte er bei dem Tempo, das ich bei der ganzen Sache drauf hatte, keine Zeit gefunden, etwas zu sagen. Ausserdem war dieser Bulle bei den Junkies bekannt dafür, dass er oft etwas durchgehen liess, was kein anderer getan hätte. Auf jeden Fall war ich nach diesem Schuss hellwach und fühlte mich besser gerüstet für die weitere Fragerei nach der ominösen Schachtel.

Die restlichen Methadontabletten aus dem Necessaire gab ich der kleinen Anni. Ich behauptete einfach, es sei ihres – auch sie sollte nicht auf dem Aff in den Knast müssen. Dann gings weiter:

«Frau Serwart, dafür sagen Sie uns nun aber, wo die Schachtel ist!»

Mir verleidete die Sache langsam:

«Könnten Sir mir vielleicht wenigstens beschreiben, wie diese Schachtel aussehen soll, dann komme ich eventuell drauf, was Sie meinen?»

Endlich sagte einer:

«Den weissen Schuhkarton meinen wir. Sie wissen doch genau, welchen!»

Und nun schwante mir endlich, was sie suchten. Wenn man Methadontabletten präpariert, um eine injizierbare Flüssigkeit zu erhalten, bleibt nach dem Filtrieren die weisse Tablettentragmasse als Pulver übrig. Diese Pulverreste bewahrte ich immer in einem Schuhkarton auf, denn sie enthielten immer noch genug Methadon, um eine gute Reserve für schlechte Zeiten zu bilden. Manchmal gab ich auch jemanden, der auf Entzug zu mir kam, davon. Bei so einer Gelegenheit mussten nun diese beiden Idioten, Jonas und Pitsch, die Schachtel gesehen haben und blöd, wie sie waren, hatten sie gedacht, die Methireste seien gut ein bis zwei Kilo Kokain, das sah nämlich sehr ähnlich aus. Wahrscheinlich hatten sie das der Schmier gemeldet und die waren in der Meinung, einen grossen Fang zu machen, gekommen und hatten so eine übertrieben grosse

Action durchgezogen. Laut lachend holte ich die Schachtel vom Schrank herunter und übergab sie den Bullen. Fast Tränen lachend erklärte ich ihnen den Sachverhalt und dass man ihnen einen Bären aufgebunden habe. Denn für die 30 Gramm Koks, die sie nur dank meiner Faulheit gefunden hatten, waren sie sicher nicht zu neunt gekommen.

Doch da war noch die Sache mit dem St. Galler Dealer, der mich verpfiffen hatte, und so blieb ich drei Wochen in Untersuchungshaft. Dieser Typ war so voller Komplexe, dass er, nur um als grosse Nummer zu gelten, vor Gericht mehr zugab, als er je gemacht haben konnte. Ich hatte einige Mühe, seine Anschuldigungen zu widerlegen, und weil ich alles bestritt, glaubte ihm die Polizei mehr als mir. Die Denunzianten seien glaubwürdiger, heisst das dann im Juristendeutsch. Am einfachsten war es für mich immer, mein Recht auf Aussageverweigerung in Anspruch zu nehmen. So mussten sie mir beweisen, was ich getan haben sollte, und hatten es dabei nicht allzu einfach. Zum Glück hatte ich immer einen guten Anwalt, einen der besten, die es in der Schweiz gibt.

Die fünfte Nacht

Eine der verrücktesten Geschichten, die ich jemals durchgezogen habe, war wohl die mit Rico und seinem BMW. Ich hatte Rico seinerzeit bei Philip am Brunnenbergplatz kennen gelernt. Damals war er noch ein allseits gut angesehener Dealer, gut aussehend, tipptopp gekleidet und sein bestes Stück war ein neuer, teurer BMW. So eine richtige Protzkutsche in Hellblau métallisé. Gut ein halbes Jahr später war von alledem nur noch der BMW übrig geblieben. Ich traf Rico auf dem Platzspitz wieder, und er war völlig abgebrannt und ganz schön auf Base. Er gab sich krampfhaft Mühe, sich nicht anmerken zu lassen, dass es mit ihm nicht mehr so weit her war wie damals bei Philip. Er wollte sein Gesicht nicht verlieren und wusste deshalb nicht recht, wie er es anstellen sollte, von mir eingeladen zu werden. Denn er hatte wohl ziemlich schnell gemerkt, dass ich weit besser dran war als er in Sachen Dope.

Er war inzwischen auch auf Sugar – früher hatte er nur Base geraucht. Ich bot ihm an, sich was zu verdienen, indem er mich ein bisschen herumchauffierte. Ich hatte gerade niemanden und war deshalb sogar recht froh um jemand mit Auto, denn ich wohnte im Thurgau, holte täglich Methadon in Ausserrhoden, dealte in St. Gallen und war pro Tag sicher einmal in Zürich. Das alles per Taxi wurde mit der Zeit ganz schön teuer. So war die Verbindung für beide vorteilhaft. Ich hatte einen Privatchauffeur mit Luxuslimousine und er war mit allem versorgt, was er brauchte.

Oft übernachteten wir in Hotels in Zürich und nahmen immer ein Doppelzimmer. Auf den Fahrten kreuz und quer durch die ganze Ostschweiz und in diesen Hotelzimmern kamen wir uns auch sonst näher. Es entstand so was wie eine erotische Elektrizität zwischen uns. Doch wir liessen uns nicht einfach darauf ein, es war viel spannender, die Sache auf die Spitze zu treiben. Im Auto gabs Gelegenheiten genug, um das Ganze weiterzuspielen. So wurde zum Beispiel das Koksen auf Autobahnrastplätzen zu unserem Hobby. Das hatte seinen speziellen Grund: Viele der Raststätten auf der Strecke St. Gallen–Zürich waren Treffpunkte für Leute mit den diversesten sexuellen Vorlieben; unsere Lieblingsraststätte war die der schwulen Voyeure. Sie ist ziemlich wild von Gebüschen und Bäumen bewachsen und deshalb ideal für so was.

Da sassen wir dann, koksten wie wild, wurden dabei paranoider und paranoider und sahen immer mehr solche Voyeure, die gar nicht existierten. Wir lachten uns krumm, wenn wir die nicht existierenden Typen in den Bäumen sitzen sahen.

«Siehst du den mit dem roten Käppi auf der Tanne da?»

«Ja, und den, der uns aus dem Haselstrauch beobachtet, der mit dem Zylinderhut und den Armeestiefeln, siehst du den auch?»

Wenn wir wirklich beobachtet wurden, zogen wir unsere Show durch, wie geil Koks sei und so. Wir stellten uns vor, dass wenn man schweinisch genug wäre, Leute gezielt auf Koks zu bringen, man hier die perfekte Abnehmerschaft aufbauen könnte. Man brauchte nur einmal pro Tag die Raststätten abzufahren, die wahrscheinlich gut situierte Kundschaft – da standen nämlich hauptsächlich recht dicke Karossen herum – zu beliefern und abzukassieren. Aber unsere Gags blieben harmlos, denn wir wollten ja niemandem zum Koksen animieren. Damit können von mir aus andere ihr Karma belasten, ich könnte damit nicht leben.

Manchmal regte mich Rico wahnsinnig auf. Es ging mir tierisch auf den Wecker, wie er sein Autolein verhätschelte. Der konnte einen Nachmittag lang beleidigt sein, wenn ich zum Beispiel irgendwo einen Klecks Joghurt hinspritzte aus Versehen, auch wenn dabei nichts kaputt ging und man die Sache easy wieder wegmachen konnte. Oder dass er es wagte, Nein zu sagen, als ich ihn fragte, ob ich auf einer kleinen Strasse irgendwo im Hill draussen mal ein paar Meter fahren dürfe. Aber keinen eigenen Rappen für Benzin im Sack!

Schon damals beschloss ich, es ihm heimzuzahlen. Zwischendurch ging noch unsere angehende Lovestory buchstäblich in die

Hose. Es begann ganz harmlos mit einem Gespräch über Sex. Wir redeten ganz locker, wie ich meinte, darüber, was Spass mache und was wir schon so ausprobiert hatten. So im Sinne von Handschellen und Eiswürfel – ja oder nein. Nun bereitete es mir überhaupt keine Mühe, über solche Sachen zu reden, denn ich wurde recht locker erzogen. Meine Mutter wuchs in Schweden auf und dort ging man mit Sexualität und allem Drumherum viel freier um. Meine Tante zum Beispiel ist lesbisch und das war für uns als Kinder gar nichts Besonderes, die Tante hatte halt ne Frau statt einen Mann, na und?

Also, ich redete mit dem lieben Rico recht frei von der Leber weg, denn es ging ja nicht um unsere Gefühle füreinander, sondern nur um Vorlieben und Sexualpraktiken. Doch als der gute Mann zuerst gar nicht mehr wusste, was er noch für einen grösseren Schmarren erzählen sollte, nur um damit anzugeben, und es schon halbwegs peinlich wurde, weil es so offensichtlich erfunden war, und obwohl ich schon längst ruhig war, war es schon zu spät. Das Knistern zwischen uns war futsch. Er war durch das Gespräch überfordert gewesen, so dass er fortan aus Angst zu versagen, alles abblockte. Er musste aus dem, was ich sagte, ganz falsche Schlüsse gezogen haben – und so schwor ich mir, nie mehr mit einem Mann, von dem ich was wollte, über Sex zu reden, bevor es überhaupt dazu gekommen war.

Trotzdem war Rico fast ständig um mich herum, Tag und Nacht. Es kam so weit, dass ich einmal schon die fünfte Nacht (und den fünften Tag) hintereinander kein Auge zumachen konnte. Denn erstens hatte ich so viel Koks drin, dass es fast schon unmöglich war zu pennen. Und zweitens konnte ich zu jener Zeit überhaupt nie richtig schlafen, wenn noch jemand im Zimmer war. Das war nicht wegen eines Verfolgungswahns, wie bei so vielen anderen auf Koks, sondern wegen schlechten Erfahrungen. Ich war so oft beklaut oder gar ausgeraubt worden oder die Leute hatten sonst welche Scheisse gebaut, dass ich nur noch tief schlafen konnte, wenn ich wirklich allein war und eine fest verschlossene Tür zwischen mir und dem Rest der Welt hatte. Doch Rico liess mich nie allein.

Einmal, es war eben in jener ominösen fünften Nacht, wollten wir im Hotel Novapark in Zürich übernachten. Gegen besseres Wissen hatte ich auf seinen Wunsch wieder ein Doppelzimmer gebucht. Man sagt, dass es ein Mensch nur etwa zehn Tage und Nächte ohne jeglichen Schlaf aushält, ohne verrückt zu werden. Bei mir waren es an diesem Abend 120 Stunden, in denen ich wirklich nicht eine Sekunde auch nur ein Auge zugemacht hatte, und ich war schon dem Wahnsinn nahe. (Im Ganzen kam ich auf fast acht Tage und Nächte, aber das ist etwas, was ich nie mehr erleben will!) Nun war es so, dass Rico an diesem Abend noch was auf dem Platzspitz zu tun hatte, und als ich endlich mal alleine war, merkte ich, dass ich langsam wegschlief. Da ich es wirklich dringend nötig hatte und ich mich auf keinen Fall von Rico wecken lassen wollte, hängte ich ihm einen Zettel an die Hotelzimmertür. Ich bat ihn, doch bitte zugunsten meines Schlafes eine Nacht lang für sich selbst zu schauen und erst am andern Morgen wiederzukommen. Ich erklärte ihm sogar, wieso, und hoffte, er würde einsehen, dass es auch in seinem Interesse war, dass ich schlief. Er musste wissen, dass ich sonst durchdrehen würde und dann wäre seine Versorgung ja auch futsch gewesen.

Aber der Mensch hatte kein Einsehen; als er zurückkam, klopfte und polterte er so lange an die Türe, bis das halbe Hotel zusammenlief und ich trotz anfänglicher Hartnäckigkeit aufmachen musste, um zu verhindern, dass die Hotelleitung die Bullen rief. Ich war inzwischen so müde geworden, dass ich trotz des Zwischenfalls hätte schlafen können, wenn der gute Rico sein Maul gehalten hätte. Doch er musste lautstark seine Platzspitzneuigkeiten zum Besten geben, obwohl ich ihn eindringlichst bat, ruhig zu sein. Danach schlief er selig und voll von dem Sugar, den er auf dem «Spitz» zusammengebettelt hatte, ein. Das war für mich der Punkt, an dem das Fass überlief. Nun hatte ich restlos genug von dem elenden Schmarotzer. Was glaubte der eigentlich, dass er mir wert war? Ich wollte es ihm so richtig zeigen. Der sollte seine Rechnung kriegen. Und ich wusste auch, wo ich ihn treffen konnte: an seinem geliebten Autolein!

Ich wartete, bis er richtig tief schlief. Dann warf ich alles, was mir gehörte, aufs Bett, band das darunter liegende Leintuch um alles herum und verliess mit einem Riesenbündel auf dem Rücken das Hotel. Vorher hatte ich Rico die Autoschlüssel aus der Hosentasche gestohlen. Ich wusste nur ungefähr, wo er geparkt hatte, also machte ich mich mit dem schweren Bündel auf in jene Richtung, um den BMW zu suchen. Unterwegs traf ich einen späten Bummler, der mich belustigt über meinen Anblick fragte, ob er mir mit dem Bündel helfen könne.

«Ja», sagte ich, «ich suche mein Auto, mein Freund hat es irgendwo da oben parkiert.»

Er half mir bereitwillig, mein Auto zu suchen und trug mir meine Bagage. Als wir das Auto gefunden hatten und das Gepäck hinten verstaut war, gestand ich ihm, dass es nicht mein Auto sei. Ich gab ihm an, ich hätte nur gelernt, mit Kupplung zu fahren und fragte ihn, ob er mir die Automatik erkläre. In Wirklichkeit konnte ich weder das eine noch das andere – zwei Jahre zuvor hatte ich vier Autofahrstunden gehabt, aber weit war ich nicht gekommen.

Der Typ schaute mich etwas erstaunt an, doch dann erklärte er mir lang und breit die verschiedenen Buchstaben auf der Automatik-Schaltung. Erst als ich ihn zum Schluss fragte, welches von den beiden Pedalen das Gas sei und welches die Bremse und ob er mir das Licht anmache, schaute er wirklich skeptisch und fragte mich ganz perplex: «Glaubst du echt, das geht?» Ich fand, wenn er mir noch den Blinker erkläre, dann wisse ich genug.

Zum Glück war er etwas angeheitert, ein anderer hätte mich für verrückt erklärt, mitten in Zürich Autofahren lernen zu wollen, und hätte mir eventuell den Schlüssel weggenommen. Doch so fuhr ich schliesslich tatsächlich davon und es ging sogar richtig gut. Ich fuhr einigermassen elegant durch das nächtliche Zürich. Ich war echt erstaunt, wie gut ich das packte. Schon nach einigen Ampeln hatte ich kaum noch Mühe mit Anfahren und Bremsen, das Lenken und die Verkehrsregeln hatte ich schon vom Töfflifahren etwas drauf. Ich fuhr in Richtung Autobahn, doch bevor ich die erreicht hatte, tat ich etwas, was ich heute als wirklich voll crazy empfinde: Ich nahm einen Autostopper mit. Ich war noch gar nie auf eine Autobahn gefahren, logisch nicht in vier Fahrstunden, ich wusste nur, wenn man hineinfährt, dann «gib ihm». Aber anscheinend wirkte alles routiniert genug, denn der Mitfahrer tat nichts dergleichen. Auch ich selbst bewertete meinen Fahrstil als gut genug, um ihm anzubieten, ihn in sein Heimatdorf etwas weg von der Autobahn zu fahren. Also fuhr ich sogar noch nach Kloten, bevor ich nach St. Gallen weiterfuhr.

Die Autobahn war nachts fast leer und so fuhr ich fast immer mit etwa 180 Stundenkilometer. Ich hatte tierisch Spass am schnellen Fahren und innerlich triumphierte ich beim Gedanken an den vorsichtigen Rico mit seiner Angst, mich unter seiner Aufsicht einhundert Meter fahren zu lassen. Der sollte sich bloss wundern, was ich noch alles konnte mit seinem Scheissauto! Etwa zwei-, dreimal hielt ich auf einem Parkplatz an, um mir einen Schuss zu machen, aber ich würde trotzdem viel zu früh in St. Gallen sein. Kurz vor der Ausfahrt in die City starb der Motor ab und ich konnte nur noch an den Rand rollen. Scheisse – ich hatte nicht auf die Benzinanzeige geschaut. Und ausserdem hatte ich keinen Franken mehr im Sack, denn genau deshalb wollte ich ja nach St. Gallen fahren.

Ich hatte mit dem Gedanken, als Erstes am Morgen auf die Bank zu gehen, Rico mein letztes Geld zusammen mit etwas Dope im Hotel gelassen. Man muss ja fair bleiben – doch nun hätte ich mir alle Haare ausreissen können deswegen. Zum Glück hielt gleich das nächste Auto an und ein netter Typ fragte, ob er mich abschleppen solle. Ich war natürlich froh und es fiel nicht auf, dass er mir erst erklären musste, wie ich mich am Abschleppseil zu verhalten hatte.

Er fuhr mich bis zu einem Parkplatz gegenüber der ersten Tankstelle. Er war etwas erstaunt, dass ich kein Geld zum Tanken hatte, doch er half mir bereitwillig, das Auto auf den Parkplatz zu schieben. Dort wartete ich, auf dem Rücksitz liegend, bis die Banken aufmachten. Ich versteckte mich, denn ich wollte nicht riskieren, von einem vorbeikommenden Bullen gefragt zu werden, was ich nachts allein in einem Auto machte, denn schliesslich kannte man mich in St. Gallen wie einen bunten Hund.

Ich war ziemlich nervös, konnte auch nicht schlafen und war froh, als ich nach dem Geldholen und Tanken, wobei man mir wieder helfen musste, nach Trogen weiterfahren konnte, um bei meinem Arzt das Methadon zu holen. Das holte mich dann etwas runter von dem vielen Koks, und ich konnte mich etwas abseits, wenn schon nicht schlafen, so wenigstens ausruhen.

Dann fuhr ich weiter nach Bischofszell, weil ich da jemanden besuchen wollte. Die nächste Nacht verbrachte ich, wieder schlaflos, bei irgendwelchen Kollegen in St. Gallen, die nicht schlecht gestaunt hatten, als ich mit so einem teuren Auto vorfuhr. Mittlerweile fuhr ich schon recht gut und so wurde ich immer frecher, kurvte auch mitten in St. Gallen rum, wo mich jeder hätte sehen können. Am nächsten Tag musste ich nochmals nach Trogen, um Methadon nachzufassen, hatte ich doch schon die ganze Wochenration verbraucht. Danach wollte ich über Bischofszell zurück nach Zürich zu einem Date mit meinem Dealer. Doch als ich in Bischofszell erledigt hatte, was ich musste, merkte ich, dass ich zu spät kommen würde zu der Verabredung, wenn ich selbst fahren würde. Also parkierte ich den BMW quer über drei Parkplätze auf dem Bahnhofplatz, band mit einer Rolle rosa Tüll, den ich im Stoffmarkt kaufte, eine Riesenmasche um das Auto und sprayte mit einer Dose Lack in rosa «Arschloch» auf die Frontscheibe.

Dann fuhr ich im Taxi zu dem Date mit meinem Dealer und brachte Rico, den ich, wie vermutet, auf dem Platzspitz fand, seinen Autoschlüssel zurück. Ich streckte ihn ihm hin und sagte nur:

«Er hat keinen Kratzer – du kannst ihn in Bischofszell auf dem Bahnhofsplatz abholen!»

Wie ich den Schellenacker erfand

Nachdem das Bienenhüsli geschlossen worden war, änderte sich der Standort der Szene fast täglich. Nach einer Weile setzte er sich im Stadtpark fest. Das war so ungefähr der dümmste Ort, den sich die St. Galler Junkies hatten aussuchen können. Denn der Stadtpark war für Familien-Freizeit und als Prunkstück für die Touristen vorgesehen. Ausserdem waren mehrere Schulen, das Kantonsspital und das Stadttheater in nächster Nachbarschaft – wenn man also irgendwo die Fixer ganz sicher nicht akzeptierte, dann dort. Um sie von dort zu vertreiben, machten die Bullen täglich bis zu drei Mal Razzien. Dabei luden sie alle Anwesenden in einen Kastenwagen und nahmen sie mit auf den Posten. Dort wurden alle gefilzt und registriert.

Doch obwohl die Polizei jedes Mal allen alles wegnahm, was über eine bestimmte Summe Geldes ging (zirka 300 Franken) und natürlich alles Dope beschlagnahmte, gingen die Leute anschliessend jedes Mal wieder an denselben Ort zurück. Je öfter man ihnen den Stoff wegnahm, umso mehr kamen sie unter Druck. Ich hatte zum Glück immer meine Bunker, und so fanden sie nie etwas bei mir.

Nur einmal musste ich etwa neun Gramm Koks ins Gebüsch werfen. Die Polizei hatte den ganzen Platz umstellt, gerade als ich das Zeug in der Hand hatte. Verpackt war es in einer knatschgrünen Schachtel, die beileibe kein Versteck war. Ich hatte gar nicht vorgehabt, auf die Gasse zu gehen und war völlig unvorbereitet. Mir blieb nichts anderes übrig, als den Stoff abzuschreiben und wegzuschmeissen, denn die Bullen sackten jeden einzeln aus. Dabei hätten sie das auffällige Schächtelchen ganz bestimmt gefunden und das konnte ich mir nicht leisten. Nach der Filzerei stand ich mit ein paar Leuten herum und erzählte ihnen von meinem Pech. Denn neun Gramm war doch ziemlich viel – zu viel, um im Gebüsch zu verrotten oder von der Schmier gefunden zu werden, fanden die anderen.

Einer schlug vor, das Zeug zu retten. Plötzlich waren alle Feuer und Flamme. Uns so holten wir das Dope in einer gemeinsamen Rettungsaktion aus dem Gebüsch. Die einen lenkten die Bullen mit blöden Fragen ab und der Mutigste schlich sich dorthin und holte die Schachtel, die dank ihrer auffälligen Farbe nicht schwer zu finden war. Wir freuten uns wie kleine Kinder über die gelungene Aktion. Da ohne sie das Dope verloren gewesen wäre, lud ich alle Beteiligten ein, irgendwo an einem ungestörten Örtchen gemeinsam das gerettete Dope wegzudrücken. Wir fanden es auf einem leeren Parkplatz des Olma-Messegeländes nahe der Autobahn und des Gaswerks. Wie wir so dasassen und friedlich unsere Schüsse machten, hatte ich plötzlich die Erleuchtung:

«He, Leute, das wäre doch der absolut megaideale Platz für die Szene, schaut mal, rundherum niemand, der sich gestört fühlen könnte. Nur Autobahn und das meist leere Messegelände auf der einen Seite, auf der andern das Gaswerk und die Autobahneinfahrt!»

Die anderen nickten beifällig, beschäftigten sich aber sofort wieder mit ihren Knällen.

Bei mir aber setzte sich die Idee fest. Ich überlegte, wie ich es fertig bringen könnte, die Szene hierhin zu verlagern. Ich dachte, das sei fast unmöglich und schob die Idee wieder beiseite. Doch als sich in der Folgezeit die Situation immer mehr verschärfte, flippte ich eines Tages aus. Gerade war wieder eine Razzia gewesen und nun standen alle mehr oder weniger verzweifelt am alten Ort herum. Diejenigen, bei denen die Bullen was gefunden hatten, klagten den andern ihr Leid. Da reichte es mir und ich begann auszurufen wie ein Wald voll Affen:

«Ihr verdammten Idioten, wie lange wollt ihr Waschlappen euch das noch gefallen lassen? Wenn ihr nicht den letzten Rest eures Hirns weggeknallt habt, wisst ihr ganz genau, dass man euch hier nie in Ruhe lassen wird. Wie lange wollt ihr euch noch Tag für Tag von der Schmier alles wegnehmen lassen?»

Mich selbst schloss ich deshalb aus, weil ich nur sehr selten im Stadtpark war. Zu jener Zeit musste ich schon sehr aufpassen, was ich machte, deshalb kamen die Leute, die etwas von mir wollten, mehrheitlich zu mir nach Hause.

Wenn ich auf der Gasse war, amüsierte ich mich höchstens über die blöden Touristen, die massenweise zum Gaffen herkamen. Denen rief ich dann jeweils zu:

«Postkarten und Souvenirs gibts da hinten. Die mit besonders blutigen Fixern kosten zwei Franken, die anderen nur 1.50!»

Doch in diesem Moment amüsierte mich gar nichts mehr und ich schrie so lange herum, bis ich die Leute tatsächlich so weit hatte, dass sie bereit waren, an den Ort, den ich vorschlug, umzuziehen. Alle packten ihr Zeug zusammen, die Filterler ihre Tische samt Besteck, ihre Schlafsäcke und was sie sonst noch alles brauchten, um auf der Gasse zu wohnen. Die anderen packten die grossen, blauen Abfalleimer und die Besen oder sie halfen den Filterlern mit ihrem Kram. Und so zogen wir dann so an die vierzig Männer und Frauen wie die Zombies auf Klassenfahrt durch den Stadtpark in Richtung Olma-Parkplatz. Ich, nun so richtig in Fahrt gekommen, führte die Geisterbahn an.

Doch als wir ankamen – eine Riesenenttäuschung! Ausgerechnet an diesem Tag war der Parkplatz voll von Autos. Eine der beiden zweiwöchigen Messen hatte gerade begonnen. Ausserdem fing es auch noch an zu regnen. So postierten wir uns in einer überdachten Durchfahrt zum Platz, die natürlich alles anderes als ideal war, da dauernd wieder Autos durchfuhren. Was sich der Verlegung der Szene ebenfalls entgegenstellte, war die Tatsache, dass ausgerechnet an diesem Tag keine Dealer mit Sugar da waren. Ich hatte zwar Koks, aber das allein nützte den Leuten, die auf dem Aff herkamen, nichts, die brauchten Sugar. Und so verzogen sich die Leute nach und nach wieder an den alten Standort, weil sie dachten, vielleicht wäre da jemand mit Sugar, der noch nichts vom Umzug wusste.

Am Schluss standen nur noch vier, fünf Hartnäckige mit mir herum und schliesslich gaben auch wir auf. Die Sache verlief im Sand. Doch erstaunlicherweise eröffnete die Stadt etwa drei Wochen später genau auf diesem Parkplatz die Nachfolge-Szene zum Bienenhüsli, die schon lange versprochen worden, aber aus Mangel an geeigneten Standorten bisher gescheitert war. Nun stellte die Stadt den Fixern diesen Platz zur Verfügung. Sie hatten da so eine Art Zaun gebaut und WCs auf Rädern hingestellt. Es gab auch einen Bauwagen, in denen täglich ein paar Stunden lang Sozialarbeiter Spritz-Utensilien verteilten und sich mit den Problemen der Leute beschäftigten, so gut es ging. Ich fragte mich lange, ob es Zufall war, dass die von der Stadt genau zur gleichen Zeit die gleiche Idee gehabt hatten wie ich. Konnte es nicht eher sein, dass sie von meiner Aktion gehört hatten und die Idee aufgegriffen hatten?

Die Bestätigung für meine Vermutung bekam ich erst viel später. Ein guter Freund, der bei dem Umzug dabei gewesen war, erzählte mir, wie das Ganze vor sich gegangen war. Er hatte einen guten Freund, der Chef bei der Baubehörde der Stadt St. Gallen war. Die hatten den Auftrag gehabt, einen neuen Standort für die Szene zu planen. Nun hatte mein Kollege seinem Freund von der gescheiterten Aktion erzählt und der erkannte, wie gut die Idee tatsächlich gewesen war. Also schlug er seinen Kollegen diesen Platz vor und kam damit durch. So war also der Schellenacker entstanden, der später als zweitgrösste offene Drogenszene der Schweiz nach dem Platzspitz in Zürich bekannt und berüchtigt wurde. Die Sache soll übrigens ihrem zweiten Initiator keinen Ruhm eingebracht haben. Nach dem Schellenacker gab es bis heute keine geduldete offene Szene mehr in St. Gallen.

Das Schaugenbädli

Es reute mich fast ein bisschen, die ganze Dekoration, die ich in meinem Zimmer in der Notschlafstelle angebracht hatte, zusammenzupacken. Das Zimmer sah nun wieder so kahl und lieblos aus wie vor meinem Einzug. Doch gleichzeitig freute ich mich auf meine neue Behausung, wo ich mich endlich auch tagsüber aufhalten durfte. In der «Notschliefi» hatte man immer morgens um 9.00 Uhr draussen sein müssen. Wers nicht schaffte, kriegte Strafpunkte. Mit drei Strafpunkten durfte man eine Nacht nicht da schlafen. Dies galt auch, wenn es draussen stürmte und schneite und die Temperaturen unter null fielen.

Einmal bekam ich gerade, als wir raus mussten, eine Nierenkolik. Ich wusste aus Erfahrung: Ich musste drei Aspirin nehmen und mich ein gute halbe Stunde hinlegen, dann war es wieder vorbei mit den Schmerzen. Vorher aber konnte ich keinen Schritt mehr gehen, so weh tat das. Aber für die einfache Lösung hätte jemand von den Sozis (Sozialarbeiter) eine Überstunde machen und punkto Reglement ein Auge zudrücken müssen. Für diese einfache Lösung meines Problems war keiner zu haben. Sie bestellten lieber die Ambulanz und die Sache kostete mich zwei Tage Spital, obwohl auch drei Aspirin gereicht hätten.

Das Obdachlosenasyl, in das ich umzog, war auf die private Initiative eines Pfarrers, den man den St. Galler Pfarrer Sieber nannte, weil er Dinge nachahmte, die der berühmte Mann aus Zürich schon Jahre zuvor durchgezogen hatte, gegründet worden. Otto, der im «Ast» (Anlaufstelle) als Sozi gearbeitet hatte, war der neue Stellenleiter im Schaugenbädli, einem Haus ziemlich weit ausserhalb der Stadt. Mit ihm fuhren wir zu siebt dahin, um das Haus zu beziehen. Alle hatten ihr weniges Hab und Gut ins Auto geladen und es herrschte eine ausgelassene Stimmung. Dort angekommen, wurden zuerst die Zimmer verteilt. Ich bezog zusammen mit Harry und René das grösste Zimmer, das gleich gegenüber dem Büro lag. Ich hatte ziemlich viele Sachen zum Dekorieren und hatte vor, jedem von uns eine eigene Ecke einzurichten, so dass jeder für sich sein konnte, das Ganze aber trotzdem zusammenpasste. Ich stand gerade auf dem Bett, das ich für mich ausgesucht hatte, um ein Bild aufzuhängen, als die Tür aufging und eine uns unbekannte, etwa 40-jährige Dame hereinplatzte. Ohne Einleitung herrschte sie uns an:

«Ihr könnt dort den Staubsauger nehmen und unten anfangen zu staubsaugen.»

Ich glaubte, nicht richtig zu hören und so schnauzte ich im gleichen Ton zurück, indem ich von meiner erhobenen Stellung aus mit dem Finger auf die Tür wies:

«Und Sie – gehen nun nochmals raus, dann klopfen Sie an, dann warten Sie, bis wir herein rufen, dann kommen sie rein, stellen sich erst mal vor und dann, nachdem wir uns auch vorgestellt haben, können Sie uns das mit dem Staubsauger erzählen, okay?! Ausserdem sind wir noch nicht per Du!»

Die Dame wich erschrocken zurück, und weil sie nicht wusste, was zu entgegnen, ging sie kleinlaut aus dem Zimmer. Ich hatte sie so radikal angefahren, weil ich die arrogante Art, in der viele uns Junkies behandeln, hasse wie die Pest.

Als wir später über die Angelegenheit diskutierten, argumentierte ich, wir seien alles erwachsene Leute und keine Neandertaler und mit Ihresgleichen ginge sie ja auch nicht so um. Obwohl wir die Sache bereinigten, herrschte von da an so was wie Krieg zwischen mir und dieser Frau. Vor allem hatte sie Mühe mit mir, mich störte sie eigentlich gar nicht, denn sie interessierte mich viel zu wenig, als dass ich Zeit für eine Auseinandersetzung mit ihr investiert hätte. Bevor sie nach ziemlich kurzer Zeit kündigte (oder vielleicht auch gekündigt wurde?), sagte sie zu mir:

«Weisst du, Britta, zwei Alpha-Typen wie wir zwei können halt nicht unter einem Dach zusammenleben!»

Ich war angewiesen auf diese Schlafstelle und sie konnte hier hobbymässig in ihrer Freizeit ein paar gute Taten vollbringen.

Trotzdem sah ich nie ein, dass ich vor solchen Leuten kriechen sollte.

Viele Fixer liefen mit einer demütigen, schuldbewussten Haltung durch die Gegend, dass ich es nicht mehr mit ansehen konnte. Ich versuchte, durch meine selbstbewusste Haltung zu zeigen, dass es keinen Grund dafür gab, geduckt und unsicher herumzulaufen. Doch bei den Ämtern und so machte ich mir damit keine Freunde. Im Gegenteil, es gab Leute, die mich richtiggehend bekämpften, weil sie mich nie hatten kriechen sehen.

Das Schaugenbädli war schlecht konzipiert. Die Sozialarbeiter und der Vorstand wussten selbst nicht recht, was sie wollten und waren sich uneinig darüber, was Sinn und Zweck des Hauses sein sollte. Anfänglich hiess es, es sollte eine Ganztagesstätte für Obdachlose sein, für die «untersten» der Süchtigen also. Doch auf einmal waren da wieder Leute, vor allem Mitglieder des Vorstands und solche, die gar nie im Hause gewesen waren, die die Abstinenzforderung an die Bewohner stellten. Dann sollten wieder nur Fixer im Schaugenbädli wohnen dürfen, die sich bemühten, clean zu werden.

Das war absurd, denn für die gab es ja Stellen in der Stadt und der Grundgedanke für die Gründung des Schaugenbädlis war es gewesen, etwas für die zu tun, die durch das soziale Netz der Stadt fielen.

Ich war den scheinheiligen Abstinenzforderern von Anfang an ein Dorn im Auge. Denn ich sagte laut meine Meinung und weil ich mit nichts hinterm Berg hielt, wurde ich zum Sprachrohr für die Mehrheit der Bewohner des Schaugenbädlis. Ich stand offen dazu, dass ich manchmal Leuten mit Dope aushalf. Gratis natürlich, denn ich sah ein, dass Dealerei im Haus verboten war, weil das sonst die ganze Sache in der Öffentlichkeit in Verruf gebracht hätte. Und das ganze Haus gefährden wollte ich nicht.

Offiziell war das Fixen im Haus verboten, aber am Anfang sagte man uns deutlich, das gelte vor allem vor der Öffentlichkeit und wir sollten uns einfach nicht erwischen lassen dabei. Den Sozis, die da arbeiteten, war klar, dass sich niemand an ein generelles Verbot halten würde, da alle Bewohner voll drauf waren. Der Grund, weshalb ich, so oft ich konnte, den Leuten mit Dope aushalf, war vor allem die abgelegene Lage des Hauses. Manchmal waren Leute morgens so auf Entzug, dass sie es nicht mehr bis zur Szene geschafft hätten ohne wenigstens einen Schuss. In solchen Situationen fühlte ich mich irgendwie verpflichtet, den Leuten etwas abzugeben, denn ich hatte zu der Zeit immer genug, um auch mal grosszügig sein zu können. Ich stand vor der Obrigkeit zu meinem Tun, denn ich fand, solange sie als eigentliche Helfer keine Alternative anbieten konnten, sollten sie mir nichts vorwerfen. Trotzdem warf man mir vor, ich manipuliere die Meinung der Bewohner, indem ich ihnen Dope gebe. Und das, obwohl jeder wusste, dass das nicht stimmte und ich, im Gegenteil, ernsthaft bemüht war, dass keine schlechte Stimmung aufkam, indem ich jedem gleichermassen half, ob Freund oder Feind. In Wirklichkeit störte die Obrigkeit sich vor allem an Sprüchen, die unter den Bewohnern weitergegeben wurde. Einer hiess: «Wenn du irgendein Problem hast, musst du nicht beim Büro klopfen, sondern gegenüber!» Dort wohnte ich und gemeint waren vor allem auch persönliche Probleme. Das war hauptsächlich, weil ich die Älteste und schon am längsten auf der Szene war und sich viele der jüngeren Bewohner bei mir besser aufgehoben fühlten mit ihren vielfältigen Problemen als bei den Sozis, die zum Teil überhaupt keine Erfahrung mit Süchtigen hatten.

Für mich waren es oft Kleinigkeiten, mit denen ich den jüngeren Kollegen und Kolleginnen weiterhelfen konnte. Und ich hatte auch etwas davon und manchmal konnte ich lange davon zehren, wenn ich jemandem eine Freude hatte machen können. Ich hatte nie das Gefühl, nichts zurückzubekommen, denn ich wurde ja auch gemocht und geachtet dafür. Der Leiter der Sozis nahm mich einmal extra zu sich ins Büro, um mich zu bitten, die Leute, die mit Problemen zu mir kamen, zu ihm oder seinen Kollegen zu schicken. Sie seien ja schliesslich dafür da, sagte er. Ich konnte nur innerlich den Kopf schütteln über dieses Anliegen.

Es gab zum Beispiel eine 19-Jährige, die Probleme damit hatte, dass sie sich manchmal zu Frauen hingezogen fühlte. Ich war der erste Mensch, mit dem sie darüber zu sprechen wagte. Ich beschwichtigte sie, indem ich ihr von meinen eigenen Erfahrungen, die ich mit Frauenbeziehungen gemacht hatte, erzählte. Ich riet ihr, das locker anzugehen und auszuprobieren, was für sie stimmte. Ihr grösseres Problem war nämlich, dass sie sich selbst nicht mochte und sich abgrundtief hässlich fand. Ausserdem hatte sie einen Freund, der sie manchmal «fette Sau» nannte und ihr dauernd vorhielt, er müsse sich schämen mit ihr. Ich zeigte ihr, wie sie sich vorteilhafter kleiden konnte, half ihr, sich dezent zu schminken, schenkte ihr einige Kleider von mir und eine Lederjacke, die sie immer bewundert hatte. Sie stand vor dem Spiegel und sagte ganz andächtig:

«Weisst du, Britta, ich wusste gar nicht, dass ich so schön aussehen kann!»

So ein Erfolg freute mich lange und war mir mehr als genug Lohn für meinen Aufwand.

Ein anderer Mitbewohner hatte eine neue Arbeitsstelle angetreten, schaffte es morgens aber nie, früh genug aufzustehen. Erstens war er sich gewöhnt, erst nachmittags aufzustehen, und zweitens war er jeden Morgen auf Entzug, denn durch die neue Arbeit hatte er ja kaum genug Zeit, sich auch noch Stoff zu beschaffen. Er redete mit mir darüber und bat mich, ihm Dope zu geben, um nicht immer zu spät zu kommen. Ich wusste jedoch genau, wenn ich ihm das Zeug schon nachts gäbe, hätte er es am Morgen sowieso nicht mehr, sondern hätte sich statt zu schlafen eine schöne Nacht gemacht damit. Also bot ich ihm an, ihn jeden Morgen um 5.00 Uhr zu wecken und ihm dann so viel Dope zu geben, dass er den Tag überstehen konnte. Es klappte einige Tage reibungslos; jeden Morgen, ich war jeweils noch nicht lange eingeschlafen, weckte ich Monsieur und servierte Frühstück. Doch schon nach wenigen Tagen gefiel dieses Leben dem Herrn zu gut, um noch arbeiten zu gehen, und so machte er mir vier bis fünf Tage lang vor, er gehe zur Arbeit und ging derweil nur zum nächst wohnenden Freund, um weiterzuschlafen.

Irgendwann kam es raus und im Haus hiess es dann, ich sei schuld, dass er nicht mehr arbeiten gehe, ich hielte ihn davon ab, indem ich ihm zu viel Dope gebe. Natürlich wusste niemand etwas davon, dass ich die mühsame morgendliche Weckerei auf mich genommen hatte und dass er mich gelinkt hatte. Ich konnte also machen, was ich wollte, sie fanden immer etwas, womit sie mich in den Dreck ziehen konnten.

Nach etwa einem Monat kam ein neuer Sozialarbeiter, einer, der weder durch berufliche Kenntnisse noch durch Erfahrung qualifiziert war für den Job. Das tat zwar nichts zur Sache, doch er benahm sich von Anfang an wie der Vollprofi von Gottes Gnaden, war übereifrig und krankhaft ehrgeizig, unter anderem hielt er bei mir nicht hinterm Berg damit, dass er den alten Stellenleiter vom Thron stossen wolle, um selber Chef des Hauses zu werden. Mir war der Typ von früher bekannt, und ich wusste, dass er ab und zu selber kokste. Er war ein so genannter Wochenend-Kokser. Er wusste, dass ich wusste … und hatte tierisch Bammel, dass ich ihn bei der Obrigkeit verpfeifen würde. Völlig zu Unrecht befürchtete er so was, denn ich hätte ihn nie verraten. Doch ich war ihm anscheinend eine zu grosse Bedrohung. So inszenierte er eine Intrige gegen mich, die völlig mies und beschissen war.

Dazu stachelte er eine leicht beeinflussbare, ältere freiwillige Mitarbeiterin an. Er hatte zusammen mit ihr Nachtwache und behauptete am Morgen, er habe mich nachts gesehen, wie ich jemandem Stoff verkauft hätte. Es war eine fertige Lüge, denn ich hatte die ganze Nacht geschlafen und hatte nicht einmal jemandem einen Kaugummi gegeben, was man vielleicht hätte missverstehen können. Als Zeugin stellte er die Alte hin. Ich versuchte, mich zu verteidigen, denn beide konnten nicht angeben, wem ich was gegeben hätte, obwohl sie alle Bewohnerinnen und Bewohner gut genug kannten, dass sie das hätten wissen müssen. Der Sozi verlangte von mir, das Haus innerhalb einer Stunde zu verlassen, andernfalls würde er die Polizei rufen.

Ich telefonierte mit dem Stellenleiter und dem Pfarrer, der das Haus initiiert hatte, und beide fanden, der Typ könne so was nicht mit mir machen, ohne dass die Sache unter ihnen wenigstens besprochen würde, doch beide hatten keine Zeit, sich wirklich für mich einzusetzen. Sie liessen mir nicht einmal richtig Zeit, meine vielen Sachen zu packen. Ich konnte nur alles in eine grosse Kartonschachtel werfen. Wenigstens versprach man mir, den einzuschliessen, bis ich ihn abholte, denn ich hatte mehrere Wertsachen und wusste nicht, wohin damit.

Während ich packte, solidarisierte sich ein Kollege mit mir und versuchte mich zu verteidigen, denn er hatte im selben Zimmer geschlafen und gesehen, dass ich die ganze Nacht durchgeschlafen hatte. Er wurde gleich mit mir rausgeworfen. Alle anderen hatten anfänglich auch davon gesprochen, solidarisch mit mir das Haus zu verlassen, doch als es zur Sache ging, waren sie dann doch zu feige dazu.

Nachdem ich das Schaugenbädli verlassen hatte und wieder auf der Strasse stand, hatte ich auch keine Lust mehr, um meinen Platz dort zu kämpfen. Vielleicht hätte ich etwas erreicht, wenn ich das Arschloch von Heimlichkokser denunziert und so die ganze Intrige aufgedeckt hätte. Doch nicht einmal dafür wollte ich jemanden verzinken, und ausserdem war es mir vergangen, mich mit diesen Leuten herumzustreiten. Was mich jedoch masslos ärgerte, war, dass alle Wertsachen aus meinem Karton gestohlen waren, als ich ihn abholte.

Doch nicht nur die Wertsachen fehlten, sondern auch ein privates Kissen von mir, das zuunterst im Karton gelegen hatte, fand sich im Schrank mit den hauseigenen Kissen und Bettdecken. Das hiess für mich, dass nicht nur jemand von den Junkies in meinem Karton gewühlt hatte, sondern auch ein Sozi. Einer, der vermutete, ich wolle das Kissen abstauben. Der Wert der abhanden gekommenen Sachen betrug über 2000 Franken und sie wurden mir nie ersetzt.

Etwa ein Jahr später hatte man im Schaugenbädli den alten Stellenleiter hinausgeworfen (wahrscheinlich war er ihnen zu anständig gewesen) und an seiner Stelle übernahm ein Mann die Leitung, der in vier Fällen wegen Vergewaltigung von Untergebenen vorbestraft war. Ich betätigte mich zu der Zeit wieder etwas in der örtlichen Frauenpolitik und war in einer Gruppe, die solche Fälle öffentlich machte. Wir warfen dem Mann vor allem vor, dass er überhaupt nicht einsichtig war und sich keiner Therapie unterzog. Trotzdem trat er sofort nach dem Urteil wieder eine Stelle an bei voll von ihm abhängigen Leuten; vor allem die Frauen waren gefährdet. Ich hatte mich selbst im Schaugenbädli davon überzeugt, dass er bei den Bewohnern dort alles bestritt und ihnen erzählte, das Urteil sei wegen einer Intrige gegen ihn von «oben» zustande gekommen und beruhe nur auf Lüge. Der Vorstand, der ach so saubere, des Schaugenbädlis war voll über die Sache orientiert, als man dem Mann die Stelle gegeben hatte. Dank unserer Flugblattaktion und verschiedenen Veröffentlichungen in Zeitungen musste der Vorstand die Angelegenheit nochmals überdenken und dem Typen schliesslich kündigen. Bei der Flugblattaktion hatte ich die Alpha-Frau wieder getroffen. Sie warf mir vor, es sei eine Schweinerei von mir, bei so einer Aktion mitzumachen, denn ich als Drogendelinquentin wäre ja auch froh, man würde mir wieder eine Chance geben und so könne ich doch dem Mann nicht seine versauen. Mir schien, die Frau habe ein bisschen ein Problem mit Vergleichen.

Emigrationsversuch nach Brasilien

Wenn ich im Nachhinein daran denke, muss ich zugeben, dass es eine Wahnsinnsidee war – diese Flucht nach Brasilien. Mit zwei Kleinkindern, einem Kollegen von der Gasse, der genauso voll drauf war wie ich, 150 Gramm Sugar und 150 Gramm Koks. Ich frage mich, wie verzweifelt ich gewesen sein muss, um in der Situation, in der ich damals steckte, noch so viel Tatkraft und Power zu entwickeln, dass ich das geschafft habe.

Meine Mutter, mein Vater, die Ämter, die Polizei – sie alle sahen nur Verantwortungslosigkeit und allenfalls Egoismus dahinter, ist ja klar. Dass aber vor allem ihre Fehlentscheidungen mich so weit gebracht hatten, dass ich keinen anderen Ausweg mehr sah, als gleich den Kontinent zu wechseln, wollte keiner zugeben.

Es war so: Ein Jahr, nachdem mein Mann gestorben war, stürzte ich auf Koks ab, was dann zusammen mit der eskalierenden Beziehung mit Steve dazu führte, dass ich meine damals zwei und fünf Jahre alten Kinder zu meiner Mutter brachte. Ich sagte ihr, es gäbe zwei Geschichten, die ich zu erledigen hätte, bis ich die Kids wieder holen könne; die eine sei wahrscheinlich eher schnell erledigt und an der anderen hätte ich eventuell etwas länger. Denn ich ahnte wohl, dass die Kokserei nicht so schnell ausgeschöpft sei. Es war für mich damals das Naheliegendste, Pascal und Chloé zu ihrer Grossmutter zu bringen, denn so brauchte ich nicht gleich die Behörden zu informieren. Aber in punkto Verständnis und Hilfsbereitschaft machte ich mir eindeutig Illusionen.

Es gab eigentlich keinen Grund für mich, Loyalität von meiner Mutter zu erwarten, nach dem Verhältnis, das wir in den Jahren zuvor gehabt hatten. Doch was sie etwa ein halbes Jahr später tat, hätte ich nie von ihr gedacht: Sie gab meine Kinder weg in eine so genannte therapeutische Grossfamilie. Sicher, einfach tat sie sich nicht damit. Die Kinder überforderten sie, sie hatte kaum mehr Freizeit und dabei hatte sie doch erst vor kurzem alle eigenen Kinder aus dem Haus. Das waren ihre Hauptargumente. Es ging nicht um meine Kinder und schon gar nicht um mich. Wäre es um uns gegangen, hätte man eine junge Pflegefamilie gesucht, die gewillt gewesen wäre, mich irgendwie zu integrieren. Und nicht eine Grossfamilie, die man ehrlicherweise Klein-Heim hätte nennen müssen, die noch weniger mit mir zu tun haben wollte als meine Mutter vorher. Sich selbst hatte sie als Aushilfsbetreuerin in diese Familie hineingemischelt, so dass sie so quasi ganz nach Lust und Laune die Kinder trotzdem ab und zu sehen konnte, aber mich schnitt man völlig von meinen Kindern ab. Ich durfte höchstens einmal pro Monat eine, zwei Stunden dahinfahren und musste dann diese wenigen Stunden erst noch unter Aufsicht mit ihnen verbringen.

Die Kinder litten furchtbar unter der Situation, wurden aber überhaupt nicht verständnisvoll behandelt. Das Problem mit mir wurde totgeschwiegen. Meine Kinder waren sich von mir gewohnt, dass es keine Geheimnisse gab und man über alles reden konnte, doch dies war schon bei meiner Mutter nicht so gewesen. Ich wusste, in dieser Grossfamilie würde ich meine Kinder auf keinen Fall lassen. Bei meiner Mutter war es noch akzeptabel gewesen, aber was in dieser therapeutischen Grossfamilie lief, wollte ich meinen Kindern nicht zumuten.

Ich hatte sie weggegeben, weil ich zugeben musste, dass der beste Platz auf der Welt für sie nicht mehr bei mir war. Später, nachdem man die Kinder nach unserer Rückkehr aus Brasilien noch einmal dorthin gebracht hatte, stellte es sich heraus, dass meine Einschätzung dieser Familie zutraf, was allerdings unter den Teppich gewischt wurde.

Die Angelegenheit wurde plötzlich sehr dringend, weil mir ein Obhutsentzug ins Haus stand. Ein Obhutsentzug ist rechtlich etwas weniger einschneidend als der Entzug der elterlichen Gewalt, praktisch aber bedeutet er genau dasselbe; nämlich: Dass ich nicht mehr bestimmen konnte, wo sich meine Kinder aufhalten sollen.

Für mich hiess es, dass ich mich mit einer Flucht ins Ausland nach dem Obhutsentzug der Kindesentführung schuldig machen würde. Plötzlich, nachdem man es jahrelang verschleppt hatte, hiess es, in zirka zwei Wochen wäre es so weit mit dem Entzug.

Ich musste also Hals über Kopf abhauen. Das erste Problem war, einen gültigen Pass zu besorgen; ich hatte weder für mich noch für die Kinder einen. Da ich befürchtete, dass sich die Kinder verplapperten, konnte ich keine Fotos machen gehen mit ihnen. Also musste ich aus alten Schnappschüssen einen Ausschnitt vergrössern lassen für ein Passfoto meines Sohnes. Die Kleine brauchte zum Glück noch kein Foto im Pass. Damit liess ich dann Pässe machen.

Das zweite Problem war Kohle. Ich hatte zwar ein paar Tausender, mit denen ich hin- und herdealte, die sich jedoch kaum vermehrten, da ich wie immer einige Leute damit versorgte und auch keine Ambitionen hatte, mehr zu verdienen, als was wir brauchten. Doch nun begann ich auf Gewinn zu arbeiten und bekam so in etwa zehn Tagen an die 25 000 Franken zusammen, so dass es schliesslich 30 000 Franken waren, von denen noch die Flugbillette abgehen würden. Ich war damals gerade aus dem Schaugenbädli rausgeflogen und wohnte zusammen mit Edi, der solidarisch mit mir gegangen war, bei Pädi und Jean-Pierre.

Pädi gehörte die Wohnung und Jean-Pierre dealte für mich auf der Gasse. Ich selbst konnte nicht mehr auf den Schellenacker, weil ich erstens befürchtete, von den Bullen gesucht zu werden, und weil ich zweitens nichts mehr riskieren wollte so kurz vorm Abhauen. Da Jean-Pierre genau nach meiner Regie arbeitete, machten wir beide in den knapp zwei Wochen recht Kohle. Ich plante alles so, dass ich in der Zeit mein Geld zum Abhauen zusammenkriegte und er sich selbstständig machen konnte, wenn ich weg war. Ich versprach ihm ausserdem die Adresse und die Vermittlung meines Dealers. Den kannte ich schon einige Monate und während dieser Zeit hatte ich ihm sicher vier- bis fünfmal wöchentlich ein paar tausend Franken gebracht. Er hatte mit mir mehrere hunderttausend Franken gemacht und war nicht selber drauf; darum hatte ich auch kein schlechtes Gewissen, als ich ihn am Schluss um 300 Gramm Dope linkte. Er hätte trotzdem weitergeliefert an Jean-Pierre, das war für den nur ein Klacks.

Doch wie ich später erfuhr, war Jean-Pierre so blöd, dass er der ganzen Gasse ausposaunte, er habe nun meine Connection und werde am Abend das erste Mal hingehen. Als er vom Dealer zurückkam mit je 50 Gramm Sugar und Koks, wartete die Polizei vor seiner Haustür. Ich war weg.

Ich hatte tags zuvor die Kinder bei der Familie abgeholt, es war das erste Mal, dass ich sie überhaupt mitnehmen durfte, und ging mit ihnen zu einer Freundin, die nichts mit Drogen zu tun hatte. Dort traf ich mich mit René, der bis zum letzten Tag unschlüssig gewesen war, ob er mitkommen werde. Er hatte zweieinhalb Jahre Knast vor sich und seine Überlegungen gingen dahin, ob er sie absitzen oder ob er lieber mit mir nach Südamerika abhauen wollte.

Sein Handicap war, dass er kein eigenes Geld hatte und auch nicht fähig war, sich welches zu verdienen. Mit ihm hatte ich im Obdachlosenasyl gewohnt und auch da hatte er mehrmals erfolglos zu dealen versucht. Er hatte wochenlang grösstenteils auf meine Kosten gelebt und so versuchte ich ihm zu erklären, er brauche keine Angst zu haben, wenn er ganz von mir abhängig sei. Er wisse ja, dass ich nicht der Typ sei, der dies ausnütze. Trotzdem behielt ich mir die Verwaltung des Geldes allein vor, weil ich wusste, dass es sonst schief ging. Ich versprach ihm einfach, ihm jederzeit ein Retourbillett zu zahlen oder ihm so viel Geld zu geben, dass er überleben konnte, bis er etwas finden würde, womit er Geld verdienen konnte. Dies falls wir Streit bekämen oder er sich aus anderen Gründen selbstständig machen wollte. Wir hatten nur eine freundschaftliche Beziehung, so dass es ja auch möglich war, dass er in Brasilien jemanden kennen lernen würde, mit dem er zusammenleben wollte.

Er vertraute mir und beschloss mitzukommen. Nachdem ich die Kinder abgeholt hatte, trafen wir uns bei Barbara, wo wir übernachteten. Am anderen Tag fuhren wir mit dem Zug nach München. Ich wollte von dort wegfliegen, denn falls man unseren Fluchtweg zu rekonstruieren versuchte, käme wahrscheinlich niemand auf die Idee, dort nachzufragen. Man würde annehmen, ich sei von Zürich aus geflogen. Den Kindern sagte ich, wir würden ins Ausland abhauen, damit man uns nicht mehr trennen konnte. Sie waren einverstanden damit und vertrauten mir voll. Ich hatte erwartet, dass sie Angst hätten, und war froh, dass sie glücklich waren über die Aussicht, wieder mit mir zu leben und nicht mehr in die Familie zurück zu müssen.

In München ging ich zum Flughafenschalter und fragte, wann das nächste Flugzeug nach Brasilien fliege. Die Frau am Schalter frage mich ziemlich erstaunt: «Wo in Brasilien wollen Sie denn hin?» «Egal!», war meine Antwort und ich dachte, dass sie sicher noch blöder geschaut hätte, wenn ich sie gefragt hätte, wann das nächste Flugzeug nach Südamerika fliege. Das wäre für mich auf dasselbe hinausgelaufen, denn ich hatte keine Ahnung von der dortigen Geografie. Das Einzige, was ich wusste, war, dass es irgendwo in Brasilien einen Ort namens Ajuda gab, wos locker zu und her gehen solle. Dies hatte mir irgendwann mal ein Typ von der Gasse gesagt und ich hatte mir den Namen gemerkt, weil ich dachte: Vielleicht brauchst du das mal!

Das nächste Flugzeug flog erst drei Tage später. Also mussten wir diese Zeit in einem Hotel in München totschlagen. So hatten wir genug Zeit, um das Dope darmmässig zu verpacken. Trotzdem hätten wir uns das Zeug nicht erst kurz vor dem Abflug in den Arsch schieben sollen, dann hätte sich der Darm daran gewöhnen können. So hatten wir beim Warten ständig ein Gefühl, als ob wir «allerdringendst müssten». Wir durften ja nicht lachen, wenn wir uns gegenseitig beobachteten, wie wir die Beine kreuzten und uns das Scheissen verklemmten, denn beim Lachen wären die in Pariser verpackten Dope-Kugeln sicher wie Geschosse raus gepfiffen.

Der Flug ging nach São Paulo mit Zwischenlandung in Rio de Janeiro. Er verlief relativ ruhig; die Kinder waren recht ruhig und unkompliziert. Mit Pascal war ich schon, als er sehr klein war, oft und manchmal auch recht weit verreist, er war sich das gewohnt. Wenn sie mal ein bisschen zappelig wurden, rannten sie mit anderen Kindern ein wenig in den Gängen rum, bis die Stewardess kam und reklamierte.

Für unsere Versorgung während des Flugs hatten René und ich genug Dope griffbereit versteckt, so dass es für uns ausser ein paar längeren Aufenthalten auf der Bordtoilette keine Probleme gab. Die Kinder waren in dieser Hinsicht eine optimale Tarnung. Wir waren alle piekfein gekleidet, so dass es wahrscheinlich nicht allzu sehr auffiel, dass René und ich ziemlich junkiehaft aussahen.

Als wir in Rio landeten, begleitete die ganze Flughafenfeuerwehr unser Flugzeug auf dem Weg zu den Docks, denn der ganze hintere Teil des Fliegers brannte lichterloh. Wie heiss die Sache wirklich gewesen war, habe ich nicht herausgefunden, denn sie wurde heruntergespielt. Auf jeden Fall mussten wir eine ganze Weile in Rio warten, bis wir mit einen Inlandflug nach São Paulo weiterflogen. Da wir das Flugzeug wechseln mussten, liess man uns in Rio durch den Zoll gehen. Ausser dass ich mein Bargeld herzeigen musste, um zu beweisen, dass wir genug Geld für die drei Monate, auf die die Billette liefen, hatten, passierte nichts. Das Bündel frischer Tausendernoten war imposant genug.

Hätte ich nur dort schon gewusst, dass man nicht mit einem Bund Tausendernoten in Schweizer Franken nach Südamerika fliegt. Bargeld war in meiner Lage schon okay, aber es hätten unbedingt Dollars sein müssen. Mit der Idee, Schweizer Franken seien eine Weltwährung, hatte ich naiv geglaubt, überall damit durchzukommen. Für diesen Fehler sollte ich mich noch einige Male in den folgenden Monaten verdammen.

Im Inlandflieger bekam ich zum ersten Mal ein bisschen was von der südamerikanischen Mentalität mit. Der Flug war ein kleines Fest. Es lief brasilianische Musik und beim Start und bei der Landung wurde geklatscht. Es gab nur ein paar Erfrischungsgetränke und ein paar Einheimische sagten mir, ich solle ein Getränk namens Guarana probieren. Das gäbe es nur in Brasilien. Ich versuchte es und erkor es subito zu meinem Favorit-Gesöff, so richtig herrlich süss und exotisch. Später erfuhr ich, dass man aus der Guarana-Frucht auch ein Pulver gewinnt, dass als Aufputschmittel verwendet wird.

Nach der Landung mussten wir erst einmal überlegen, wohin wir von hier aus wollten. Eigentlich musste ich es allein überlegen, denn in den paar Tagen, seit wir St. Gallen verlassen hatten, stellte sich heraus, dass René nicht für allzu viel zu gebrauchen war; ohne mich wäre er völlig hilflos gewesen. Manchmal kam ich mir vor, als hätte ich drei Kinder auf die Reise mitgenommen statt nur zwei und einen Helfer. Schon von der kleinsten Aufgabe, und wenns nur Kinderhüten war, schien René überfordert. Das zehrte an meinen Nerven und manchmal musste ich mich recht zusammennehmen, um nicht auszuflippen. Speziell auch für die Kinder sollte ich ja ein Halt sein. Ich beschloss, dass wir uns erst mal irgendwo in dieser 20-Millionen-Stadt in einem Hotel einquartieren würden, um auszuruhen und einfach mal etwas südamerikanische Luft zu atmen, uns vielleicht sogar schon etwas zu akklimatisieren.

Ich liess mir bei der Hotelvermittlung am Flughafen ein mittelteures Hotel im italienischen Stadtteil buchen und wir fuhren die vierzig Kilometer bis dahin im Taxi. Im Flughafen hatten wir nur wenig Geld bei einem Schwarzgeldwechsel umgetauscht, weil wir keinen blassen Schimmer vom Wechselkurs hatten. Das war nach Bezahlung von zwei Tagen Hotel schon verbraucht, und so beschloss ich, als Erstes am nächsten Tag auf eine Bank zu gehen. Doch da hatte ich mir viel vorgenommen!

Es war gerade semana santa und ich konnte nirgends Geld wechseln. Nicht einmal in einem Fünfsternhotel wollten sie meine Schweizer Franken. Am Schluss des Tages dem Verzweifeln nahe, wandte ich mich an den Besitzer unseres kleinen Hotels, der mir genug Geld für die nächsten Tage wechselte.

Nach ein paar Tagen ging uns das Koks aus und René verschwand spurlos – mit tausend Franken und vierzig Gramm Sugar in der Tasche. Wie ich später erfuhr, war er auf die Schweizer Botschaft gegangen und liess sich in die Schweiz zurückverfrachten. Ich aber hatte noch lange Angst, ihm sei in dieser Millionenstadt etwas passiert, und wartete darauf, dass er zurückkomme.

Als er nicht erschien, fuhr ich zur Halbinsel Ajuda, den Ort, den mir ein Junkie in St. Gallen empfohlen hatte. Wir reisten mit dem Bus 2000 Kilometer nordwärts; die Kinder benahmen sich super und machten überhaupt keine Probleme.

In Arrajal d'Ajuda angekommen, mieteten wir uns in einer Pension ein. Arrajal war ein kleines Dorf, ein paar hundert Meter vom Strand entfernt.

Ich lernte bald Leute kennen und kam durch sie wieder an Koks ran. Den Sugar teilte ich mir sehr sorgfältig ein. Trotzdem gingen mir nach einigen Monaten fast gleichzeitig Geld und Sugar aus. Ich kam grausam auf Entzug und wurde zusätzlich krank. Ich konnte mich kaum noch um die Kinder kümmern. Zum Glück wohnten wir bei sehr netten Wirtsleuten. Sie schauten einige Tage zu ihnen und fuhren uns schliesslich 400 Kilometer weit in die nächste Stadt mit einer Schweizer Botschaft. Die Leute der Botschaft brachten mich ins Spital und die Kinder zu einer Schweizer Familie. Die Kinder wurden drei Tage später in die Schweiz geflogen. Ich verbrachte drei Wochen im Spital, wo ich mit Morphium versorgt wurde.

Bei der Passkontrolle auf dem Flughafen Zürich wurde ich verhaftet und in den Knast gebracht. Meine Eltern hatten mich wegen Kindsentführung angezeigt, und Kollege René hatte der Schmier alles verpfiffen, was wir gemacht hatten.

Offiziell war ich auf 500 Milligramm Methadon. So viel bekam ich als reguläre Dosis täglich von meinem Arzt. In Wirklichkeit nahm ich bis zu 1500 Milligramm. Das ist so viel, dass es alle für einen Druckfehler hielten, als es einmal in einem Zeitungsartikel über mich erwähnt wurde. Mindestens eine Null zu viel, dachten sie, eher sogar zwei. Denn mit 1500 Milligramm Methadon kann man an die dreissig Junkies ruhig stellen. Oder noch mehr gewöhnliche Leute ins Nirwana befördern.

500 Milligramm bescherten mir mehr schlecht als recht einen normalen Tag, bei 1000 bis 1500 Milligramm fings mir an gut zu gehen. Um dazu zu kommen, musste ich Dutzende von Stories erfinden. Die plausibelste war, ich hätte alles auskotzen müssen, bevor es zu wirken angefangen habe, weil das Zeug so grauenhaft bitter schmecke. Es gab auch Leute, die erzählten, sie hätten die Tabletten in den Jeans vergessen und in die Waschmaschine geworfen. Abgesehen davon, war der tägliche Kampf ums Methadon eine langweilige, zermürbende Sache, die manchmal den ganzen Tag in Anspruch nahm. Und es konnte auch ganz beschissen rauskommen.

Einmal musste ich mich deswegen sogar den Bullen stellen. Ich war zwar einem Bullen entkommen. Doch bei dem Kampf und der darauf folgenden Flucht hatte ich mir eine böse Muskelquetschung zugezogen, die inzwischen so schmerzte, dass ich nicht mehr weiterfliehen konnte. Mir blieb nichts anderes übrig, als mich zu stellen. Nach der Hafteröffnung und all den üblichen Formalitäten brachte man mich zum ärztlichen Untersuch. Einerseits wegen dem verletzten Bein, andererseits aber vor allem auch, damit mir der Knastarzt das Methadon für die Untersuchungshaft bewilligte. Das tat er normalerweise anstandslos, wenn man wie ich in einem regulären Methadon-Programm war. Doch mir schwante Übles, als ich mich dem allseits verhassten Aushilfs-Bezirksarzt gegenüber sah. Scheisse, dachte ich, der Typ ist knallhart, ganz anders als der richtige Bezirksarzt. Mit dem hätte ich vernünftig reden können. Doch der Bezirksarzt-Stellvertreter war stur wie ein Bock.

«Das interessiert mich nicht, wie viel Ihnen ihr Arzt in Trogen verschrieben hat, in St. Gallen gibts ein Limit und das ist 80 Milligramm. Als Ausnahme können Sie 120 Milligramm haben, aber mehr gibts nicht und basta!», meinte er und duldete keine Widerrede. Ich sagte ihm, dass sein Kollege mir immer so viel gegeben habe, wie ich gerade brauchte, also auch 500 Milligramm. Doch es nützte nichts. «Sie können zufrieden sein mit ausnahmsweise 120 Milligramm, aber wenn Sie weiter reklamieren, gebe ich Ihnen überhaupt nichts, das kann ich auch!» Ich könne aber noch etwas zum Schlafen und zur Beruhigung haben, sagte er und drückte mir vier Pillen in die Hand. Er lachte nur, als ich ihm sagte, ich würde keine Tranquilizer vertragen, da ich nie welche genommen hätte. Er drängte mich aus dem Behandlungszimmer und knurrte: «Ach was, wer 500 Milligramm Methadon pro Tag verträgt, verträgt auch das!» Ich hatte nicht mehr die Power, ihm das Zeug an den Kopf zu werfen, also steckte ich die Pillen in die Jackentasche.

Danach pferchte man mich zu einer anderen Frau in eine Einzelzelle. Das Untersuchungsgefängnis in St. Gallen ist wie aus dem finstersten Mittelalter und in den ganzen 17 Jahren, während denen ich ab und zu dort gastierte, wurde nie etwas verbessert. Damit die Matratze am Boden Platz hatte, musste ich sie so hinlegen, dass ich mit dem Kopf unter der Kloschlüssel schlief. Um 22.00 Uhr löschte das Licht automatisch. Da sass ich nun. Im Dunkeln und schon halb auf Entzug. Die 120 Milligramm Methadon halfen schon längst nichts mehr. Mein Bein zuckte vor Schmerz, es war, als ob ständig tausend Messer drin rumwühlten. Ich versuchte mich abzulenken, in dem ich an die letzten drei Tage dachte. An die letzte Nacht, als ich noch auf dem Platzspitz am Filterlen war. Und an die wilde Flucht vor der Schmier, mit der alles angefangen hatte.

Ich war in St. Gallen bei Jedd in seiner Absteige untergekommen. Die war in einem Appartementhaus von der Fürsorge. Am Abend hatte ich genug Stoff gehabt. Aber den hatten wir zu zweit nachts durchgebracht – wir hatten ganz schön zugeschlagen. Am frühen Morgen versuchte ich vergeblich, Jedd zu wecken. Er war zu wie Scheisse und lag schnarchend mitten in seiner Schweinerei. Ich hielt es in dem engen Zimmer und der ganzen Sauordnung nicht mehr aus. Ausserdem brauchte ich neuen Stoff. Es war zwar noch etwas früh, um auf den Schellenacker zu gehen, aber das hatte auch den Vorteil, eher von der Polizei unbemerkt dorthin zu kommen. Ich wusste, dass ich schon seit drei Wochen auf der Liste der gesuchten Personen war. Ich hängte mir die zwei schweren Taschen um, die meinen gesamten Hausrat enthielten, und verliess die Wohnung. Draussen blendete mich das helle Morgenlicht. So zögerte ich einen Momente lang und blinzelte. Schon erblickte ich den Horror jedes Fixers in St. Gallen – einen weissen VW Golf, der auch sofort die Fahrt verlangsamte. Ich atmete auf: Es sitzt nur einer drin, durchzuckte es meinen Kopf. Die Bullen fuhren sonst immer nur zu zweit in ihrem Golf herum. Doch schon kreischten die Bremsen und der Fischer, ein unter Junkies besonders verhasster Bulle, sprach mich aus seinem Auto heraus an. Ich wusste: Er galt als gefährlich und brutal. Und so sah er auch aus. Klein, etwas untersetzt, böse schwarze Augen, dunkle Haare und ein dichter Schnauz, der den Mund fast ganz verbarg und ihm etwas Unberechenbares verlieh.

«Frau Serwart, einsteigen, los!», kommandierte er sofort. Ich protestierte:

«He, was ist los? Einfach so steige ich nicht ein. Sagen Sie mir erst mal wieso!»

Statt einer Antwort packte er mich und warf mich halb auf die Kühlerhaube. Er drehte mir den Arm auf den Rücken und drückte mich nieder, so dass ich mich nicht mehr bewegen konnte. Um ihm von weiteren Handgreiflichkeiten abzuhalten, versuchte ich ihn zu beschwichtigen.

«Hey hallo, ich hab ja bloss gefragt – ich steig ja schon ein!»

Da er allein war, stiess er mich auf den Beifahrersitz, schmiss die

Tür hinter mir zu und lief hinten ums Auto herum, um selbst einzusteigen. Diese Gelegenheit benutzte ich, um die Türe wieder aufzureissen und ins Haus zurückzurennen. Auf der Strasse hätte ich keine Chance zu entkommen gehabt. Auch so kam ich nur eine Treppe hoch, bis mich Fischer eingeholt hatte. Er warf mich mit einem Schlag zu Boden und versuchte, mich an den Haaren kopfvoran die Treppe hinunterzuziehen. Ich war wild entschlossen, nicht so schnell aufzugeben. Ich kämpfte verbissen und hielt mich an allem fest, was ich fassen konnte. Dabei schrie ich laut – zuerst um Hilfe, denn inzwischen hatten sicher einige mitgekriegt, was da ablief, und dann aus Wut, weil sich keiner von den feigen Hunden zeigte. Dem brutalen Bullen schrie ich alle Schimpfworte zu, die mir einfielen. Nach gut zehn Minuten gab Fischer auf und rannte zum Auto, um Verstärkung anzufordern.

Ich hatte noch nicht gewonnen, denn ich sass in dem Haus fest. Ich vergeudete keine Zeit, um meine nassen zerfetzten Kleider zu ordnen, sondern checkte die Lage ab: Die Haustüre hinten war fest verschlossen und Fenster gabs keine im Parterre. Im ersten und zweiten Stock waren die Fenster vernagelt. Erst im dritten fand ich eines, das ich öffnen konnte. Ich schaute hinaus und sah, dass im Zimmer nebenan das Fenster offen stand und dass man relativ easy hinüberklettern konnte. Die Zeit drängte, darum stieg ich sofort aus dem Fenster. Die Kletterei war schwieriger, als ich gedacht hatte, denn ich hatte von einer Abszess-Operation her einen Arm im Gips. Das Zimmer war leer. Ich erlaubte mir eine kurze Verschnaufpause. Doch ein Gedanke trieb mich vorwärts: Die sollten mich nicht erwischen wie ein Tier in der Falle, nicht auf dem Aff und nicht, so lange ich noch Geld hatte. Ich wollte nicht einfach in dem Zimmer warten und riskieren, dass die Schmier oder die Fürsorge Passpartoutschlüssel hatten für die Bude und mich so aus dem Zimmer pflücken konnten wie ein Blümchen am Waldesrand. Nein! Dann blieb mir nur ein Ausweg: Klettern!

Es konnte einem schon schlecht werden beim Hinuntersehen:

eine arschglatte Wand, drei Stockwerke hoch, vor den Fenstern Wäscheaufhängevorrichtungen, die vorstanden und an denen man sich vielleicht festhalten konnte, und unten blanker Betonboden. Ich überlegte: Wie sollte ich trotz einem unbrauchbaren Arm hier heil hinunterkommen? Doch ich war verrückt und entschlossen genug, es zu versuchen. Ich hängte mich an die Wäschehaken, die mich wider Erwarten eine Zeit lang trugen, doch meine Füsse reichten nicht bis auf das untere Fenstersims. Ich musste oben loslassen. Mit der gesunden Hand fand ich keinen Halt und mit den Füssen verhedderte ich mich in den unteren Wäscheleinen. Nach einem glatten 360-Grad-Überschlag landete ich auf dem Betonvorplatz. Zum Glück schlug ich mit den Füssen voran auf, sonst wäre ich vielleicht tot gewesen. Mir blieb jedoch keine Zeit, mich zu wundern, dass ich diesen Sturz überlebt hatte.

Es kam Lärm aus dem Haus. Ich raffte mich schnell auf und stolperte vorwärts. Nur weg. Zuerst eine steile, bewachsene Böschung hinauf und dann durch einige Privatgärten. Plötzlich gings nicht mehr weiter. Vor mir stand ein Haus mit offener Verandatür. Ich überlegte nicht lange, zurück konnte ich nicht, also rannte ich hi-,nein. Drinnen würde ich vermutlich eine Hausfrau finden, die ich sicher schnell davon überzeugen könnte, mich vorne rauszulassen. Ich war erstaunt, als ich den Typ, der am Kochherd stand, erkannte. Es war ein ehemaliger Nachbar aus Trogen. Ich sagte ihm, dass ich von den Bullen verfolgt würde, und fragte ihn, ob er was dagegen hätte, wenn ich mich kurz hier versteckte. Er hatte nichts dagegen – er gab mir sogar frische Kleider und bot mir das Badezimmer an, um mich frisch zu machen. Ich sah nämlich ganz schön mitgenommen aus.

Beim Umziehen entdeckte ich, warum mein Bein so höllisch weh tat. Der ganze rechte Unterschenkel war schwarz, blutunterlaufen vom Knie bis zu den Zehen. Ein Albtraum. So was hatte ich noch nie gesehen. Ich hatte Angst, eine grosse Vene sei geplatzt und ich verblute innerlich. Doch ich musste mich zusammenreissen, ich musste meine Lage überdenken. Vor allem musste ich weg von St. Gallen. Und ich brauchte Stoff.

Meine Taschen hatte ich in dem Haus zurückgelassen und ich hatte nur noch die Kleider, die mir der Typ gegeben hatte. Geld hatte ich vorerst noch genug – nur lange würden die 1500 Franken nicht reichen. Ich beschloss, mich bis zum Platzspitz in Zürich durchzuschlagen. Um überhaupt aus dem Quartier heraus zu kommen, bestellte ich mir ein Taxi. Als Erklärung dafür, dass ich mich sofort in die Polster drückte, murmelte ich etwas von «Bein verletzt». Doch der Taxifahrer war nicht blöd. Er fragte mich, ob es etwas mit den vielen Polizisten zu tun habe, die er überall in der Gegend habe rumrennen sehen. Er fand die ganze Sache amüsant und fuhr mich anstandslos nach Zürich. Ich liess mich direkt zum Platzspitz fahren, denn weit konnte ich mit meinem Bein nicht mehr gehen. Ich konnte kaum glauben, dass ich damit vor wenigen Stunden noch davongerannt war.

Meine Gedanken kehrten in die dunkle Zelle zurück, in der ich sass. Die nahe Domuhr schlug ein Uhr. Ich fühlte den Entzug immer mehr kommen und die Schlaflosigkeit nervte mich zusätzlich. Als meine Zustand langsam unerträglich wurde, schluckte ich die Beruhigungspillen vom Arzt. Ich hatte bis dahin nie Schlaftabletten oder Ähnliches geschluckt. «Rohypnol macht die Birne hohl», sagte man auf der Gasse von der Sorte Pillen, die von Giftlern am häufigsten missbraucht werden. In diesem Moment war mir das alles egal. Meine einziger Wunsch war, ein paar Stunden Ruhe zu haben.

Dreieinhalb Tage später kam ich wieder zu mir. Ich hatte einen totalen Blackout. Später konnte ich in etwa rekonstruieren, was passiert war. Am Morgen hatte mich die Mitgefangene besinnungslos am Boden liegend gefunden. Als sie mich nicht wach kriegte, meldete sie es dem Oberpfahl, dem Gefangenenwart. Der war wenig beeindruckt:

«Ach was, ist doch immer dasselbe mit den Saufixern!»

Am Nachmittag verlegte man mich ins Bezirksgefängnis. Als ich auch dort keinerlei Lebenszeichen von mir gab, brachte mich ein Pfahl ins Spital. Dort stellte man fest, dass ich noch atmete und das genügte denen auch schon. Sie fanden, ich sei ein Fall für die Psychi. Dort erwachte ich irgendwann wieder. Ich schnallte noch nicht ganz, wo ich war. Doch da stand schon so ein Gott in Weiss vor mir:

«Frau Serwart, können wir noch das Protokoll von gestern vervollständigen?»

«Was für ein Protokoll? Und überhaupt, wer sind Sie, ich kenn Sie gar nicht? Wo bin ich?» Ich fands den Hammer, wie der mir kam.

«Naja, ich bin Dr. Sowieso und Sie sind in der Kantonalen Psychiatrischen Klinik Wil. Gestern habe ich mit Ihnen diesen Fragebogen ausgefüllt!» Er zeigte mir das Papier. Ich wusste rein gar nichts mehr davon. Man klärte mich darüber auf, dass ich auf Anraten des Untersuchungsrichters vom Bezirksarzt per FFE eingeliefert worden sei. – FFE heisst Fürsorgerischer Freiheitsentzug und ist die grösste Sauerei, die sich eine Legislative je hat einfallen lassen. Es widerspricht allen Menschenrechten. FFE wird angewandt bei seelisch, körperlich und geistig verwahrlosten Leuten, die nichts Illegales getan haben, aufgrund dessen man sie ohne FFE hätte einsperren können. Mit dem FFE können sie für zehn Tage in einer Anstalt festgehalten werden. – Für mich sah das Ganze praktisch so aus: Ich wurde auf kalten Entzug gesetzt, in ein Isolierzimmer gesperrt (Inhalt: WC-Abteil, Tisch und Stuhl, Bett, Telefonrundspruchempfänger, unverwüstliche Panzerglasscheibe im Fenster). Dreimal am Tag brachte jemand den Frass und von 8.00 bis 20.00 Uhr wurde mir alle zwei Stunden eine Zigarette geliefert, das heisst sieben Stück pro Tag.

Nach ein paar Tagen bekam ich ein paar zerfledderte Geo-Hefte und zwei, drei alte Bücher. Aus der Ergotherapie brachte man mir einige Wollreste und nicht zusammen passende Stricknadeln. Eines jedoch ärgerte mich am meisten: Bevor ich mich der Polizei gestellt hatte, hatte ich mich in der gleichen Psychi telefonisch über einen freiwilligen Eintritt erkundigt. Es wurde mir mitgeteilt, eine Entzugsbehandlung käme für mich auf keinen Fall in Frage. Sie würden nur kalte Entzüge durchführen und die seien nur bei Leuten mit höchstens 40 Milligramm Methadon «medizinisch verantwortbar» (wortwörtlich zitiert!). Mit 500 Milligramm pro Tag könne ich einen kalten Entzug glatt vergessen. Kein verantwortungsbewusster Arzt würde so was durchführen. Niemand konnte mir allerdings nun erklären, wie es mit dieser medizinischen Verantwortbarkeit stehe, nachdem ich vom Amtsarzt eingewiesen worden war.

Ich hatte Freunde, die selbst schon Methadon-Entzüge durchgemacht hatten, die mir bis heute nicht glauben, dass ich einen von 500 Milligramm auf null überlebt habe. Der Methadon-Aff ist der schlimmste, den es gibt. Einzig der Hass auf die Leute, die mir das zumuteten, half mir, das Ganze unbeschadet durchzustehen. Ich liess nur noch einen Gedanken in meinem Kopf zu: «Die Schweine sehen mich nicht leiden, die sehen mich nicht am Boden rumkriechen!» Ich riss mich dermassen zusammen, dass man mich bloss schlapp rumliegen sah und man mir darum gar nicht glaubte, dass ich über zehn Jahre lang mindestens 500 Milligramm Methadon konsumiert hatte.

Man fragte mich, ob ich nicht statt zurück in die U-Haft lieber in eine Therapie gehen wolle. Sie machten mir den Ulmenhof schmackhaft, eine Therapiestation für Drogensüchtige mit Kindern. Die Aussicht, so eventuell wieder mit meinen Kindern zusammenzukommen, war ausschlaggebend für mich, es mal mit einer Therapie zu versuchen. Ausserdem fand ich, dass ich eigentlich nichts ablehnen sollte, was ich nicht aus eigener Erfahrung kannte. Bis dahin hatte ich jeden Vorschlag, eine Therapie zu machen, kategorisch abgelehnt. Vom Ulmenhof hatte ich schon gehört. Er hatte auf der Gasse den Ruf, eine der besten Therapieplätze zu sein. So freute ich mich sogar ein wenig, als ich dort angenommen wurde. Aber vor allem war es erst mal ein Mittel, aus der Psychi rauszukommen. Eigentlich hätte es doch ein gutes Gefühl sein sollen, als ich von einem Betreuer und einer Bewohnerin vom Ulmenhof abgeholt wurde. Zum ersten Mal nach mehr als zwei Wochen aus dem schalldichten Isolierzimmer raus. Aber es kam keine rechte Freude auf. Es war ja doch nur der Wechsel von einem Gefängnis ins nächste, denn Zwang wars eh. Und ausserdem war ich noch keineswegs vom Aff runter. So ein Methadonentzug dauert seine zwei Monate, das war bekannt – und das hiess für mich, dass ich erst gerade den Anfang hinter mir hatte. Ich fühlte mich noch fast gleich beschissen wie am ersten Tag. Vor allem diese gnadenlose Schwäche in allen Gliedern machte mich fertig.

Als wir mit dem Bus die fast zwei Stunden bis Ottenbach unterwegs waren, merkte ich, dass ich null Orientierung hatte, wo wir hinfuhren. Es war für mich wie eine Fahrt in die Wüste. Als wir ankamen, war man dort gerade bei der Einteilung fürs Grossreinemachen. Mich hatte man schon in die Küchenequipe eingeteilt.

«Was für ein Riesenschwein hab ich wieder einmal, darf gleich mit meiner Lieblingsbeschäftigung anfangen. Putzen, Haushalt – Scheisse!», dachte ich. Mir war zum Kotzen übel. Ich kippte fast von der Leiter und die fettige Masse, die ich oberhalb des Kochherds wegkratzen sollte, machte das Ganze auch nicht besser. Trotzdem machte ich, was ich konnte. Und empfand schon das als Heldentat. Niemand redete beim Worken, alle waren eifrig am Putzen. Das Ganze hatte etwas Verbissenes. Ich hätte gerne ein wenig geplaudert. Doch das lag nicht drin. Ich erntete vorwurfsvolle, um nicht zu sagen verächtliche Blick, wenn ich mich mal kurz hinsetzte. Nach dem Nachtessen wurde ein Gruppengespräch abgehalten. Da kam ich dran. Ich hätte nicht recht mitarbeiten wollen, ob ich mich eigentlich ausschliessen wolle usw. Ich wunderte mich über so wenig Einfühlungsvermögen. Nicht einer schien sich daran zu erinnern, dass auch er mal frisch angekommen war. Ich hatte null Bock, mich zu verteidigen. So sagte ich bloss:

«Wir reden weiter, wenn ihr mal einen Aff von 500 Milligramm Methadon gemacht habt. Plus Koks und Sugar! Ihr solltet ja auch wissen, dass das länger geht als vierzehn Tage!» Mir gabs schier was, als sie darauf erwiderten, ich hätte das halt anmelden, also quasi um

Nachsicht bitten müssen. Dafür hätte ich die ganze Gruppe zusammenrufen sollen. Zu einem Tribunal, das meine Sitz-Pausen absegnete! Irgendwie verstand ich auch, dass sie sich nicht in mich einfühlen konnten. Die meisten waren sehr viel jünger als ich und noch nicht lange «drauf». Die Hälfte hatte noch nicht mal gefixt. Für die war ich ohnehin jenseits.

Die erste Nacht verbrachte ich im TV-Raum und zog mir Videos von Jim Morrison und den Doors rein. Ausserdem kam auf DRS noch ein super Schweizer Film im Nachtprogramm. Ein Transvestit sprach mir aus der Seele: «An manchen Tagen könnte ich mich an die Wand klatschen wie einen Frosch, nur damit endlich mal was Neues rauskommt!»

Ich erinnerte mich, dass ich früher einmal, voll auf Koks, ähnlich drauf gewesen war. Ich sah mich selbst auf meinem Bett liegen und den Kopf gegen die Wand mit den aufgehängten Liebesbriefen an Jedd donnern. Ich war blutüberströmt und hörte, wie meine Schädeldecke brach. Um mich herum standen ein paar Leute und mein Freund Jedd. Er jammerte:

«Hör doch bitte auf, du tust dir weh, blablabla ...!»

Doch er schritt nicht ein. Ich war so entschlossen, dass weder er noch die anderen sich getrauten, mich davon abzuhalten.

«Wenn ich (tatsch! Kopf gegen die Wand) – Lust habe (tatsch!) – meinen Kopf (tatsch!) in die Wand zu hauen (tatsch!) – dann (tatsch!) – haue ich ihn (tatsch!) in die Wand! Basta!»

Ich sah mich aber gleichzeitig auch schon im Spital, wo meine Knochen wieder zusammengeflickt wurden. Ich wusste, es war noch reparierbar. Ich wollte nicht mich selbst zerstören, sondern es war ein Versuch, damit endlich mal was Neues rauskommt aus mir oder sonst wem. Ich hörte mich bei der Action dauernd reden und fluchen. In Wirklichkeit hatte ich jedoch nur eines laut von mir gegeben:

«Ihr seid alle Arschlöcher!»

Am nächsten Morgen stand ein frühes Frühstück auf dem Programm. Es gab drei Gruppen, die für sich kochten, assen und wohnten. Ein Paar mit Kindern wohnte in dem Haus, wo die Büros der Sozis waren. Im andern Haus wohnten wir auf zwei Stockwerken – im ersten drei junge Paare, oben allein erziehende Mütter und deren Kinder. Mich verfrachteten sie zuerst zu den jungen Paaren. Das ging nicht gut, und so kam ich schliesslich bei den Frauen unter. Dort war eine Frau in meinem Alter und mit ähnlichen Erfahrungen.

Der weitaus grösste Teil des Therapiealltags bestand aus arbeiten. Siebeneinhalb Stunden täglich. Es gab eine Werkstatt, wo Holzspielzeug hergestellt, und einen Schopf, wo Kerzen gezogen wurden. Das tönt nach Basteln und Handarbeit. In Wirklichkeit aber wars Fliessbandarbeit. Wir mussten Tausende gleicher Holzstückchen schleifen, und die Kerzen wurden zu Hunderten auf Rahmen gezogen in einem offenen Raum bei Temperaturen unter dem Nullpunkt. Schliesslich gab es eine Abteilung für Verpackung und Versand, in der die Arbeit noch langweiliger war. Für ein Spiel errechnete ich einen Brutto-Stundenlohn von gut zwei Franken. Für eine Arbeit, die weder lehrreich war noch Spass machte. Normalerweise also für mich ein Grund, sie als sinnlose Zeitverschwendung abzulehnen.

Anfänglich stellte ich das alles in Frage und versuchte, mich dagegen zu wehren. Doch schon nach zwei Wochen stellte ich mit Schrecken fest, dass ich mich angepasst hatte und schon halbwegs mitmachte bei der internen Konkurrenz «Wer ist unser Arbeitsheld?» Es war bedenklich, was Gruppendruck sogar bei mir bewirkte.

Dann kam der 8. des Monats. Immer am 8. kam mein Witwenrentengeld auf die Post. Es zog mich mehr denn je nach draussen. Die Aussicht, ohne Geld auf der Strasse zu stehen, war ein Faktor gewesen, der mich bis dahin zurückgehalten hatte. Beim Hölzchen-Schleifen redete ich mit Helen übers Türmen. Als sie das mit der Kohle vernahm, war sie dabei. Wir beschlossen, uns drei gute Tage mit Dope und allem Drumherum zu machen. Drei Tage lang konnte man abhauen, ohne ganz aus der Therapie ausgeschlossen zu werden. Helen war mir eigentlich nicht sonderlich sympathisch. Doch schon nach der kurzen Zeit in der Therapie war ich doch tatsächlich zu feige geworden, alleine abzuhauen. Ich brauchte eine Mitläuferin und war froh, als sie am anderen Morgen wirklich mitkam.

Anfangs mussten wir Umwege machen und zu Fuss gehen. Von weitem sahen wir zu, wie die Leute vom Ulmenhof die Strassen nach uns absuchten. Als sie es aufgaben, jubelten wir wie kleine Kinder an Weihnachten. Wir fühlten uns wie Papillon und Co. Wir machten Autostopp und fuhren schwarz mit dem Zug nach St. Gallen. Dort holten wir auf der Post meine Kohle ab. Helen schien erleichtert, dass alles klappte; auf dem Weg hatte sie mich dauernd gelöchert, ob das Geld auch wirklich da sei und so weiter.

Mit dem Geld im Sack hatten wirs dann eilig, zu Stoff zu kommen, und gingen darum auf den Schellenacker. Wegen der miesen Qualität von dem Zeugs entschieden wir uns, nach Zürich zu fahren, – und zwar 1. Klasse mit dem Zug. In Zürich kauften wir am Platzspitz erst mal gross Dope ein und nahmen uns dann ein Hotelzimmer, in dem wir es uns gemütlich machten. Die Vorstellung, dass die andern dachten, wir müssten uns mühsam auf der Strasse durchschlagen und dass wir froren und darbten, amüsierte uns sehr. Es wusste ja niemand sonst was von meinem Rentengeld.

Es war dann tatsächlich so, dass uns nach unserer Rückkehr in den Ulmenhof kein Mensch glaubte, dass wir in den zweieinhalb Tagen zweitausend Franken durchgebracht hatten. Nach dem Reglement hätten wir nüchtern zurückkommen müssen, sonst blühte uns ein Spitalaufenthalt zwecks Entzugs. Wir hatten den letzten Schuss auf der öffentlichen Toilette kurz vor dem Ulmenhof gemacht, dennoch behaupteten wir, dass wir sauber seien. Ansehen konnte man uns nichts, denn dank dem vielen Koks, das wir drin hatten, waren unsere Pupillen nicht klein und der Rest lag an unserem Benehmen. Wir mussten der Gruppe erzählen, was wir alles gemacht hatten und wieso. Sie fragten uns gierig, ob wir den Strich gemachten hätten, um zu Stoff zu kommen. Wir wurden ausgequetscht wie vor Gericht, und dann stimmte die Gruppe darüber ab, ob wir wieder in Gnaden in die Therapie aufgenommen würden. Sie erwies sich als nachsichtig. Ich durfte bleiben.

Es war eine lächerliche Prozedur, und ich kam mir ganz schön blöd vor dabei. Da entschied ein Dutzend Leute über meine Zukunft, die alle zusammen neidisch waren, dass sie bei dem Ausflug nicht mit dabei gewesen waren.

Als ich erfuhr, dass sich die Probezeit, bis ich meine Kinder sehen konnte, als Folge unseres Auflugs verlängerte, beschloss ich, dieser Farce ein für alle Mal ein Ende zu setzen. Eine Nacht lang erwog ich Für und Wider. Ich wollte es mir ganz genau überlegen, denn Abhauen bedeutete, dass ich sofort wieder polizeilich ausgeschrieben würde und vom erstbesten Bullen, dem ich über den Weg lief, verhaftet werden konnte.

Doch inzwischen sprach für mich zu viel gegen diese Therapie. Was hatte man für grosse Töne gespuckt über diesen Ulmenhof und nichts davon hatte sich als wahr herausgestellt! Früher war die Institution selbsttragend gewesen. Für niemanden musste der Staat Zuschüsse bezahlen. Das hatte der Institution eine gewisse Freiheit und Unabhängigkeit gegeben, von der nichts mehr zu spüren war. Jetzt wurde nicht weniger gearbeitet oder produziert und mehr Angestellte gabs auch nicht, und trotzdem zahlte nun der Staat zwischen 200 und 300 Franken pro Person und Tag. Einkaufen, kochen und haushalten musste jede Wohngruppe für sich und dafür bekamen wir pro Person nur 50 Franken die Woche, Kids weniger. Das bedeutete zum Beispiel, dass wir nicht besonders gesund essen konnten, was meiner Meinung nach wichtig gewesen wäre. So assen wir fast jeden Tag Nudeln mit Sauce, bloss damit es auch noch für Körperpflegemittel und vielleicht mal was Süsses reichte.

Da ich dies mehr als fragwürdig fand, brachte ich es bei einer Gruppensitzung zur Debatte. Irgendwie muss es die Angestellten nervös gemacht haben, denn sie richteten gleich eine Sonder-Informationsstunde ein, in der einer von der Verwaltung Infos über die Finanzen durchgeben sollte. Er hatte jedoch keine glaubwürdigen Antworten und was er betrieb, war reine Augenwischerei.

Aber am meisten hatte mich die Eigendynamik erschreckt, die der Gruppenzwang entwickelte, die Aussicht, zwei Jahre mit Leuten zusammenleben zu müssen, die einem vielleicht überhaupt nicht entsprachen, mit denen man willkürlich in eine Lebensgemeinschaft zusammengeworfen worden war, führte dazu, dass man sich anpasste bis zur Verblödung. Unter Verblödung verstehe ich das Verleugnen oder sogar Vergessen von Erfahrungswerten, die einem bis anhin als Richtlinien gegolten hatten, zugunsten eines Einheitsbreis von Regeln, nach denen Leute zusammenlebten, die sich unter normalen Umständen kaum auf der Strasse gegrüsst hätten.

Um etwas Liebe und Anerkennung zu bekommen, ordnete man sich unter und passte sich an. So ging jegliche Individualität futsch. Dabei wäre es wichtig, die Eigenständigkeit von Ex-Junkies zu unterstützen, sie in ihrem Selbstwertgefühl zu stärken. Ich fand, dass ich hier nichts gewinnen konnte, aber viel zu verlieren hatte. Und ich beschloss, dass dies endgültig der letzte Versuch war, mittels einer Therapie ohne Drogen auszukommen. Lieber würde ich in den Knast gehen, wo wenigstens die Fronten klar sind. Drogensüchtige in psychiatrische Kliniken und Therapiestationen zu stecken, ist bloss eine faule Ausflucht vor dem ehrlichen Versuch, ihnen alternative Wohn- und Lebensformen anzubieten.

24 Stunden Wassergasse

Es kotzte mich langsam an, Jedd zuzuschauen, wie er bloss rumhing und seine Wunden bearbeitete. Schon seit Tagen sass er da und wühlte in seinen Geschwüren herum, schnitt mit einer Geflügelschere daumendicke Krustenränder ab und stocherte mit einer alten Spritze im Eiter herum. Er tat nichts anderes mehr als «Cocktails» (Kokain-Heroin-Mix) fixen und an seinen Beinen rummachen, die von offenen Abszessen übersät waren.

«Hör endlich mal auf damit, verdammt noch mal! Siehst du denn nicht, dass alles nur noch viel schlimmer wird, wenn du dauernd dran rummachst?»

«Lass mich doch in Ruhe, solche Wunden muss man pflegen und diese dicken Krusten da, die müssen weg!»

«Dann schmier Bepanthen-Salbe drauf und verbinde sie wenigstens mit Pflaster, dann weichen sie auf und morgen kannst du sie easy wegmachen!»

«Ja, ja, du hast gut reden, bei dir geht alles easy weg.»

Es war einfach zu viel Dope da. Niemand ausser mir tat mehr was dafür. Und alle verblödeten dabei. So viel Luxus – immer Dope so viel man will, ohne einen Finger zu rühren – ertrug einfach niemand. Vor allem das Koks, in diesen Mengen, vertrugen nur die wenigsten, ohne irgendwann durchzudrehen. Trotzdem wollte ich nicht auch noch die Kindergartentante spielen, die bestimmte, wer wie viel bekommt. Obwohl eigentlich alles mir gehörte, was da konsumiert wurde, denn ich schaffte ja das ganze Zeug ran.

Alle hatten ziemlich schnell gemerkt, dass ich es ohne grosse Mithilfe schaffte, für die ganze Mannschaft das Dope zu organisieren. Trotzdem fühlte ich mich nicht ausgenutzt, denn ich brauchte all die Leute um mich herum, meine Family. Und die Grundlage für unser Zusammenleben und für eigentlich überhaupt alles war nun mal das Dope.

Michelle klopfte an meine Zimmertüre.

«He, Britta, da unten schreit jemand nach dir und der Idiot hört nicht mehr auf damit!»

«Dann ruf mal runter, er solle nach 12 Uhr wieder kommen – die wissen doch alle ganz genau, dass wir vorher nicht aufmachen. Wer ist es überhaupt?»

«Es ist Dave und ich habs ihm schon gesagt, aber er hört nicht auf, schreit sogar was von er sei äffig und so!»

«O Mann, wieder einmal ein Spezialfall – jeder glaubt, er sei der Spezialfall mit Spezial-Privilegien, lauter ‹beste Freunde›, wenns um so was geht! Lass ihn in Gottes Namen rein, bevor die Nachbarschaft die Schmier ruft!»

«Okay, mach ich!», sagte Michelle und ging. Ich rief ihr noch nach:

«Aber bitte nimm ihn zu dir ins Wohnzimmer. Sag ihm, er soll warten, bis ich angezogen bin!» Vor allem wollte ich noch meinen Frühstücksschuss machen, bevor ich wieder anfing, mich mit den Problemen von irgendwem rumzuschlagen.

Wie so oft nach ein paar Stunden Schlaf hatte ich Mühe, eine Vene zu finden, die noch tauglich war, mir einen Schuss ins Gehirn zu befördern. So klopfte es erneut, bevor ich fertig war.

«Du, Britta», es war Michelle, «der Dave ist so aufm Aff, der kotzt mir gleich die Bude voll. Kannst du mir nicht schon mal was rausgeben für den?»

Ich hätte sowieso keine Ruhe mehr gefunden, bevor ich das getan hatte, und wenn ich wusste, dass jemand auf mich wartete, wurde ich so nervös, dass ich keine Vene mehr traf. Also machte ich erst mal eine Portion für den lieben Dave bereit. Von beidem natürlich, Koks und Sugar, das war ja klar – auch wenn es gegen den Entzug nur Sugar brauchte. An das Beste vom Besten war man sich bei mir, sogar wenn man bettelte, gewöhnt. Ich gab das Zeug Michelle und fragte sie, ob sie genug sauberes Besteck draussen hätte.

«Ah nein!», antwortete sie, «wir haben gestern alles gebraucht oder weggegeben, alles, bis aufs letzte Stück. Dabei hat Kurt gestern früh 200 Stück beim Bus geholt. Und – äh – Britta, hast du für mich gleich auch was bereitgemacht?»

«Bin schon dran, aber bring jetzt mal das dem armen, leidenden Davilein – ich mach dann eben für alle da draussen ein Piece bereit, für Kurt und die beiden im Gästezimmer gleich mit!» Inzwischen hatte sich auch Jedd einen Schuss bereitgemacht und stand nun mit der gefüllten Pumpe da und schaute mich bittend an.

«Britta, kannst dus nochmals versuchen?» Das hiess, dass ich ihm den Schuss setzen sollte, weil er selbst kaum mehr traf und ich es an Stellen versuchen konnte, eine Vene zu finden, wo er selbst nicht hinkam.

«Und dann scheisst du mich wieder zusammen, wenn ichs nicht gleich beim ersten Mal schaffe, wie vorhin – dabei stichst du selber manchmal zwanzig- bis dreissigmal, bis du triffst!»

«Ach was», unterbrach er mich unwirsch, «letztes Mal hast dus extra gemacht, immer danebengestochen!»

«Du bist ja verrückt! Wenn du schon so vollparanoid bist, solltest du besser mal schlafen als weiterdrücken – die Bestückung deiner Birne macht das nicht mehr mit!» Ich half ihm trotzdem – bloss damit ich nachher endlich mal meinen eigenen Schuss machen konnte.

«Ich wäre froh, wenn mal jemand mir dabei helfen würde, nur ein einziges Mal, damit ich weiss, wie das wäre!», motzte ich vor mich hin. Kaum war ich fertig, klopfte es schon wieder.

«Verdammt, was ist'n jetzt schon wieder los?», rief ich wütend. Es war Michelle, sie heulte.

«Ich habe mir den Schuss danebengedrückt (d.h. neben die Vene ins Fleisch gespritzt, was die Wirkung, speziell den Sofort-Effekt, vermindert – quasi ein Fehlschuss also). Kannst du mir bitte noch was geben, bitte, Britta? Du kannst mir ja nachher weniger geben dafür!»

«Ha, ha, schon recht, wie immer, was?», sagte ich. Und etwas leiser: «Na ja, könnte ja zufällig mal wahr sein.» Das mit dem Danebendrücken war ein häufig angewandter Trick, um zu einer Extra-

Portion zu kommen, so eine Mitleidsmasche. Doch wenn ich es mir leisten konnte, ersparte ich mir die Arbeit, herauszufinden, ob jemand log oder nicht.

Als Michelle sah, dass ich ihr was bereitmachte, hörte sie auf zu heulen und meinte:

«Du, der Dave will noch mit dir reden, kann er kommen?»

«Okay!» Da kam wieder Leben in Jedd, der eingenickt war. Ich hatte schon gehofft, er würde endlich einmal schlafen, das hätte ihm gut getan.

«Aber hier kommt niemand rein!», nörgelte er.

«Doch! Dies ist mein Zimmer, hier will ich Besuch haben können, ohne dich vorher um Erlaubnis zu bitten und ohne dass es jedes Mal eine Riesendiskussion gibt!» Jedd war auf jeden eifersüchtig, der mich in Beschlag nahm, egal ob Männlein oder Weiblein. Er litt unter Trennungsängsten und trieb mich in unserer Beziehung oft an meine Grenzen damit. Er machte sich selbst fertig, um mich auf die Probe zu stellen. Er war mit einer Frau verheiratet gewesen und hatte zwei Kinder aus dieser Ehe. Seine Frau hatte ihn verlassen, als er recht fertig gewesen war vom Dope und so. Unbewusst wollte er nun feststellen, wann für mich der Punkt gekommen ist, wo auch ich ihn nicht mehr ertragen konnte und ihn ebenfalls verlassen würde. Darum machte er sich so unmöglich, denn eigentlich hatte er sich nie mehr verlieben wollen.

«Na bitte, dann verschwinde ich halt – lass dir bloss wieder den Kopf vollquatschen von jedem dahergelaufenen Arschloch!», trotzte er.

Als Dave kam, ging er tatsächlich hinaus und schlug demonstrativ die Türe hinter sich zu. Dave schaute mich erschrocken an.

«Ist das wegen mir? Ich kann schon wieder gehen, wenn es wegen mir ist.»

«Ach, hör doch auf! Du hast ihm ja nichts getan, soll er doch gehen und trotzen wie ein kleines Kind. Ich habe genug von dem ständigen Theater, ich mag mich nicht einmal mehr aufregen darüber!»

«Mir fährt es halt jedes Mal wieder ein, wenn er so aufbraust. Manchmal habe ich richtig Angst. Ist er noch nie richtig ausgerastet?», fragte Dave.

«Nein, das ist so seine Art. Du weisst vielleicht, er war früher mal bei den Rockern, den Highway Devils, das war ne recht üble Bande. Und Jedd war der Oberschläger von denen. Aber seit jener Zeit hat er fast nie mehr dreingeschlagen. Er hat sich recht im Griff, er weiss nämlich, dass er da keine Hemmschwelle mehr hat und unter Umständen jemand totschlägt. Robin hat ihm im Bienenhüsli einmal mit Mühe und Not davon abgehalten, einen Leichenfledderer totzuschlagen, da wars knapp.» Nun gab es eine Verlegenheitspause. Ich sah Dave an, dass er noch irgendwas wollte von mir, aber er wusste nicht, wie anfangen.

«Äh, Britta, vielen Dank noch für den Knall, du hast mich echt gerettet, ich war total auf Entzug, schon die ganze Nacht. Sorry, dass ich so früh gekommen bin, aber ich habs nicht mehr ausgehalten. Hab ich dich geweckt?»

«Ja, aber Schwamm drüber, und tu bloss nicht so, als obs dir Leid täte, du kommst ja neuerdings jeden zweiten Tag! Aber du bist ja nicht umsonst mein Brüderchen, was!», lenkte ich ein.

Seit wir einmal zusammen im gleichen Zimmer in einem Obdachlosenasyl gewohnt hatten, hatten wir so was wie ein Bruder-Schwester-Verhältnis zueinander entwickelt. Und so hatte ich als grosse Schwester halt immer wieder einmal das Gefühl für Dave verantwortlich zu sein. Er kam zu mir, wenn er kein Dope mehr hatte, aber er kam auch mit allen Problemen, die er sonst hatte, um sich von mir Rat oder Trost zu holen. Manchmal hatte er dabei was Rührendes, auch wenn er sonst ein abgeschlagener Kerl sein mochte.

«Aber, drucks jetzt nicht noch lange rum. Ich möchte mich noch ein Stündchen hinlegen, bevor der grosse Rummel losgeht. Rück endlich raus damit – was solls denn diesmal sein?»

«Mhhh – ich wollte dich fragen, ob du mir nicht fünf G auf Komi geben kannst, ich muss unbedingt was tun, ich mag nicht mehr jeden Morgen aufm Aff sein!»

«Na hör mal Dave – kommst du mir wieder mit so einem Scheissvorschlag!»

«Nein, nein, diesmal schaff ich es ganz bestimmt, Britta!», unterbracht er mich hastig, «ich zahls dir ganz sicher!»

«Ach ja, wie die anderen zwanzigmal auch, was? Nein, Dave, weisst du was – wir machen jetzt zusammen noch einen Druck und dann überleg ich mir was Besseres für dich, okay?» Ich hatte die uralte, ewiggleiche «Komi-Leier» satt. Immer wollte er Dope auf Kommission und meinte, damit könne er dann das grosse Geschäft machen. Gleichzeitig wusste er jedoch genau, dass er sowieso nie zahlen konnte und ohne grosse Konsequenzen durchkam bei mir, denn ich wurde ja jeweils nicht einmal ernsthaft böse auf ihn. Ich rechnete ja von vornherein nicht damit, dass er die Abmachung einhalten würde. Ich würde eh nie auch nur einen Franken zur Begleichung seiner Schulden sehen. Trotzdem wollte ich ihm noch einmal helfen, aber nicht so.

«Schau mal, Dave», sagte ich zu ihm, «ich schenk dir jetzt je ein Gramm Koks und Sugar. Wenn du es schaffst, davon was zu verkaufen und nicht einfach alles selber reinlässt, dann kannst du nachher mit dem Geld zu meinem Einkaufspreis, ich hau nicht mal meine Spesen drauf, bei mir dreimal hintereinander Dope beziehen. Bei dreimal solltest du aus diesem Angebot was aufbauen können, okay? Wenn nicht, bist du mir nichts schuldig, aber komme mir dann ja nicht mit irgendwelchen Stories, ich will dann gar nichts hören von dir, klar?»

«Du ja, super – diese Chance nütze ich ganz bestimmt, da kannst du sicher sein!»

«On verra – ich gebe jetzt noch einen Knall aus, dann brauchst du das Dope, das ich dir gebe, eigentlich gar nicht anzurühren, und wenn du nachher damit direkt zum ‹Kathi› (Katharinenhof) gehst, bist du das Zeug in einer Stunde los, am Morgen läufts da wie blöd, da kannst du ein super Business machen und bist am Mittag schon wieder hier!»

«Ja, genau so mach ichs. Das ist eine gute Idee, vielen Dank!»

Ich war mir nicht so sicher, ob ers schaffen würde, das Dope nicht selber zu konsumieren. Dave konnte einfach nicht über einen halben Tag hinausschauen. Er lebte nur so in den Tag hinein. Von Schuss zu Schuss. Nachdem wir zusammen den Knall gemacht hatten, verabschiedete er sich und sagte, er würde spätestens am Nachmittag mal vorbeischauen.

«Tschüss, Dave – und mach deiner Schwester keine Schande, klar?»

«Sicher nicht, das liegt bei uns doch in der Familie, oder?», antwortet er im gleichen Tonfall. Nachdem er gegangen war, schaute ich nach, was Jedd machte. Ich fand ihn in der Küche am Lavabo, dem einzigen in dieser Wohnung; er stand da und fummelte mit einer Nagelbürste an einem Abszess am Oberarm herum. Der Arm sah schlimm aus. Vor zwei Tagen war es nur ein kleines Löchlein mit etwas Eiter gewesen, jetzt war der ganze Oberarm dick geschwollen, rot und heiss. Ich wollte etwas Versöhnliches sagen.

«Jedd – komm, lass mich das verbinden und dann lässt du es mal eine Weile in Ruhe, das wird sonst gefährlich, das gibt eine wüste Infektion!» Jedd fühlte sich wieder angegriffen.

«Jetzt lass mich mal in Ruhe!», motzte er so gehässig, dass ich es sofort aufgab, noch weiter in ihn zu dringen. Langsam war mir alles egal. Er wollte sich ja doch nicht helfen lassen. Sollte er doch sehen, wo er hinkam mit seiner Tour. Ich liess ihn wortlos stehen.

Im Wohnzimmer sah ich Kurt hinter dem Vorhang stehen und aus dem Fenster spähen.

«Kurt, biste wieder mal voll auf Paranoia oder was gibts da so Spannendes zu sehen?» Kurt war jemand, der oft Verfolgungswahn hatte, wenn er zu viel Koks drin hatte. Doch diesmal schien es sich nicht um eine Para zu handeln, denn er sagte ganz ruhig:

«Nein, ich habe ja gar kein Koks drin, aber komm mal her! Schau, da hinten stehen wieder die Käppis (uniformierte Grenadier-Polizisten mit Bérets). Die fangen wieder Leute ab, die zu uns rauf wollen!» Tatsache, da standen sie wieder! Seit bei uns jeden Tag so ein Geläuf war, taten sie das ab und zu. Sie stellten sich zu dritt unten an der Strasse auf oder drückten sich in den Büschen rund ums Haus herum und machten Ausweiskontrollen. Manchmal schleppten sie dann jemanden auf den Posten ab und filzten ihn. Oder sie fragten die Leute aus, was bei uns oben so liefe. Ich sagte zu Kurt:

«Du, frag mal den Robin und den Marco, ob sie nicht an den beiden Zufahrtsstrassen etwas weiter unten Posten beziehen und die Leute warnen wollen – sag ihnen, sie könnten sich so ein Piece verdienen!»

Die zwei hatten mich schon gehört und waren sofort dazu bereit.

«Geht aber oben hinaus, sonst lauft ihr denen selbst in die Hände!», warnte ich sie.

«Ist ja logisch, klar, dann checken wir von oben gleich ab, wo genau überall einer steht. Was meinst du, wie lange bleiben die?»

«Bis jetzt sind sie meistens nach einer guten Stunde gegangen, aber wenns diesmal länger geht, lasse ich euch ablösen, okay?»

«Okay! Michelle, den Leuten, die eh von oben kommen und vielleicht die Bullen drum nicht beachten, musst du es jeweils sagen, ich denke im Trubel sicher nicht bei jedem dran. Wenn jemand auf dem Aff ist, lässt du ihn gleich hier den Schuss machen, damit er nicht mit dem Stoff erwischt wird!», wies ich sie an. Meistens liess sie die Leute sowieso bei sich im Wohnzimmer den Knall machen. Sie bettelte sie dann um ein wenig Stoff an oder verlangte die Filter für ihre Dienste. So mischelte sie sich jeweils zu dem, was ich ihr gab, noch ganz schön was hinzu.

Diesmal blieben die Bullen nicht lange. Wahrscheinlich war ihnen die Sache verleidet, als niemand mehr kam, den sie hätten kontrollieren können. Unser Frühwarnsystem hatte also funktioniert. Die Leute hatten wieder freien Zugang. Robin und Marco kamen von ihrem Wachposten zurück, um ihren Lohn abzuholen.

«Na, wie wars?», fragte ich. «Alles gut gegangen?»

«Alles okay, da waren nur Richi und Sybille. Doch als sie hörten, dass die Bullen da sind, sagten sie, sie kämen lieber etwas später nochmals, sie müssten sowieso erst noch Kohle holen auf dem Sozialamt», erzählte Robin. Dann berichtete Marco:

«Bei mir kam zuerst Peggy vorbei, aber die wollte eh nicht zu dir, die war unterwegs zu ihrem ominösen Superdealer – glaubst du eigentlich, dass es den überhaupt gibt?»

«Das ist mir echt egal, ich mag meine Nase nicht in anderer Leute Angelegenheiten stecken, sonst werde ich dauernd in irgendwelche Stories gezogen!», sagte ich.

«Ja, da hast du schon Recht – aber weisst du, das Geheul, das Peggy den ganzen Tag von sich gibt, als ob sie die Grösste wäre ...»

«Ah, lass sie doch, wenn sie das braucht. Ich tu sowieso meistens so, als ob ich jede Angeberei glauben würde, es stinkt mir schon lange, alle diese Tausende von Lügenmärchen aufzudecken, die ich tagtäglich zu hören kriege! Und zu mir wollte also niemand – glauben sie es langsam, dass sie nicht vor 12 Uhr mittags kommen sollen?»

«Doch, da waren noch Helvi und später noch Franz und Hugo – doch die wollten dich alle anhauen, du weisst schon, um ne milde Gabe und so – da habe ich gleich gesagt, sie sollen am Nachmittag wiederkommen, es gäbe keinen Weg zum Haus an der Schmier vorbei», erzählte Marco.

«Das war klug von dir, danke!»

«Schon gut, und wenn du wieder einmal einen Job hast, denkst du an mich, okay?»

«Ja, oder an mich», sagte Robin.

«Okay, Robin, aber du weisst, ich habe dir schon gestern gesagt, dass du langsam woanders einen Job suchen musst. Es stinkt mir, dass du immer noch bei uns rumhängst Tag und Nacht. Und einfach wartest, dass was für dich abfällt. Ich habe dir auch gesagt, dass wir erst wieder über Zusammenarbeit reden können, wenn du mir bewiesen hast, dass du auf deinen eigenen Beinen stehen kannst. Auch deine 7000 Franken Schulden erlasse ich dir dann gerne. Aber es geht einfach nicht, dass du monatelang nur Scheisse baust und denkst: Die Britta, die blöde Kuh, sagt ja eh nichts und wirft mich sowieso nicht raus. Jetzt hast du dich halt mal verrechnet und ich werfe dich raus und ich sage dir, ich bleibe konsequent diesmal. Du schaust jetzt einmal für dich, dann können wir in eine paar Wochen wieder miteinander reden – aber nur hier rumhängen und auf Almosen warten, gilt nicht, klar, es hat nämlich niemand mehr Mitleid mit dir, alle haben miterlebt, wie lange ich Geduld hatte mit dir.» Der Ton war angebracht, denn Robin war immer abhängiger geworden von mir und seine Eigenleistung war dabei auf weniger als nichts gerutscht. Obwohl es am Anfang trotz der Fehler, die er gemacht hatte, recht gut gelaufen war. Damals wollte er es wenigstens noch besser machen und diskutierte auch darüber, doch seit einiger Zeit baute er nur noch eine Scheisse nach der anderen, wohlwissend, dass ich die Trümmer zusammenräumen würde. Doch die Spielchen, die er dabei trieb, waren durchschaubar und frech geworden, dass ich sie mir nicht länger gefallen lassen wollte. Schliesslich gingen seine Fehler auch auf Kosten der Gemeinschaft. Ich doppelte nach:

«Gestern hat dir nämlich sogar einer angeboten, für ihn Sugar zu verkaufen, ein gutes Angebot sogar, und du hast abgelehnt – weil du zu faul warst, deinen Arsch hier wegzubewegen, so lange hier dauernd was für dich abfällt– das geht so nicht weiter, klar?»

«Ja, klar, aber weisst du ...»

«Erzähl das jemand anderem, ich will nichts mehr hören. Tschüss!»

«Tschüss – und danke für das grosse Piece!»

«Tschau, du, – und frag doch mal den von gestern – vielleicht gilt ja das Angebot noch!»

Marco war inzwischen rausgegangen, um bei Michelle seinen Schuss zu machen. Nun kam er zurück.

«Du, Britta, Michelle sagt, ich müsse ihr einen Schuss geben fürs Dableiben, findest du das okay?»

Ich öffnete die Tür und schrie hinaus: «Michelle, keine Scheisse, klar? Du kriegst genug von mir, du musst nicht Marco von dem bisschen, das er hat, noch was ausreissen – und überhaupt – du weisst es ganz genau!» Ich hörte nur ein leises Fauchen aus ihrer Richtung, mehr nicht. Ich konnte mir lebhaft vorstellen, wie sie sich wieder mal über mich ausliess bei allen, dies hören wollten, und bei denen, dies schon längst satt hatten, auch. Sie versuchte immer, Mitleid zu schinden, indem sie allen erzählte, wie kurz ich sie halte. Dabei wusste jeder, dass sie im Vergleich zu ihrer Gegenleistung viel zu viel bekam. Doch irgendwie verstand ich sie: Ihr Job war kein Zuckerschlecken. Den ganzen Tag von allen Gästen wie ein Dienstmädchen behandelt zu werden, war nicht eben lustig. Michelle, hol mir das! Michelle, hast du mir einen Löffel? Michelle hast du Britta gesagt, dass ... und so weiter. Ich hatte schon oft versucht, ihre Jobs so zu organisieren, dass sie viel einfacher gewesen wären, doch das klappte nie, darum tat sie mir nur noch selten Leid. Eigentlich wollte sie es so, wie sie es hatte.

Als Marco und Robin weg waren, kam Michelle zu mir.

«Du, das was dir der Marco da erzählt ...»

«Komm, Michelle, lassen wir das jetzt», unterbrach ich sie. «Ich will all diese Stories gar nicht mehr hören, macht doch den Scheiss unter euch aus, geht mich doch nichts an!», regte ich mich auf.

«Ja, ja, gut!», lenkte sie ein. «Ich wollte dich noch fragen, wie das mit Walo gestern Nacht ausgegangen ist. Hat das gestimmt, was Manu dir gesagt hatte?»

Nun kam auch Jedd wieder zu uns und fragte: «Was war denn gestern mit Walo und Manu?»

«Das war, als du bei Charlie warst», erklärte ich ihm. «Walo war bei mir und kaufte Koks und Sugar. Anschliessend verkündete er allen, er gehe jetzt auf den Zug. Da kam Manu zu mir und verriet mir, wenn Walo jetzt auf den Zug ginge, würde er eine ganze Menge

Leute bescheissen. Die hätten ihm nämlich alle ihr Geld mitgegeben, damit er für sie bei mir Stoff besorge, und sie warteten jetzt im Linsebühl auf ihn und das Zeug. Er hatte ihnen die alte Story aufgetischt, er gehöre im Gegensatz zu ihnen zu den Privilegierten, ‹die zu Britta gehen dürfen› – ich verstehe nur nicht, wieso das immer noch geglaubt wird. Ich habe doch schon tausendmal gesagt, dass ich mir für niemanden zu schön bin. Nun, ich schnappte mir Walo und er gestand den Link, den er vorgehabt hatte. Darauf zwang ich ihn mit dem Messer, mit mir ins Linsebühl zu gehen, um den Leuten ihren Stoff zu bringen – er wollte nämlich davonrennen, das feige Schwein. Die anderen wären ja sonst früher oder später sowieso zu mir gekommen, damit ich ihnen den Verlust gnädigerweise ersetze. Man weiss ja, dass ich so blöd bin. Ha, das hättet ihr sehen sollen, wie ich den Walo da ins Linsebühl getrieben habe mit dem Stellmesser in der Hand. Als wir da waren, kam auch Manu. Alle haben natürlich geflucht und den Walo zusammengeschissen. Am lautesten war Manu: ‹Das ist doch die linkste Sau, die rumläuft!›, hat er vor allen gelästert. Da habe ich laut gesagt: ‹Ja, Walo ist die linkste Sau und die zweitlinkste ist der, der ihn bei mir verpfiffen hat!› Ihr hättet Manu sehen sollen – so klein wurde er und knallrot im Gesicht – alle haben sich blöd gelacht und ihn hats bös angeschissen. Aber stimmt doch, was ich gesagt habe, oder?» Michelle und Jedd lachten beide.

«Ausgerechnet Manu, der ist ja selbst kein Heiliger!», meinte Jedd.

«Und er redet wirklich immer hinter dem Rücken über alle Leute, verrät den einen beim anderen und umgekehrt!», sagte Michelle. «Geschieht im ganz recht!»

«Ja, dem hast dus aber gegeben!», freute sich Jedd und fragte: «Machen wir noch einen Knall?»

«Ich wollte sowieso gerade einen machen, ja, Michelle, du auch, oder?»

«Da sage ich nie Nein!», lachte sie.

Während wir alle zusammen den Schuss machten, begann Jedd wieder zu nörgeln, ich liesse mir von viel zu vielen Leuten den Kopf mit Problemen vollquatschen. Ich versuchte ihm zu erklären, dass meine mir eigene Organisation der Drogenbeschaffung für eine ganze Menge von Leuten auf verschiedenen Pfeilern beruhte.

«Du musst dir das Ganze vorstellen wie ein Haus, das aus tausend kleinen losen Steinchen gebaut ist und sehr fest steht, fast unzerstörbar. Aber wehe, man rückt ein Steinchen von seinem Platz – dann fällt das ganze Haus ein. Mein Haus funktioniert so nun schon viele Jahre, da kannst du nicht einfach plötzlich kommen und für das Ganze wichtige Einzelheiten verändern wollen. Eines dieser Steinchen, das zusammen mit den anderen mein Haus zusammenhält, ist eben das, dass die Leute, die hier ein und aus gehen, nicht bloss Kunden sind, irgendwelche Junkies, sondern jeder ist ein Individuum und auf seine Art einzigartig, und den Anstand, jeden als solches zu behandeln, lasse ich nun mal jedem zukommen. Das braucht Zeit, viel Zeit, da hast du Recht, aber schliesslich geht es für mich so auf. Solange die Leute nicht nur wegen dem Dope herkommen, sondern auch um mir ihre Probleme anzuvertrauen, weil sie das Gefühl haben, es bringe ihnen etwas, mit mir darüber zu reden, solange geht für mich die Sache auf. Alles Positive, dass man gibt, kommt positiv retour, woher auch immer – selten von da, wo mans hingegeben hat – das geht hundertprozentig auf im Leben. Verstehst du, was ich meine?»

«Ja, schon, aber die nehmen dich doch alle nur aus!» Jedd hatte überhaupt nichts verstanden von dem, was ich ihm vermitteln wollte. Ich hatte schon oft versucht, ihm zu erklären, warum ich mich nicht ausgenützt fühlte, und auch, warum ich gerne mit jedem, der irgendwie mit uns zu tun hatte, ein persönliches Verhältnis hatte, auch wenn es sich manchmal nur um eine Einladung zu einem Schuss und ein paar dabei gewechselte Worte handelte. Jedd sagte:

«Stell dir mal vor, jeder von diesen Schmarotzern würde dir die

Schulden bezahlen, die er bei dir hat, und wenn dann noch die Schulden dazukämen, die du schon alle gestrichen hast in den letzten paar Monaten, he, du bräuchtest ein paar Jahre nichts mehr zu tun!»

«Aber Jedd, verstehst du denn nicht? Das ist auch wieder eines dieser kleinen Steinchen, das die übrigen zusammenhält. Eben weil das Ganze auf einem Traum, einem Ideal sozusagen, beruht und nicht auf Raffgier und so, funktioniert es bei mir und bei anderen nicht. Positives zieht Positives an und Negatives Negatives, das ist bei allem so!»

Nun mischte sich auch Michelle in das Gespräch ein:

«Du hast du schon Recht, aber ich hätte einfach den Nerv nicht. Das sind ja zum Teil Dutzende von Leuten, die jeden Tag etwas von dir wollen – wo du bloss die Energie herhast!»

«Das ist es ja, was ich meine. Für mich geht es auf. Ich bekomme schon meinen Teil – das, was ich brauche. Nur ist das, was ich bekomme, nicht sichtbar und nicht in Zahlen auszudrücken. Und deswegen existiert es für manche Leute schlichtweg nicht. Um mich müsste ihr keine Angst haben, ich hole aus der Geschichte schon das für mich raus, was ich brauche und will, ich gehe schon nicht leer aus. Darum kann mich gar niemand ausnützen, versteht ihr?»

Eine Geschichte wie erfunden – aber wahr!

Wenn mir jemand die folgende Geschichte erzählt hätte, hätte ich sie kaum geglaubt. Trotzdem ist nicht einmal das kleinste Detail erfunden. An der Wassergasse war ein Rummel und ein Stress wie noch nie. Jedd und ich waren mit den Nerven völlig fertig. Wir hatten kaum noch fünf Minuten für uns und unsere Beziehung litt sehr unter diesen Umständen. Vor allem ich fand kaum noch ein Fleckchen, wo ich mal dem Stress entfliehen konnte. Ständig war jemand da, der irgendetwas von mir wollte. Mehr als die Hälfte aller St. Galler Fixer rannte zu mir mit den diversesten Problemen. Und ich spielte Sozial-Mami für alle.

Doch die Zeiten, in denen ich das gebraucht hatte, waren vorbei. Nur meine Träume von einer organisierten Junkie-Gemeinschaft waren noch nicht ausgeträumt. Darum liess ich mich immer noch für alles einspannen. Jedd vertrug es schlecht, dass ich für ihn kaum noch Zeit hatte. Um unsere Liebe zu retten, beschlossen wir, der Wassergasse samt allen Problemen für ein paar Tage den Rücken zu kehren. Wir dachten dabei an ein paar Tage in einem guten Hotel nicht allzu weit weg. Auch Jasmine, die Fahrerin, war bei der Besprechung dabei. Sie hatte als eine der wenigen noch ein Auto und fuhr mich jeweils herum, wenn ich ausserhalb zu tun hatte. Sie rauchte noch nicht so lange Base und hatte darum noch keinen Führerscheinentzug.

Am Tage arbeitete sie als Arzthelferin und am Abend ging sie auf den Strich. Oder eben, sie machte Chauffeusendienste für mich – damit kam sie besser weg als auf dem Strich. Darum hing sie auch immer bei uns rum. Sie kam schlecht damit zurecht, dass sie anschaffte. Und darum behauptete sie immer, sie mache es nur französisch und fand sich deshalb besser als andere Nutten. Als sie mir damit kam, sagte ich zu ihr:

«Ich würde mich aber lieber in den Arsch ficken lassen als ins Gesicht!»

Zuerst hasste sie mich dafür, doch dann wurde ich zu ihrer Seelenklempnerin. Weil sie sowieso oft bei mir im Zimmer rumhing und dabei alles mitbekam, störte es Jedd und mich auch diesmal nicht, dass sie dabei war, als wir unsere Ferienpläne besprachen. Als sie hörte, dass wir einige Tage wegbleiben wollten, fürchtete sie wahrscheinlich um ihren Dope-Nachschub und bot uns ihr Auto an – mit dem Hintergedanken, dass ich ihr als Dank genug Dope geben würde, um damit einige Zeit überleben zu können. Trotzdem freute ich mich, da es eine grosse Erleichterung war, motorisiert zu sein. Und Jedd hatte Spass am Autofahren. Er war früher Lastwagenchauffeur gewesen, hatte aber sein Billett schon lange abgeben müssen. Er war auch schon vorher ab und zu mit Jasmines Auto unterwegs gewesen, meistens dann, wenn sie keine Zeit hatte, mich zu chauffieren. Wir hatten eine Abmachung mit ihr, dass wir, falls wir von den Bullen erwischt würden, angeben würden, das Auto gestohlen zu haben. Sonst würde sie ihren Fahrausweis verlieren.

Wir nahmen ihr Angebot also dankend an. Nachdem ich alle mit dem Nötigsten versorgt hatte, starteten wir am nächsten Mittag. Das Dope, etwa 150 Gramm Koks und 80 Gramm Sugar, nahm ich mit, denn zuhause konnte ich es nicht liegen lassen, da man bestimmt mein ganzes Zimmer danach durchsuchen würde. Da ich es nicht richtig abschliessen konnte, musste ich sonst, wenn ich ausging, immer jemanden davor setzen, der es bewachte. Brüten nannten wir das. Ich sagte jeweils, die Wache müsse auf meinen Wertsachen sitzen, wie ein Huhn auf dem Ei, und sie nicht eine Sekunde aus den Augen lassen. Denn es wurde alles gestohlen, was nicht irgendwie gesichert war.

Das Dope, das Geld und andere Wertsachen hatte ich immer in einer Haushaltskassette. Die war oben in verschiedene kleine Fächer unterteilt. Auf der Seite war ein Fach, das längs durch die ganze Kassette hindurchreichte und mit dem oberen durch einen Münzeinwurfschlitz verbunden war. Beide Fächer hatten je einen mit verschiedenen Schlüsseln verschliessbaren Deckel. Der seitliche war eingelassen und deshalb nicht sofort zu sehen. Dadurch war es fast ein Geheimfach, das jedoch einer genaueren Untersuchung nicht standhalten würde. Dort drin hatte ich immer das Dope.

Die Kassette steckte ich zusammen mit meinem Set ins Gepäck. Das Set war ein Anglerzubehör-Kästchen, in dem ich meine Fix-Untensilien aufbewahrte. Ich war richtig berühmt für die Dinger, denn sie waren sauber und praktisch und viele machten es mir nach. Das Set enthielt ausserdem eine Erfindung von mir: Das Knast-Notfallset. Das war ein verkürztes Methadonplastik-Röhrchen mit Deckel, das man wie einen Tampon einführen konnte, damit es die Schmier beim Filzen nicht fand. Es enthielt eine Mini-Spritze, zwei Nadeln, ein Stück Schleifpapier (zum Schleifen von stumpfen Nadeln) und etwa 6 Gramm Dope. Das Notfallset hatte ich immer dabei, falls ich mal eine Nacht im Knast verbringen musste.

Wir besprachen nochmals genau mit Jasmine, was wir notfalls wegen dem Auto sagen wollten und wann sie es zurückbekäme. Nachher fuhren wir los. Auf dem Weg zu dem Ort, den wir als Ziel ausgesucht hatten, ging der Stress weiter. Wir stritten uns bloss. Nichts war Jedd recht. Obwohl ich versuchte, eine etwas gelöstere Stimmung herzustellen. Am Schluss ging es nur noch darum, wer von uns beiden in letzter Zeit zu viel gedrückt habe und deshalb dem Wahnsinn näher sei. Das Ganze eskalierte fast. Einen Moment lang befürchtete ich, Jedd würde ausrasten und mir zum ersten Mal eins federn. Zum Glück konnte ich die Sache noch entschärfen, bevor sie in einer Katastrophe endete. Ich hätte es mir auf keinen Fall gefallen lassen, dass er mich anfasste.

Nach diesem Ausbruch fuhren wir, ohne ein Wort miteinander zu reden, bis zum Hotel, das ausserhalb von Romanshorn am See lag. Ich hoffte, wir würden endlich mal vernünftig reden können, wenn wir ausgeschlafen hätten. An der Rezeption des 4-Stern-Hotels mussten wir unsere Namen und die Autonummer angeben. Ich wunderte mich, dass Jedd die Nummer wusste. Im Zimmer legten wir uns sofort ins Bett. Ich war hundemüde, doch ich konnte nicht schlafen, weil Jedd nichts Besseres wusste, als einen Schuss nach dem anderen zu machen. Dabei verbreitete er so eine gespannte Atmosphäre, weil er nie die Vene traf, dass auch ich unmöglich schlafen konnte.

Gegen Mitternacht schmiss ich ausnahmsweise eine Schlaftablette ein und schlief endlich ein. Den Stoff nahm ich vorher aus der Kassette und verstaute ihn unter dem Bett bei meinen Kleidern. Ich befürchtete, dass Jedd sonst noch mehr reinlassen würde als die je sieben Gramm, die er in seiner Büchse hatte. Er hatte seit neuestem eine Extra-Büchse für sein Dope, damit ich nicht mehr so genau mitbekam, wie viel er junkte. Und das war ne ganze Menge, obwohl er überhaupt nichts dafür tat – sicher an die 8 Gramm Koks und 5 Gramm Sugar täglich.

Ich hatte gar nicht mehr die Zeit, so viel wegzudrücken, denn auch ich hatte grosse Probleme, überhaupt noch einen Schuss reinzukriegen. Wenn man als Beispiel mal einen Schuss pro Stunde rechnet, so sind das bei 24 Schüssen täglich (ohne Schlaf) höchstens um die 5 Gramm Koks und 5 Gramm Sugar. So kam man sich vorstellen, wofür der Mann noch Zeit hatte neben dem Knallen.

Am Morgen erwachte ich früh, sah, dass Jedd endlich eingedöst war, machte mir ein paar Drucke und pennte weiter. Etwas später schrak ich auf, weil Jedd mich am Arm rüttelte. Das Erste, was ich sah, waren zwei Uniformierte, die an meinem Bett standen und auf mich herabsahen. Später erzählte mir Jedd, die hätten geklopft und gesagt: «Zimmerkontrolle!», und er habe verstanden «Zimmerservice!» und habe einfach aufgemacht. Ich fragte die Bullen, was sie von mir wollten. Mir ging fast der Arsch auf Grundeis, wenn ich an die über 200 Gramm Dope neben meinem Bett dachte. Jetzt ist es aus, dachte ich.

«Wir machen eine Personenkontrolle, Sie müssen mitkommen», sagte der Polizist, der mir am nächsten stand. Ich redete noch ein bisschen hin und her und lenkte ihn ab. Währenddem klaubte ich das Notfallröhrchen aus meinem Set, das, halb vom Leintuch verdeckt, neben mir auf dem Bett stand. Ein anderes Röhrchen mit etwa gut einem Gramm Koks drin, erwischte ich nicht mehr. Ich schob es mir unter der Decke unten rein. Der Polizist fragte:

«Haben Sie Drogen im Zimmer? Was ist das da?», und zeigte auf das Set. Ich sagte:

«Ja, schauen Sie her, hier habe ich ein wenig Koks!» Ich öffnete dabei das Set und hielt ihm das Röhrchen hin. «Mehr haben wir nicht, das ist alles!» Es war gar nicht schlecht, dass er eine kleine Menge fand, so würde er denken, das sei alles, und schaute dafür nachher nicht so genau. Ich fragte: «Kann ich mir was anziehen, ich friere?»

«Ja, machen Sie nur», sagte der Bulle. Ich hob den Pulli und damit gleichzeitig den Sack mit dem Dope hoch, der auf dem Kleiderhaufen neben dem Bett lag. Es gelang mir, während des Anziehens den Sack unter die Bettdecke auf meine Knie zu legen. Schon zeigte der Bulle auf den nächsten Gegenstand, einen kleinen Rucksack, der die Kassette enthielt, und fragte weiter: «Und da, was ist da drin?»

Ich nahm die Kassette und die Schüssel raus und sagte: «Hier oben drin habe ich etwa 500 Franken in Münzen und Schmuck und auf der Seite ist leer, sehen Sie?» Ich öffnete dabei zuerst das Fach auf der Seite und zeigte ihm genau, dass es leer war, indem ich die Kassette schüttelte. Ich hörte, wie Jedd neben mir die Luft einzog, glaubte er doch, dort sei das Dope drin! Währenddem ich ihm das obere Fach mit den vielen Münzen und anderen Sachen zeigte, liess ich das Seitenfach offen. Denn mir war eine Blitzidee durch den Kopf geschossen: Ich hatte alle Möglichkeiten abgecheckt, wo ich das Dope verstecken konnte, es war immerhin kein allzu kleiner Sack. Ich wusste, auf mich konnte ich ihn nicht nehmen, denn auf dem Posten würde ich gefilzt, vielleicht sogar schon vorher. Ihn irgendwo im Zimmer deponieren ging auch nicht, das würde durchsucht werden. Als ich das leere Seitenfach sah, hatte ich eine Erleuchtung: Ich muss es da verstecken, wo sie schon gesucht hatten, dachte ich und sah schon die ganze Strategie vor mir. Also fragte ich scheinheilig:

«Kann ich da auf der Seite zumachen, Sie haben ja gesehen, dass es da leer ist, oder?»

«Ja, ja, ist gut!», sagte der Polizist. Zudem lenkte ich den Polizisten nochmals ab, indem ich ihn auf eine Tasche, die hinter ihm stand, hinwies. Als er hineinschaute, verstaute ich schnell das ganze Dope in dem leeren Fach und schloss es zu. Der Bulle wies mich an, auch oben zuzuschliessen und nahm die Kassette in Gewahrsam.

Der andere Bulle kümmerte sich um Jedd. Er durchsuchte mit ihm die restlichen Sachen und dann hiess es, wir könnten aufstehen und uns anziehen. Während des Anziehens liess ich den Schlüsselbund in einen Rucksack fallen, von dem ich inzwischen wusste, dass sie ihn nicht auf den Posten mitnahmen, sondern zusammen mit dem Kleiderkoffer beim Hotelier deponieren würden. Es war das A und O meines Plans, dass der Kassettenschlüssel, der auch am Bund hing, nicht mit auf den Posten kam. Nun führten sie uns ab. Zuerst an die Rezeption, dann zum Auto. Das wollten sie auch durchsuchen. «Wo sind die Autoschlüssel?», hiess es. Scheisse!, dachte ich, auch das noch! Der verdammte Autoschlüssel hing am selben Bund wie die Kassettenschlüssel! Ich tat, als ob ich suchte und sagte dann, der müsse wohl noch im Gepäck sein. Währenddessen flüsterte mir Jedd zu: «Britta, ich habe meine Dope-Büchse unter meiner Bettdecke liegen gelassen. Denkst du, die finden die auch noch?» Er wusste ja nicht, was ich mit dem anderen Dope gemacht hatte. Es war irgendwie typisch für ihn, dass er vor allem an sich selbst dachte. Ihm war nur wichtig, dass sie bei ihm nichts fanden. Alles andere würde mir angelastet, das wusste er.

Ich musste mit dem einen Bullen nochmals rauf, um den Autoschlüssel zu holen. Im Zimmer griff ich in den Rucksack mit dem Schlüssel und was ich dann schaffte, hat mir den Arsch gerettet: Mein Schlüsselbund war ein Knäuel von ineinander gehakten Karabinern, an denen je eine Sorte Schlüssel hing. Ich schaffte es, mit einer Hand die Kassettenschlüssel auszuklinken, ohne dass der Polizist, der mir dabei zuschaute, es sah, ich liess sie zurück in den Rucksack fallen und zog nur den Rest raus. Nun überlegte ich mir, ob es eine Möglichkeit gäbe, Jedds Büchse verschwinden zu lassen.

«Darf ich nicht bitte noch meine Zigaretten suchen, die müssen noch irgendwo im Bett sein?», fragte ich den Schmierler. Ich durfte. Ich muss sowieso sagen, dass es ausgesprochen anständige Bullen waren. Oder besonders naive. Ich wühlte im ganzen Bett rum und nahm die Büchse in die Hand.

«Ich finde sie nicht!», sagte ich, und beim Verlassen des Raumes steckte ich Jedds Büchse in die seitliche Jackentasche. Ich musste sie loswerden und zwar so, dass niemand im Hotel sie fand. Ich steckte meine Hände in die Jackentaschen, wie mans so macht, wenn man kalte Hände hatte. Ich öffnete dabei einhändig die Büchse, Ich wusste, ich hatte nur eine Chance, sie ungesehen zu entleeren. Als wir unten aus dem Lift traten, schaute ich, dass ich hinter dem Bullen war. Und bevor sich die Lifttür hinter mir schloss, streute ich rücklings das ganze Dope wie eine Riesenlinie auf den Liftboden. Es gelang filmreif. Mit dem Jackenfutter putzte ich die Büchse schön aus, damit wirklich gar nichts mehr drin klebte.

Auf dem Posten kam dann erst der wirklich kritische Punkt. Nämlich als die Bullen die Kassette öffnen wollten. Um den Inhalt zu protokollieren. Der Postenchef und noch ein Bulle waren dabei. Und es kam genau so, wie ich es im Hotelzimmer wie in einer Vision vor mir gesehen hatte: Alle suchten nach dem Schlüssel. Ich sagte irgendwann: «Der muss im Hotel geblieben sein. Aber wissen Sie was? Geben Sie mir einen Schraubenzieher. Zuhause hab ich das auch immer so gemacht, wenn ich den Schlüssel mal nicht fand.» Der eine Bulle war sofort einverstanden, wahrscheinlich stank es ihm, nochmals ins Hotel zurückzufahren. Er brachte mir einen 4er-Schraubenzieher. Ich betete zu Gott, die Kassette möge sofort aufgehen und setzte an. Es gab einen lauten Knacks, doch der währschafte Deckel hob sich keinen Millimeter.

Schon sagte der Polizeichef: «Nein, nein, so machen wir das aber nicht. So geht sie kaputt!» Schnell setzte ich nochmals an. Und diesmal – den Göttern sei Dank – flog der Deckel auf. Sie begutachteten kurz den Inhalt und dann fragte der Bullenchef: «Und was ist denn da auf der Seite?» Die beiden Bullen, die im Hotel gewesen waren, antworteten wie aus einem Mund, wie ich es vorhergesehen hatte: «Ach, das ist leer, das müssen wir nicht auch noch aufbrechen!» Ich atmete auf. Ich konnte selbst fast nicht glauben, dass alles wie am Schnürchen klappte, was ich geplant hatte. Innerlich jubilierte ich; ich wusste, nun würde der Rest gut gehen. Die Götter wollten diesmal nicht, dass ich einfuhr.

Dann war ich allein mit «meinem» Bullen. Er musste eine Beschlagnahmungsliste erstellen. Zuerst kam das Set dran. Ich half ihm und dabei liess ich das Röhrchen mit dem einen Gramm Koks verschwinden. In der Kassette lagen an die 160 Rohypnol-Tabletten. Auch von denen liess ich einen 10-er-Streifen im Ärmel verschwinden. Nach der ganzen Prozedur fragte ich den Bullen, ob ich das Methadon aus dem Set rausnehmen dürfe. Es sei ja vom Arzt verschrieben und ich bräuchte es. Denn man hatte mir inzwischen mitgeteilt, dass ich die kommende Nacht auf dem Posten bleiben müsse. Also kam ich in die Zelle. Dort konnte ich mir nun endlich einen Schuss dank dem Notfallset machen. Das Grösste war, dass ich beim ersten Schuss schon eine neue Vene fand, die ich die ganze Nacht lang brauchen konnte und das mit nur zwei Nadeln, die ziemlich schnell stumpf wurden – und das im Dunkeln, nur mit dem Feuerzeug als Lichtquelle. Denn um 22.00 Uhr löschte das Licht automatisch.

Ich fixte die ganze Nacht durch. Am Morgen hatte ich nur noch das Koks im kleinen Röhrchen. Am Vormittag gabs noch ein Protokoll über die ganze Angelegenheit. Dies nur wegen dem einen Gramm, das sie ja gesehen hatten und dem vielen Geld, denn ich hatte ausser dem Münz noch etwa 6000 Franken dabei gehabt. Ich gab an, ich mache ab und zu den Strich und das Geld hätte ich von einem Freier. Ich wusste, dass Jedd, im Falle dass auch er nach der Herkunft des Geldes gefragt würde, nur angäbe, er habe keine Ahnung. Es war zwischen uns abgesprochen, dass immer bei Unklarheiten die Antwort «weiss nicht» heisse, damit keine Widersprüche entstanden.

Ich bat den Bullen ganz scheinheilig, meinem Freund bitte nichts von diesem Freier zu sagen, er sei so eifersüchtig. Er versprach es mir. Zuerst hiess es, ich könne nach dem Protokoll gehen. Doch dann kam aus, dass wir beide noch bis nach Mittag bleiben mussten. Wieder in der Zelle sah ich, dass der Hotelier anscheinend unser Gepäck gebracht hatte, denn es stand im Gang. Ich hatte eine Krise. Wenn sie nun den Schlüssel doch noch hervorholen würden, um die Kassette wieder zu verschliessen – und dabei aus irgendeinem Grund das seitliche Fach öffnen würden? Ich wusste, diese Spannung würde ich nicht drei Stunden lang aushalten. Und überhaupt, wenn ich dann ständig daran dächte, würde ich denen womöglich noch was Blödes suggerieren. Nein, der Schlüssel musste in Sicherheit gebracht werden. So leerte ich mir ein Glas Tee über die Hosen und fragte dann die Bullen, ob ich mir nicht ein paar frische aus dem Gepäck holen dürfe. Ich durfte und dabei nahm ich die Schlüssel mit, die ich in die Schuhe steckte.

Doch dann wurde es noch einmal voll heiss. Nämlich als sie uns entlassen wollten. Sie übergaben mir zuerst die Kassette und dann wollten sie mir netterweise auch das Set geben. Doch bevor sie es mir geben konnten, mussten sie das Röhrchen mit dem Gramm, das da drin sein sollte, rausnehmen. Dabei merkten sie natürlich, dass es fehlte. Ich hatte es oben in den Hosenbund gesteckt und mit einem weiteren Taschenspielertrick gelang es mir, es zuerst in die Hand zu nehmen und dann, quasi beim Durchwühlen des Sets, so zu tun, als ob ich es unter einigen Sachen gefunden hätte. Doch damit nicht genug. Einem Bullen fiel auf, dass es nur noch halb voll war und er sagte dies auch. Darauf fragte ich ihn ganz gescheit:

«Na, Sie haben das Set sicher in der Nähe eines Heizkörpers gehabt?» Ich hatte Glück. Irgendwie ist im Winter immer ein Heizkörper in der Nähe.

«Ja, tatsächlich, wieso wussten Sie das?»

«Das kann nicht anders sein», sagte ich, «schauen Sie mal her, das Zeug ist warm geworden und nun klumpt es, darum sieht es nach weniger aus.» Er glaubte mir und die Situation war gerettet.

Mit der Kassette und dem ganzen Stoff drin verliess ich zusammen mit Jedd den Posten. Draussen fragte ich Jedd:

«Machen wir jetzt einen Knall oder fahren wir zuerst nach Hause?» Er fragte mich völlig verblüfft:

«Ja, hast du denn noch was?» Ich zog den ganzen Sack aus der Tasche und warf ihn ihm zu.

«Reicht das für einen Schuss?» Er war hin.

«Wie, zum Teufel, hast du denn das geschafft?

Ich erzählte ihm alles und er konnte es fast nicht glauben. Nun gestand er mir, dass die Bullen deshalb gekommen waren, weil er eine falsche Autonummer angegeben hatte an der Rezeption. Denen vom Hotel war das aufgefallen und da wir ja auch ein bisschen verjunkt aussahen, hatten sie die Bullen gerufen. Dabei wäre es ja nicht weiter ungewöhnlich gewesen, wenn er gesagt hätte, dass er sie nicht wisse, weil das Auto geliehen sei. Aber es war irgendwie typisch für Jedd. Immer wieder löste er durch solche Blödheiten halbe Katastrophen aus. Die ich dann ausbaden durfte. Ich fragte ihn, ob er wenigstens die Abmachung wegen dem Auto eingehalten habe. Nämlich dass er sagen solle, er habe es Jasmine geklaut. Wenigstens das hatte er. Doch Jasmine hatte unsere Loyalität gar nicht verdient. Einen Monat später verpfiff sie mich wegen anderen Sachen und ich fuhr für drei Monate ein.

Carine kostet 890 Franken

Endlich war ich mal alleine. Alle Leute waren gegangen. Der grosse Feierabendansturm des arbeitenden Teils der St. Galler Junkie-Gemeinde war vorbei. Jetzt, Mitte Monat, kam jeder mit Kreditwünschen oder wollte Dope geschenkt. Alle wussten sie, sie brauchten nur den Dackelblick aufzusetzen und was von «kann auf dem Aff nicht arbeiten» zu faseln und schon wurde ich weich. Und wenn nicht sofort, so kamen sie spätestens dann durch, wenn ich sie nicht mehr loswurde, ohne mindestens einen Schuss rauszurücken. Es war bei allen schon längst durch, was man bei mir so bringen musste, um etwas geschenkt zu bekommen; ich glaube nicht, dass in den ganzen Jahren mehr als zwei Dutzend Bittsteller ohne was gegangen sind, wenn ich etwas übrig hatte. Doch manchmal kostete es mich den letzten Nerv, täglich zwanzigmal dieselbe blöde Story anzuhören – die Leute hatten einfach keine Fantasie!

War einer mal ans Ziel gekommen mit einer Geschichte, so wurde sie nachher endlos wiederverwendet. Viele hielten einen auch noch für blöd, wenn man viel verschenkte. Es war keineswegs so, dass man dafür geachtet wurde. Die meisten sahen nicht ein, was jemand davon haben könnte, Dope wegzugeben, ohne Geld dafür zu bekommen. Und wenn man es nicht nötig hatte, es jedem zu sagen und ihn zu bestrafen, indem man ihm nichts gab, der einem eine Lügenstory auftischte, so hielten sie einen für weich in der Birne und gaben sich mehr Mühe beim Lügen. Und dies, obwohl ich tausendundeinmal und immer wieder predigte, es sei nicht nötig, bei mir den Arsch zu lecken, wenn man was von mir wolle. Denn ich gab prinzipiell jedem was, der auf dem Aff war, wenn ich genug Dope hatte. Ich hatte mir das selbst als unumstössliches Prinzip auferlegt, um nicht in Versuchung zu geraten, Macht auszuüben aufgrund der Tatsache, dass ich es war, die genug Dope hatte. Trotzdem warfen mir Gegner (und Neider) vor, ich würde Leute und deren Meinungen manipulieren mit Dope.

Dabei drehte sich mein Denken oft um die Philosophie des Schenkens. Es ist nämlich genauso schwierig, mit Anstand zu schenken, wie mit Anstand zu nehmen. Obwohl es dauernd jemanden gab, der mir beibringen wollte, ich würde ausgenützt, wusste ich für mich immer ganz genau, dass mein Schenken genauso wenig selbstlos war wie alles andere, was ich tat. Ich wusste, was ich davon hatte. Nur dass man das halt nicht sehen, anfassen konnte und es sich nicht in klingender Münze auszahlte. Einmal hatte es mir sogar das Leben gerettet.

Nachdem ich aus Brasilien zurückgekommen war, hatte ich mich meiner Mutter zuliebe ihr so angepasst, dass ich nach etwa einem Jahr, in dem ich nichts recht machen konnte und mein Ziel, die Kinder zurückzubekommen, in immer weitere Ferne rückte, so fertig war, dass es mir egal gewesen wäre, zu sterben. Ich hatte nichts mehr. Kein Selbstvertrauen und noch weniger Selbstbewusstsein. Ich fand, ich sei nichts, habe nichts, könne nichts, sehe nach nichts aus und überhaupt – ich fand mich zum Kotzen. In dieser Situation musste ich etwas tun, was mich wieder aufrichtete; ich musste etwas anfangen, bei dem ich die Grösste war. Und vor allen Dingen etwas, was ich gut konnte. Koks dealen war weitaus das Einfachste. Und mehr als das Einfachste bekam ich nicht mehr hin, so fertig wie ich war.

Also polierte ich mir mein Ego auf, indem ich etwas anfing, was kaum jemand besser konnte in St. Gallen: Koks dealen auf der Gasse. Koks ist als Droge so crazy, dass die meisten, die auf Koks drücken, nicht mehr fähig sind, gescheit damit umzugehen oder gar damit zu dealen und sich so den Eigenkonsum zu finanzieren. Viele versuchten vergeblich, genug Sugar zu verkaufen, um mit dem Gewinn Koks zu kaufen. Da Koks und Sugar in Preis und Nachfrage sehr verschieden sind, kamen sie nie auf einen grünen Zweig. Frauen gingen anschaffen, aber auch mit dem Erlös davon konnten sie nicht den ganzen Tag koksen. Auf alle Fälle hatten die meisten Gassenkokser nie genug Dope. Und so lange sie immer dem Traum von «endlich mal genug Koks haben» nachrannten, kamen sie nicht davon los.

Ich dachte, wenn ich schon auf Koks war, dann wollte ich wenigstens genug davon haben. Ich kann etwas nur ganz oder gar nicht machen. Das hatte mir zwar schon Erfolge gebracht, hatte andererseits aber auch zu Exzessen geführt, wie sie nur wenige durchgegeben haben. «Der Britta macht alles super – auch der Scheisse!», sagte meine Mutter jeweils in ihrem manchmal komischen Deutsch mit schwedischem Akzent. Ich hatte mehr und besseres Koks konsumiert als ein Haufen anderer zusammen. Aber ich wollte mich trotzdem nicht darin verlieren. Und darum behielt ich Ansichten und Prinzipien, die mir vorher wichtig gewesen waren, stur auch bei der Dealerei und Fixerei bei. Darum konnte man mir erzählen, ich liesse mich von Parasiten ausnützen und hätte nur Schmarotzer um mich herum, so lange man wollte, ich liess mich nicht beirren: Was über meinen Eigenkonsum hinausging, schenkte ich denen, die es nötig hatten und eventuell sonst weiss ich was für'n Scheiss machten dafür. Vielleicht hatte ich so schon ein paar Omas davor bewahrt, überfallen zu werden wegen ein paar Franken.

Trotzdem hatte ich manchmal genug bis obenhin von dem ganzen Gemischel, das sich da an der Wassergasse täglich abspielte. An dem Abend wärs mir jedenfalls egal gewesen, wenn sich alle auf den Mond geschossen hätten. Vor allem Michelle, die erst gerade aufgestanden war und mich den ganzen Tag alles alleine hatte machen lassen, nervte mich tödlich. Vor kurzem hatte sie sich schon den vierten Schuss geholt. Obwohl sie noch kaum die Augen offen hatte. Und nun war sie schon wieder so durch, dass sie auch den Rest des Tages kaum eine Hilfe sein würde.

Sie klopfte an meine Tür: «Britta, Alexa ist da, kann sie reinkommen?»

«Ja, schon. Aber sie ist doch erst gerade gegangen. Um was geht es denn?»

«Weiss nicht, irgendwas mit Carine!»

Ich öffnete die Türe und Alexa kam rein.

«Du, Britta, ich komme gerade vom Rosenweg. Peggy hat mir gesagt, sie haben Carine geholt vor ner Stunde!»

«Und weisst du wieso?», fragte ich.

«Nein, aber ich dachte, ich komme her und sags dir. Hat sie eigentlich noch Stoff von dir dabeigehabt, weisst du das?»

«Nein, höchstens ihr Konsum-Piece, aber nichts zum Verkaufen, das habe ich dem Robin mitgegeben!»

«Der war aber weit und breit nirgends, und es hat ihn auch niemand gesehen heute Nachmittag!»

«Ha, ha!», sagte ich. «Der wird sich einen schönen Tag gemacht haben mit dem Dope, das er ihr hätte bringen sollen. Wäre ja nicht das erste Mal!»

«Mensch, ist das ein Idiot, wird der nie klüger?», meinte Alexa. Ich fragte sie:

«Du, Alexa, gehst du ihn suchen und bringst ihn her, wenn du ihn hast? Du kannst ihm ja sagen, ich wolle wissen, wieso sie Carine reingenommen haben. Sonst meint er noch, es sei wegen dem Dope und kommt deshalb nicht her, der Hosenscheisser!»

Sie war einverstanden und ging, um alle Schlupflöcher nach Robin abzusuchen. In einem leer stehenden alten Haus hinter dem Bahnhof, wo Robin oft mit Carine hinging, um ein Dach über dem Kopf zu haben, wenn die Notschlafstelle geschlossen war, fand sie ihn schliesslich. Vollgeknallt bis obenhin. Völlig paranoid sei er hinter der Tür gestanden, weil er meinte, sie sei die Schmier, die komme, erzählte mir Alexa, als sie mit ihm ankam. Inzwischen waren schon drei, vier Leute gekommen, um mir von Carines Verhaftung zu erzählen. Ich war so was wie eine Nachrichtenzentrale in St. Gallen. Bei mir kamen immer alle Infos zusammen. Es gab fast nichts, was ich nicht schon bald, nachdem es passiert war, wusste. Meistens hörte ich zwei, drei verschiedene Varianten von derselben Sache. So auch diesmal. Doch nun wollte ich von Robin wissen, was los war, denn er als Carines ständiger Begleiter würde es am ehesten wissen.

«Sie war ausgeschrieben!», sagte er.

«Sie hat eine Bussenumwandlung bekommen vor zehn Tagen und hätte bis gestern Zeit gehabt zu zahlen!»

«Mann, und das sagst du erst jetzt!» Ich war stinksauer. «Ich hab schon tausendmal gesagt, ihr sollt mir so was sagen, dann kann ich was machen. Lieber als dass ihr reingenommen werdet und weiss ich was erzählt, um rauszukommen. Das kenne ich doch – was meinste, wie oft ich schon verpfiffen wurde wegen so nem Scheiss! Um wie viel gehts überhaupt?»

«Es ist eben ein bisschen viel – 890 Franken! Und wir haben ja so viele Schulden bei dir, da haben wir uns nicht getraut!»

«Die neun Lappen machen den Braten auch nicht viel fetter!» Ich war immer noch wütend. «Das hätten wir schon hingekriegt! Nun ist es leider nach 17.00 Uhr, da ist die URA-Kasse geschlossen, da ist nichts mehr zu machen. Heute können wir sie nicht mehr rausholen – diese Nacht wird sie im Knast und aufm Aff verbringen müssen!», sagte ich zu Robin. Er schien erstaunt.

«Wieso? Willst du sie rausholen?», fragte er und fügte schnell hinzu: «Ich habe aber kein Geld!»

«Klar hole ich sie raus – hättest du sie etwa einfach hängen lassen? Du kannst hier schlafen heute Nacht, dann geb ich dir morgen früh das Geld und du holst sie ab!» Er war froh, bei uns schlafen zu können, aber es schien ihm ziemlich egal zu sein, was mit seiner Freundin geschah.

Ich hatte noch nie ein so phlegmatisches Paar gesehen, sie waren schon fast apathisch. Ein Schlafmittel war nichts gegen die beiden. Robin konnte rumsitzen und nichts mitkriegen von dem, was um ihn herum vorging, und Carine konnte mit so leeren Augen ins Nichts hinausschauen, dass man hätte meinen können, es seien schwarze Löcher. Sie waren beide sehr liebenswürdig und anhänglich, aber manchmal so gleichgültig, dass man sich fragte, ob es überhaupt etwas gab, was sie interessierte. Wenn ich mit Robin allein redete, konnte er plötzlich anfangen, von seinen Träumen zu reden. Ich nannte ihn dann den Feld-Wald-und-Wiesen-Faun, der immer zwei Meter überm Boden schwebt. Seltsamerweise schien er nie etwas zu vergessen von dem, was wir geredet hatten. So gleichgültig konnte er also doch nicht sein, denn er wusste zum Teil noch kleinste Details von Sachen, um die wir herumphilosophiert hatten, oder von Stories, die ich ihm erzählt hatte. Das alles sog er auf wie ein Schwamm und verblüffte mich später immer wieder damit, wie wichtig ihm die Gespräche gewesen waren. Er besprach alle seine Probleme mit mir. Er war erst 23 und hatte deshalb auch noch Puff mit Geschichten aus seinem Elternhaus. Mit dem Stiefvater zum Beispiel, der auf dem Büchergestell immer drei Patronen aufgestellt hatte: Eine goldene für Robins Mutter und zwei silberne für ihn und seinen Bruder. Seine Verschlafenheit war eine Art Schutzhaltung gegenüber allem, was ihn hätte von seinen «zwei Metern» runterziehen können.

Am nächsten Morgen um 7.30 Uhr wollte ich Robin wecken, damit er um 8.00 Uhr, wenn die Kasse des Untersuchungsrichteramtes öffnete, da sein würde, um nachher Carine so schnell wie möglich aus dem Knast abzuholen – denn sie musste bis dahin schon ganz schön auf Entzug sein. Doch er öffnete nur ein Auge halb und murmelte:

«Ich gehe dann am Nachmittag!», und schlief weiter. Er liess sich nicht wecken, so sehr ich ihn auch schüttelte und anschrie:

«Hör mal, du fauler Sack, das ist schliesslich deine Freundin! Du hättest auch keinen Spass daran, noch einen halben Tag länger als nötig auf dem Aff im Knast rumzuhängen, bloss weil einer zu faul ist für alles!»

Ich war so sauer, dass ich ihn liegen liess. Dann machte ich mich selbst auf den Weg. Ich zahlte auf der URA-Kasse die 890 Franken. Das Taxi hatte ich gleich unten warten lassen und so fuhr ich sofort weiter zum Bezirksamt und holte dort Carine ab.

Zuhause hatte ich schon einen Knall fixfertig vorbereitet und gab ihr den auf einem Tablett mit Blume und Welcome-Back-Karte.

Sie war erleichtert und froh, denn der Entzug war wirklich gegen Morgen ganz schön unerträglich geworden. Robin schlief immer noch; auch als sie ihn begrüssen wollte, wachte er nicht auf.

Die City-Patrouille – ein Junkie-Projekt

Ich glaube, der Mensch der Zukunft wird sich wieder auf kleinere Einheiten konzentrieren – auf Stämme, Clans und die gute alte Grossfamilie. Doch deren Zusammenhalt wird nicht mehr Blut und Name sein, sondern Ideen und Ideale. Es werden sich Menschen zu Familien zusammenfinden, die gemeinsame Ziel verfolgen und die ihre Talente zu gut funktionierenden kleinen Organisationen zusammenführen. Selbstfindung und Selbstverwirklichung in der Gemeinschaft mit anderen Menschen wird grossgeschrieben werden. Individualität ist trotz der engen Verknüpfung der eigenen Interessen mit denen der anderen möglich.

Nach dem Tod meines Mannes und dem Scheitern meiner eigenen kleinen Familie hatte ich immer wieder versucht, mit anderen Junkies eine Art Familiengemeinschaft zu bilden. Doch blieb das ein fast unmögliches Unterfangen, denn alle Junkies sind Egoisten, und jeder ist vor allem sich selbst am nächsten, so lange der Kampf ums tägliche Dope so schwierig war.

Also bemühte ich mich immer wieder darum, dieses grösste Hindernis aus dem Weg zu schaffen, indem ich das Dope für alle organisierte. Dies funkionierte, weil ich als eine der ganz wenigen Gassenjunkies wusste, wie man erfolgreich mit Koks dealt. Mit dem Gewinn, mit dem, was ich über meinen Eigenkonsum hinaus verdiente, hätte ich reich werden können. Doch den Überschuss investierte ich immer in die Idee von einer Umgebung mit mehr Lebensqualität für meine künstlichen Families. Auch in den Namen schlug sich das bei meinen Freunden nieder. Es begann damit, dass mich einige Typen Mutter nannten – und bald wurde ich in der ganzen Stadt St. Galler Gassenmutter genannt. In Zürich bekam ich von den Latinos den Namen Mami. Und das zog dann Brüder, Tanten und sogar eine Oma nach sich. Die Oma ist meine beste Freundin Elise. Sie ist schon über 50. Sie bot sich als Oma geradezu an, denn sie hat tatsächlich eine sehr fürsorgliche Ader.

Es gab wirklich gute Zeiten in der Family. Eine der für mich schönsten wurde von einem tragischen Ereignis überschattet – dem Tode eines langjährigen Freundes. Die Drogenszene hatte sich damals fast ganz von der Strasse in verschiedene Häuser verlagert und konzentrierte sich auf drei Hauptzentren: Ein grosses Appartementhaus an der Rosenbergstrasse, wo täglich 24 Stunden ein Kommen und Gehen herrschte, verschiedene Häuser im Linsebühl und schliesslich die Wassergasse, wo ich mit meiner Family logierte. Der «Katharinenhof» war der einzige offizielle Treffpunkt. Die Welt der St. Galler Junkies drehte sich im Dreieck und diese Achsen wurden von der Polizei scharf beobachtet. An zwei, drei Orten konnte man Spritzen, Verbandsmaterial und alles, was man als Fixer sonst noch brauchte, gratis abholen.

Wir von der Wassergasse holten fast täglich mehrere hundert Spritzen, Ersatznadeln, Alkoholtupfer und so weiter. Ausserdem hatten wir eine halbe Apotheke, um beispielsweise Leute mit Abszessen zu verarzten. Wir hatten auch fast immer jemanden zu Besuch. Das waren Junkies, die vielleicht als Filterler irgendwo auf der Gasse zu fest abgefuckt waren und bei uns dann die Möglichkeit hatten, gepflegt zu werden oder sich selbst zu pflegen, vor allem weil sie mal ne Weile den Stoff ohne Gegenleistung erhielten. Die Leute fanden bei uns immer einen vollen Kühlschrank, was eifrig ausgenutzt wurde. (Ich habe mich oft genervt, wenn abends für mich nicht mal mehr eine Käserinde übrig war!)

Wir hatten zeitweise einen täglichen (!) Verbrauch von 1,5 Kilogramm Gummibärchen, 5 Litern Milch, 5 Litern anderer Getränke, Dutzenden von Joghurts, 250 Gramm Bündnerfleisch und 2 Kilogramm Brot. Und das, obwohl wir nur zu dritt ständig dort wohnten.

Viele hingen bei uns rum, weils warm war; denn es gab fast keinen Ort, wo sich Gassenfixer tagsüber aufhalten konnten. Die Notschlafstellen waren erst etwa um 19.00 Uhr geöffnet und mussten morgens vor 9.00 Uhr verlassen werden. Die Leute nannten die Wassergasse manchmal scherzhaft MSH 3 (MSH 1 und 2 = Medizinisch-soziale Hilfsstellen in St. Gallen). Man macht sich jedoch in St. Gallen keine Freunde bei den offiziellen Hilfsstellen, wenn man Eigeninitiative zeigte und ihnen quasi Arbeit abnahm.

Ich hatte seit langem wieder einmal genug Enthusiasmus und Energie, um politisch etwas auf die Beine stellen zu wollen. Ich war verliebt in Jedd, ich hatte einen festen Wohnort, ich hatte genug Dope und keine Probleme mit dem Methadon. Das Geld reichte für das, was ich brauchte, und ich hatte Menschen um mich herum, die ich mochte – meistens zumindest. Das alles ergab ein Lebensgefühl, wie ich es schon lange nicht mehr gehabt hatte. Meine Idee war relativ einfach: Mit der City-Patrouille wollte ich der Öffentlichkeit und den Politikern beweisen, dass Junkies ohne Abstinenzwunsch etwas durchziehen können. Alle ihre öffentlichen Projekte, beispielsweise die Heroinabgabe, waren letztlich auf das Endziel Abstinenz ausgerichtet. Ich wollte aufzeigen, dass auch Junkies, die Junkies bleiben wollten, ein Recht auf eine bessere Lebensqualität haben. Die City-Patrouille sollte die Vorbereitung für ein grösseres Wohnprojekt sein. Die City-Patrouille sollte täglich zweimal die von Fixern begangenen Orte und Strassen von deren Abfall säubern. Denn leider gab es immer noch viele Fixer, die ihre blutigen gebrauchten Spritzen und anderen Junk-Abfall einfach auf den Boden schmissen. Es hatte immer wieder Skandale gegeben, wenn Spritzen auf Kinderspielplätzen gefunden wurden. Deshalb sollte die City-Patrouille (CP) die Sandhaufen durchrechen und alle öffentlichen Plätze seriös absuchen.

Denn wenn wenige Idioten mutwillig alle anderen in Verruf brachten, so sollte die CP beweisen, dass es auch anders geht. Das Bild des Fixers sollte aufpoliert werden. Die CP hätte diese Aktion konsequent einige Monate lang durchgeführt, ohne ein grosses Aufheben davon zu machen und ohne die Presse zu informieren. Klar wäre beabsichtigt gewesen, dass die Sache irgendwann positiv auffallen würde, aber nicht durch viel Lärm, sondern durch Ausdauer und korrekte Ausführung. Und wenn man dann in der Stadt St. Gallen sozusagen auf die erste funktionierende Fixer-Eigeninitiative hätte stolz sein können, hätten wir ein Wohnprojekt vorgelegt und unsere Wünsche geäussert.

Ich plante eine erste Versammlung bei mir in der Wassergasse und hängte überall, wo sich Fixer aufhielten, Plakate auf, mit denen ich Mitglieder für die CP warb. Ich freute mich tierisch, als über zwanzig Leute kamen, die ernsthaft Interesse an der Sache hatten. Klar, viele waren von der Family, aber etwa die Hälfte kam von aussen. Wir besprachen die Zielsetzung, die Ausführung und was es dazu brauchte. Dann verteilten wir die verschiedenen Aufgaben. Jeder übernahm etwas: Jedd hatte Beziehungen zum Chef der städtischen Müllabfuhr und wollte fragen, wo Junk-Abfälle gefunden wurden. Marcel machte den Vorschlag, für alle einheitliche T-Shirts mit einem Emblem drucken zu lassen. Sein Bruder konnte das gratis für uns machen. Ich anerbot mich, das Emblem zu entwerfen, Textilentwerferin war ja mein Beruf. Ich hatte früher für eine Stickereifirma designt. Dann gabs noch Jobs wie: die Route abchecken, die wir gehen würden; das Ganze bei der Schmier anmelden, damit wir die offizielle Erlaubnis dafür hätten und so weiter. Es gab Arbeit für jeden. Die nächste Versammlung sollte zeigen, wie weit jeder gekommen war. Doch bevor sie stattfand, ereignete sich etwas, das auch unseren Einsatz erforderte: Der Tod von Fidi, der auch Mitglied der CP war.

Ich hörte Gerüchte, Fidi sei an der Rosenbergstrasse zusammengebrochen und Franz hätte ihn ins Spital gebracht. Nun liege er im Koma, sei am Sterben. Ich bekam heraus, dass das der Wahrheit entsprach. Fidi hatte eine Staphylokokkeninfektion, die ihm aufs Gehirn schlug. Ich stürzte in eine grosse Krise. Das durfte doch nicht wahr sein! Erst vor zwei Wochen war er noch für einige Tage bei uns an der Wassergasse gewesen, um sich zu erholen. Und am Montag war er noch voll mit dabei gewesen bei der Versammlung. Da hatte er doch noch von Zukunft geredet! Und einen Tag, bevor er ins Spital musste, hatte er zu Ivo gesagt, er fühle, wie seine Flügel langsam wüchsen. Das hiess, dass er vorhergesehen hat, dass er sterben würde! Scheisse, es durfte einfach nicht wahr sein – nicht schon wieder ein alter Freund, der stirbt – und nicht Fidi! Nichts hatte den Mann runtergekriegt bis jetzt! Nicht die Psychi, die ihn mit Medis vollgepumpt hatte, nicht die Gasse, auch wenn er im Winter draussen schlief. Nichts! Ich war mittlerweile die drittälteste Junkie in St. Gallen, es gab nur zwei ältere, die länger am Fixen waren als ich. Alle anderen waren schon tot und ich hatte es bei allen miterlebt, wie sie gestorben waren. Und ich hatte so genug davon, so genug! Jetzt nicht auch noch Fidi – liebe Götter, bitte nicht!

Ich musste sofort ins Spital. So lange er noch lebte, war auch noch Hoffnung und die musste ich ihm rüberbringen. Alle seine Freunde sollten zu ihm, um ihm zu zeigen, dass er nicht allein war, dass in der Freundschaft auch die Hoffnung lag! Jemand musste ihm sagen, dass er noch gebraucht wurde! Ich gab ein Rundschreiben herum: Alle – die von der Wassergasse, die vom Linsebühl und alle anderen – sollten sich mit denen vom Rosenberg treffen, um gemeinsam zu Fidi ins Spital zu gehen. Einzeln wäre fast niemand gegangen, das ist leider so bei Junkies – der Tod ist normal, ein ständiger Begleiter. Dauernd starb jemand. So waren wir am andern Tag etwa zwei Dutzend Leute, die sich am Rosenberg versammelten. Alles enge Freunde von Fidi. Alle waren beeindruckt, es herrschte eine depressive Stimmung. In Gruppen von zwei, drei Leuten gingen wir zum Spital.

Ich fuhr zusammen mit Jedd hin. Weil wir mit dem Mofa gefahren waren, kamen wir als Erste an. Wir sprachen kaum ein Wort miteinander. Jedd machte ein finsteres Gesicht und schwieg. Wir waren in unsere eigenen Gedanken vertieft. Wir meldeten den Besuch bei der Stationsschwester an und bereiteten sie gleich darauf vor, dass noch viele kommen würden. Sie zeigte uns das Zimmer. Als wir eintraten, blieb Jedd etwas hinter mir zurück. Ich ging zum Bett und sagte in möglichst normalem Tonfall: «He, Fidi. Wir sinds – Britta und Jedd!» Er lag mit geschlossenen Augen da. Sein Gesicht war eingefallener als sonst und kalkweiss. Ich nahm seine Hand und versuchte zu ergründen, ob er überhaupt etwas mitbekam.

Hinter mir trat nun Jedd ans Bett. Doch plötzlich drehte er sich um und stürzte aus dem Zimmer. Ich hörte, wie er sagte: «Nein, sorry, ich kann nicht – ich kann einfach nicht – ich muss raus!» Er hatte Tränen in den Augen. Ich blieb eine Weile mit Fidi allein. Ich sagte zu ihm so eindringlich wie möglich: «He – Fidi – lass dich verdammt noch mal nicht unterkriegen. Doch nicht von den Staphylos. Wir haben doch kiloweise Staphylos gefressen auf dem Schellenacker und am Platzspitz! Die bringen uns doch nicht um! Fidi, du musst leben. Du musst gesund werden. Ich weiss, dass du das kannst. Gib nicht auf!» Er zeigte keine Reaktion. Dennoch hatte ich das Gefühl, dass er mich hörte und verstand.

Ich hörte, dass die anderen kamen und sagte zu Fidi:

«Jetzt kommen noch die anderen. Alle sind sie gekommen, um dich zu besuchen!»

Ich spürte eine leichte Regung, so, als ob es ihm peinlich wäre, dass ihn nun alle so sähen. Ich beruhigte ihn: «Ach was, es sind ja alles nur Freunde, die da kommen. Du brauchst dich nicht zu genieren!» Er entspannte sich und diesmal war ich mir seiner Reaktion ganz sicher. Einer nach dem andern kam an sein Bett. Am Schluss standen etwa zwanzig Leute im Zimmer. Die einen sagten etwas zu Fidi, andere weinten still vor sich hin. Ich sah jeden von ihnen einmal weinen an diesem Nachmittag. Ich verabschiedete mich von Fidi mit dem Versprechen, in zwei Tagen wiederzukommen. Dann ging ich hinaus zu Jedd. Er stand da und weinte. Ich nahm ihn in den Arm und eng umschlungen verliessen wir den grässlichen Ort.

Wir fuhren Richtung Wassergasse, wo wir uns mit den anderen treffen wollten. Um all den Druck los zu werden, der auf uns lastete, benahmen wir uns wie überdrehte Kinder. Wir setzten uns zu zweit auf mein Mofa und fuhren mitten auf der Hauptstrasse. Wir hielten auch nicht an, als eine Polizeipatrouille am Strassenrand stand und uns hinauswinkte. Zuhause drückten wir erst mal zwei, drei Megacocktails weg, um irgendwie in eine andere Stimmung zu kommen. Am nächsten Tag starb Fidi. Jedd war nochmals zu ihm gegangen, allein, weil es ihm tags zuvor unmöglich gewesen war, Fidi etwas von sich rüberzubringen. Und ausgerechnet er hat ihn tot gefunden. Er kam völlig gebrochen nach Hause und fragte mich nur:

«Warum ausgerechnet ich?»

Er konnte nicht verstehen, warum er ihn hatte tot im Bett liegend finden müssen. Ich tröstete ihn. Ich machte ihn darauf aufmerksam, dass er von allen, die da gewesen waren, Fidis ältester Freund gewesen sei, dass er lange Zeit zusammen mit ihm auf dem Schellenacker und auch anderswo verbracht hatte. Er war der Einzige, der Fidi bei seinem richtigen Namen gerufen hatte. Ein wenig beruhigte es ihn, was ich sagte, aber er blieb nachdenklich.

Am Abend brachte jemand eine Traueranzeige, auf der die Beerdigung von Fidi für den übernächsten Tag angekündigt wurde. Beerdigung! Das gab mir zu denken. Ich konnte mir nicht vorstellen, dass Fidi, der ein Leben abseits jeglicher Bürgerlichkeit und Norm gelebt hatte, ein stinknormales Begräbnis kriegen sollte. Womöglich noch ein gut katholisches! So mit Pfarrer und Blabla und allem Drum und Dran. Und falls noch weinende Verwandte rumsässen, würde ich ausrasten! Kein Schwein von seiner Familie hatte sich um den lebenden Fidi gekümmert. Keiner war im Spital gewesen. Seine Mutter hatte ihn nicht einmal gegrüsst, wenn sie sich zufällig begegnet waren. Ich überlegte mir, was Fidi wohl gefallen hätte bei seiner Beerdigung – woran er Spass gehabt hätte, falls er von oben zuguckte! Ich beschloss, wenn schon Beerdigung mit Sarg und Blumen und Kränzen, dann sollte der Kranz der Fixer der grösste und schönste sein. Ich bestellte beim exklusivsten Blumenladen ein tausendfränkiges Wahnsinnsding von Kranz. Ganz in Grün und Weiss, alles über und über voller weisser Rosen. Und auf der Schleife in Silber einen Teil eines Liedes von David Bowie «Heroes»: «You will be King, just for one day.»

Schon bei der Beerdigung meines Mannes hatte ich Worte aus diesem Lied auf die Schleife drucken lassen. Da wars auf der einen Seite: «for ever and ever», und auf der anderen: «just for one day». Das mit dem «King for one day» sollte stimmen für Fidi, dafür wollte ich sorgen. Wengistens an diesem Tag sollte er König sein. Es war wirklich ein Spitzenkranz! Der Pfarrer laberte einen Riesenscheiss. Als er was besonders Blödes sagte, zischte Jedd neben mir ziemlich hörbar: «Arschloch!»

Ausser etwa dreissig Leuten von der Gasse waren tatsächlich einige Verwandte da, die brav in der ersten Reihe sassen und auch einige genauso überflüssige Sozialarbeiter waren gekommen und machten ernste Mienen. Als ob ausgerechnet Fidi was mit Sozis am Hut gehabt hätte! Nach dem Gelaber standen alle ratlos vor der Kapelle rum. Wir waren immer noch der Meinung, es gäbe eine Beerdigung. Doch nach `ner Weile kam aus, dass es eine Kremation gab und die Abdankung am folgenden Morgen stattfand. Trotzdem standen alle weiter da; wir dachten alle, da müsse doch noch was kommen.

Schliesslich hatte ich genug von der Farce. Ich sagte zu den Freunden, die in meiner Nähe standen: «Lasst uns irgendwo hingehen, wo wir unter uns sind!» Ich ging voran und die andern kamen hinterher. Und wie die Hühner liefen auch alle anderen mit, bis Alexa ihnen zurief: «Könnt ihr uns nicht alleine lassen?» Erst da kehrten sie um. Ich sagte zu den andern, sie sollten weitergehen. Ich rannte zur Kapelle zurück, um meine persönliche Grabbeigabe auf den Sarg zu legen: eines meiner selbst gebastelten «Notfallröhrchen» mit einer Minispritze und einem Piece Koks und Sugar. Darauf hatte ich geschrieben: «Heimweg-Piece für Fidi von Britta, – komm gut heim, Fidi!»

Das mit dem Heimweg-Piece war so eine Gewohnheit von mir. Wenn jemand bei mir zu Besuch gewesen war und ich hatte einige Knälle aufgeworfen, so gab ich ihm immer ein Piece mit, wenn er ging, damits kein Frust war, zuhause anzukommen und kein Dope mehr zu haben. Für mich wars auch eine Art Heimweg, den Fidi nun ging. Home to the holy gods. Dann rannte ich zurück zu den anderen. Ich sagte, ich wolle mit ihnen gemeinsam als rituelle Handlung den letzten Schuss mit Fidi machen. Das Ritual sollte ohne Hektik und ohne grosse Aufregung über die Bühne gehen. Deshalb hatte ich alles sorgfältig geplant. Die Cocktail-Mischung für den Knall hatte ich schon in einer Flasche vorbereitet. Ich hatte dafür etwa 6 Gramm Koks und 6 Gramm Sugar zusammengemixt. Nun konnte jeder eine Spritze und alles andere Material, das man brauchte, abholen und sich damit einen Schuss aus der Flasche aufziehen. Damit jeder etwas zum Abbinden der Vene hatte, gab ich halbierte elastische Verbände aus. Nachdem wir alle den Schuss gemacht hatten, schaute ich die Flasche an und konnte fast nicht glauben, was ich sah. Genau ein Schuss war noch drin, obwohl ich nicht hatte wissen können, wie viele dabei sein würden. Genau der Schuss, den ich Fidi hatte ins Grab werfen wollen, war nun übrig geblieben. Ich beschloss, ihn als eine Art Reliquie aufzubewahren.

Am Schluss sammelten wir allen Abfall sorgfältig ein und verliessen geschlossen den Friedhof. Alles war diskret abgelaufen und niemand hatte etwas mitgekriegt. Das war auch gut so, denn die Sache war ja nicht als Provokation gedacht, sondern als Abschied von Fidi. An der Wassergasse, wo wir uns danach versammelten, erkoren wir Fidi zum Ur-Ahnen der Family.

Obwohl alles gesittet abgelaufen war, schwieg die Gerüchteküche etliche Tage nicht mehr. Man hörte alles Mögliche. Wir hätten nicht einmal warten können mit Drücken, bis die Beerdigung fertig gewesen sei, und wir hätten es vor allen andern Leuten gemacht usw. Alles Wüste, was den Leuten, die gar nicht mit dabei gewesen waren, in den Sinn kam. Und die Sozis redeten es denen nach. Allen, die wirklich da gewesen waren, hatte es gefallen so. Und Fidi hat sich sicher einen abgelacht auf seiner Wolke oben – und mit Wonne sein Heimweg-Piece weggedrückt! Was mir nicht gepasst hatte, war die Tatsache, dass sie Fidi schon einen Tag darauf kremieren wollten. Denn ich hatte schon oft mit ihm über die Religion der nordamerikanischen Indianer diskutiert. Die glauben nämlich, dass die Seele etwa neun Tage hat, bis sie sich ganz aus dem toten Körper gelöst hat. Die westliche Esoterik geht von drei Tagen aus. Ich löste durch meine Zweifel eine grössere Diskussion aus, worauf der ehemalige Vormund von Fidi die Sache in die Hand nahm und den Termin verschob. Obwohl es nicht zu Fidi zu passen schien, in einem Spitalbett zu sterben und vorher noch tagelang dahinzuvegetieren, zeigte gerade das einen Sinn im Ganzen auf. Denn dadurch, dass wir alle seinen Tod und sein Sterben miterlebt hatten, rückten wir alle wieder etwas näher zusammen. Endlich bildete sich wieder eine Art allgemeine Solidarität unter uns, die bewirkte, dass man am Rosenberg an Fidis Todestag kein Dope mehr verkaufte, sondern nur verschenkte – und das hatte nicht ich initiiert. Das Gemeinschaftsgefühl hielt einige Wochen an. Auch der Wille, die CP aufzustellen, blieb bestehen. Bis die Polizei und die Fürsorge dafür sorgten, dass wir aus der Wassergasse ausziehen mussten. Fast gleichzeitig wurde ich in einer spektakulären Aktion verhaftet und blieb einige Wochen im Knast.

Auf dem Rückweg von einer Fahrt mit dem Taxi nach Zürich zu meinem Dealer wurde ich auf der Autobahn per Strassensperre gestoppt und mit grossem Tamtam reingenommen. Da man 100 Gramm Koks im Auto fand, blieb ich in U-Haft, obwohl ich nie zugegeben hatte, dass das Dope mir gehörte. Das lief dann etwa so:

«Frau Serwart, geben Sie zu, dass die Drogen von Ihnen kommen!»

«Sie gehörten nicht mir!»

«Wollen Sie etwa behaupten, sie gehörten dem Taxichauffeur?»

«Nein, sicher nicht, das ist ein ganz Seriöser!»

«Na und von wem solls dann sein?»

«Was weiss ich – das kann ja schon monatelang in dem Taxi rumgelegen haben!»

«Na hören Sie mal! Und das in einem knallblauen Panettone-

Karton, was? Ist ja wohl kaum möglich. Aber dafür hat der Karton so ne schön glatte Oberfläche und er ist auch schon aufm Weg zum ED (Erkennungsdienst). Dort haben wir die neuesten Methoden, um von so was Fingerabdrücke zu nehmen. Geben Sie doch lieber gleich alles zu!»

«Machen Sie das mal mit dem ED und so, dann spricht endlich mal was für mich – da ihr keine Fingerprints von mir finden werdet!» Das war eine gewagte Behauptung, da ich ja wirklich nicht wusste, ob sie Prints finden würden, hatte ich doch bei der Strassensperre das Ding im letzten Augenblick aus der Tasche genommen und auf den Rücksitz geschmissen. Aber ich wusste, dass es sehr viel mehr braucht, damit die Bullen brauchbare Fingerabdrücke kriegen, als man es in Krimis jeweils sieht. Deshalb blieb ich dabei – das Zeug gehörte nicht mir. Es hat mir von jeher widerstrebt, bei den Bullen auch nur irgendwas zuzugeben und so war ich bei denen seit langem als unkooperativ bekannt. Keine Schmierler in St. Gallen nahm mehr ernsthaft an, ich würde etwas aussagen, schon gar nicht gegen andere. Ich sass dafür ab und zu länger in U-Haft als andere, aber ich war noch nie im Vollzug gewesen.

Für die CP und vor allem für das Wohnprojekt hatte ich ziemlich viel Geld gespart, doch das Bankkonto wurde wegen dem Verrat von Jasmine, der auch die Verhaftung auf der Autobahn nach sich gezogen hatte, entdeckt und beschlagnahmt. Das alles führte dazu, dass die Projekte im Sand verliefen. Die CP kam nie zustande, aber die Idee vom Wohnprojekt habe ich immer noch irgendwo im Hinterkopf. Der Traum vom eigenen Mobilhome und eventuell einem ganzen Dorf von Mobilhomes und Wohnwagen ist noch nicht ausgeträumt.

Im Mobilhome

Ich wohnte schon bald zwei Monate mit Maggie in Uttwil am Bodensee, im Mobilhome ihrer Mutter. Auch die kleine Anni hatten wir eingeladen, dort mit uns Ferien vom Gassenalltag zu machen, doch sie konnte sich nicht losreissen von der Szene. Die Frau ist deal-süchtig, nicht drogensüchtig, hatte Fidi jeweils gesagt. Vorher hatten wir zu dritt in meiner Wohnung im Linsebühl gewohnt und hatten auch gemeinsam unsere Geschäfte gemacht. Dabei hatte ich eine Zeit lang mehr verdient, als ich gut fand, und so beschloss ich, so lange zusammen mit Maggie und Anni Ferien zu machen, bis das Dope, das sich angehäuft hatte, verbraucht war. Gleichzeitig sollte das den Effekt haben, dass wir bei den Bullen mal eine Weile in Vergessenheit gerieten, denn die Monate zuvor hatten wirs ziemlich wild getrieben auf der St. Galler Szene.

Vielleicht war es sogar besser, dass wir nur zu zweit waren, denn der Platz im Mobilhome war ziemlich beschränkt. Doch Maggie und ich genossen es in vollen Zügen. Wir hingen sozusagen nur rum, machten Schuss um Schuss, assen gut und lachten viel. Ab und zu fuhren wir mit den Mofas nach St. Gallen, um Sugar zu organisieren, denn ich hatte nur Koks und Maggie brauchte ziemlich viel Sugar. Sie wollte kein Methadon nehmen. Für mich reichte nach wie vor das Methadon, das ich vom Arzt verschrieben bekam, und dazu konsumierte ich ausschliesslich Koks. Nur als Gute-Nacht-Knall hatten wir uns angewöhnt, einen Dreier-Cocktail zu machen: Sugar, Koks und etwas gekochtes Rohypnol gemischt zu einem einschläfernden Schuss.

Wir kamen erstaunlich gut miteinander aus, obwohl wir auf so engem Raum fast den ganzen Tag zusammen waren. Viele Leute, mit denen ich eine Zeit lang zusammengelebt hatte, erinnerten sich später vor allem daran, wie oft wir gelacht hatten. Das ist nämlich sonst unter Junkies nicht sehr häufig. Meistens herrscht da eine gelangweilte bis depressive Stimmung, gegen die ich immer wieder mit dummen Sprüchen oder sonstigen Faxen anzugehen versuchte. Das

Beschissenste daran fand ich immer, dass die Fixer den ganzen Tag ihren Schüssen nachrannten und dann, wenn sie einen gemacht hatten, nicht einmal mehr fähig waren, ihn zu geniessen. Ich habe mir geschworen: An dem Tag, wo ich finde, ich müsse einen Schuss machen, höre ich auf damit. Bis heute konnte ich noch bei jedem Schuss dazu stehen, dass ich den machen wollte und auf die eine oder andere Art genoss.

Mein Freund Jedd war das Paradebeispiel eines Menschen, der nichts geniessen konnte, schon gar nicht die Schüsse, die er jeweils so gierig reinhaute. Einmal sagte ich zu ihm, ich empfände es, als ob er jeden Schuss erleiden würde. Geniessen ist letztlich der höchste Sinn und die höchste Philosophie des Lebens. Nur das Positive bringt einen letztendlich weiter, negative Erfahrungen lassen einen nur über-leben. Doch bei dem Stress, den man oft auf der Gasse hat, ist es sehr schwierig, sich Freiräume zu schaffen und zu geniessen.

Darum waren Maggie und ich froh, dem ganzen Rummel mal den Rücken zu kehren, um ausschliesslich zu geniessen. Das konnten wir jedoch nur, weil ich genug Dope hatte. Maggie hatte die ganzen Jahre zuvor nur immer von einem Tag auf den anderen gelebt, immer von der Hand in den Mund. Doch sie hatte wenigstens das Geniessen nicht verlernt dabei. Im Gegensatz zu Anni, die immer gehetzt wirkte und ständig völlig genervt herumstresste. Sie ging damit allen auf den Geist, aber sie war nur schwer zu überreden, sich mal zu erholen. Ich bot ihr immer wieder mal an, eine Weile für sie zu sorgen, aber sie lehnte meistens ab. Irgendein komischer Stolz hielt sie davon ab, etwas geschenkt zu bekommen. Nur wenn es ihr wirklich dreckig ging, kam sie zu mir und liess sich helfen.

Auch diesmal hatte sie nicht mitkommen wollen. Sie kam nur ab und zu für ein paar Stunden ins Mobilhome, meistens spät nachts. Oder manchmal übernachteten wir bei ihr, wenn wir in der Stadt waren. Dann hatten wir es manchmal auch zu dritt ganz gemütlich. Maggie und ich genossen es, dass kein Mensch wusste, wo wir waren. Die ganze Szene rätselte herum und alle wollten die kleine Anni aushorchen, doch die hielt dicht. Auch die Bullen fragten viele nach meinem Aufenthaltsort aus, doch niemand wusste etwas. Nur Eddie besuchte uns ab und zu in Uttwil. Ich hatte ihn vor kurzem bei Anni kennen gelernt und irgendwie schien er fasziniert zu sein von der Art, wie ich die Dinge sah. Wir diskutierten oft über Religion, denn auf dem Gebiet hatte er speziell ein Rad ab.

Er war ein gefallener Sünder aus dem Best-Hope, einer christlichen Therapiestation für junge Männer. Dort hatte er echt einen Knacks abgekriegt. Er war davon überzeugt, dass Drogen nehmen eine grosse Sünde gegen Gott sei und dass er als Sünder deswegen in die Hölle komme. Er hatte nie eine Freundin, obwohl er sich sichtlich eine wünschte. Er war geschieden, hielt sich aber trotzdem noch an die Treue, die er seiner Frau einst geschworen hatte, weil er es für sündig hielt, sich neu zu verlieben. Doch obwohl sie ihn im Best-Hope verkorkst hatten, suchte er irgendwie verzweifelt nach einem Ausweg. Darum schien ihn der lockere Umgang, den ich mit der Sünde hatte, derart zu faszinieren. Es machte ihm sichtlich Spass, mir zuzuhören, wenn ich auf meine Art über die Bibel sprach. Einerseits gefiel ihm der lockere Ton, doch andererseits war er überzeugt davon, dass es Blasphemie sei, so zu reden.

Es war ein bisschen so etwas wie Schocktherapie, die ich da mit Eddie machte. Doch ich bewies ihm, dass ich auch ernsthaft über das Thema reden konnte, denn ich hatte mich in den vergangenen Jahren intensiv mit den Geisteswissenschaften auseinandergesetzt. Dabei hatte ich mich mit allen Weltreligionen und vor allem auch mit Esoterik beschäftigt. Über ein anfängliches Unbehagen unserer eigenen Religion gegenüber war ich wieder darauf zurückgekommen, die christlichen Bilder und die christliche Sprache zu verwenden und keine Hemmung mehr dabei zu haben, Gott bei seinem Namen zu nennen, wenn ich auch das Gute, die Liebe, die Vollkommenheit und so damit meine.

Eddie wurde mit der Zeit auch lockerer und konnte besser über seine Probleme reden. Doch immer öfter gab er einfach vor, etwas zu haben, weil er wusste, dass ich beim Diskutieren ab und zu einen Schuss aufwarf. Doch diesen Trick durchschaute ich schnell, denn er war beileibe nicht der Erste, der draufkam, dass man mich so eine schöne Weile beschäftigen konnte und dass automatisch was dabei abfiel. Wenn er uns lästig wurde, schmiss ich ihn raus und sagte, er solle sich nicht vor dann und dann wieder blicken lassen. Sonst wäre er uns ständig auf der Pelle gehockt.

Am liebsten waren wir allein. Am Wochenende kam manchmal die Familie von Maggie auf Besuch. Maggie hatte eine Tochter, die bei ihrer Mutter lebte, und so hatten wir auch da Gemeinsamkeiten. Wenn Tamara mit ihrer Oma, deren Freund, Maggies Schwester, deren Sohn und dem Sohn ihrer verstorbenen Zwillingsschwester kam, lud ich auch meine Kinder dazu ein. Tamara war zwar etwas jünger als meine Chloé und die Söhne der beiden Zwillingsschwestern waren etwas älter als Pascal, aber sie spielten trotzdem miteinander. Gleich neben unserem Mobilhome war ein Schwimmbecken.

Nach solchen Wochenenden waren wir auch gerne wieder alleine.

Eines Tages fuhr ich wieder einmal mit dem Mofa nach St. Gallen. Auf der Höhe einer Tankstelle fuhr ein Bullenauto an meine Seite. Sie winkten mir mit der Kelle, ich solle anhalten. Mir war siedendheiss, als ich an die 100 Gramm Koks in meiner Tasche dachte, und ich fuhr einfach weiter, die Polizisten immer dicht hinter mir.

Als ich in einen Fussweg einbog, verfolgte mich ein Bulle zu Fuss. Ich suchte dringend einen Platz, um das Dope unbeobachtet loszuwerden. Am Ende des Weges wollte ich in die Strasse einbiegen, kam aber ins Schleudern und rutschte unter den stehenden Anhänger eines Sattelschleppers. Geistesgegenwärtig griff ich in meine Tasche, zog das Dope heraus und stopfte es in das Reserverad des Sattelschleppers. Und schon stand der Bulle bei mir.

Er zog mich unter dem Anhänger hervor, half mir aufstehen und fragte als Erstes, warum ich abgehauen sei. Ich antwortete, dass ich auf dem Weg zur MSH sei, um mein Methadon zu holen und dass diese in drei Minuten schliesse. Wenn ich es nicht schaffen würde, müsse ich bis am Abend warten.

Der Polizist nahm mir das ab, wollte aber noch meine Tasche sehen und per Funk nachfragen, ob ich nicht ausgeschrieben sei. Da er nichts in der Tasche fand und auch sonst nichts gegen mich vorlag, liess er mich gehen. Genau in diesem Moment setzte sich der Sattelschlepper in Bewegung. Ich fluchte innerlich über den blöden Kerl, der genau jetzt abfahren musste. Ich rannte nicht sofort hinter ihm her, sonst hätte sich der Bulle sicher gewundert. Ich fuhr also weiter, bis die Bullen mich nicht mehr sahen. Dann drehte ich um und folgte dem Sattelschlepper, der wegen der Schwellen nur langsam vorankam. Ich holte ihn ein und fuhr ihm einfach vor die Schnauze. Als er ganz angehalten hatte, griff ich von der Seite in den Ersatzreifen und zog mein Dope hervor. Wie der Teufel trat ich in die Pedalen, weil ich befürchtete, dass der Chauffeur über CB-Funk die Polizei, die ja noch in nächster Nähe war, alarmierte.

Am Abend erzählte ich Maggie, was passiert war. Sie meinte nur: «Das ist ja wieder einmal typisch für dich!»

Der Drogenmafia ausgeliefert

Um aufzuzeigen, wie komplex die Strukturen im Drogengeschäft sind und wie damit auch an der Basis, an vorderster Front sozusagen, Politik gemacht wird, will ich hier einige besonders fiese Tricks aufzeigen. Eine Zeit, in der sich die Ereignisse in der Zürcher Szene überstürzten, war die Zeit, als der Letten geräumt wurde. Der stillgelegte Bahnhof Letten war nach der Schliessung des Platzspitzes der Ort gewesen, wo sich die Szene erneut versammelt hatte.

Schon Wochen vor der Lettenräumung bekam man in Zürich plötzlich nur noch stark mit Natriumbicarbonat gestrecktes Kokain. Das war höchtswahrscheinlich eine Taktik der Russen, um Europa auf Crack zu bringen. Denn Bicarbonat ist das Mittel, mit dem man Kokain zu Crack oder Base verarbeitet. Nun war das Kokain immer mehr damit versetzt, und obschon die Qualität nicht stark gemindert war, wurde der Stoff mit der Zeit nicht mehr injizierbar. Man wollte die Fixer zwingen, den Stoff zu rauchen, denn die Cracker waren noch viel extremer drauf als die Fixer und mit ihnen waren noch bessere Geschäfte zu machen.

Die Sache war zwar schlau ausgeheckt und eingefädelt, hatte aber nur minimalen Erfolg. Denn der Druck der eingefleischten Fixer und Sniffer auf den Markt bewirkte, dass wieder besserer Stoff zu haben war. Dies war nur möglich, weil die Jugos – und hinter denen standen die Russen – immer noch zu viel Konkurrenz hatten von den Südamerikanern, die weitaus die anständigsten im Koksgeschäft sind, und von den Afrikanern, die immer mehr Kokain nach Europa schaffen. Der afrikanische Stoff landet oft bei den Jugos, die keine eigene Produktion haben.

Einige Tage vor der endgültigen Schliessung des Lettens gab es zwei Tage lang bei keiner der genannten Gruppen Koksmengen, die über ein paar Gramm hinausgingen. Gemeinsam hatten sie einen Boykott veranstaltet, um den Stadtpolitikern, die die Schliessung der offenen Szene angeordnet hatten, zu zeigen, wie es zu und her gehen würde, wenn auf der Strasse gar nichts mehr zu haben wäre. Und wirklich flippten viele in diesen zwei Tagen fast aus und die Kriminalität nahm rasant zu.

Ich erlebte es am eigenen Leib, als ich am zweiten Boykott-Tag bei meinem Dealer 50 Gramm Koks kaufen wollte. Nun hätte der mich ja einfach nach Hause schicken können, ich wäre am nächsten Tag wieder angetrabt. Aber ich brauchte das Zeug unbedingt, denn auch in St. Gallen spürte man die Auswirkungen des Boykotts. Da ich bei meinem Dealer sozusagen zur Familie gehörte – auch mein Übername bezeichnete einen Verwandtschaftsgrad –, wollte der Chef mir helfen und besorgte mir in mehrstündiger Herumtelefoniererei die wahrscheinlich letzten 35 Gramm Koks, die an jenem Abend in Zürich zu haben waren.

Normalerweise war ich immer allein bei meinem Dealer zuhause gewesen, wenn ich auf den Stoff wartete. Doch an diesem Abend hatte er die Bude voll von Crack-Süchtigen, die nichts mehr hatten und gierig auf die kleinste Menge Koks warteten. Als sie sahen, dass ich auswärtige Fixerin (die Baser oder Cracker haben oft das Gefühl, etwas Besseres zu sein als die Fixer, weil viele von ihnen aus der High-Society stammen) die ganzen 35 Gramm bekam, die der Chef hatte auftreiben können, wurden sie recht laut. Es war das einzige Mal, dass ich zum Auto rannte und öfter zurückschaute, denn ich hatte schon wütende Blicke registriert, als ich als Einzige nicht auf dem Gang, sondern im Privatschlafzimmer des Chefs hatte warten dürfen.

Einige Monate später geriet ich ganz am Rande in eine heisse Mafia-Geschichte. Ich hatte gegen meine Prinzipien angefangen, bei einer Bande Jugos in Zürich Koks und Sugar einzukaufen, denn meine alten Lieferanten waren inzwischen zum Teil im Knast, zum Teil ausgewandert. Ich war gerade aus dem Knast gekommen, da ich aber nirgends selbständig wohnen konnte, war ich wieder einmal gezwungen, bei Fixerkollegen unterzukommen. So kam ich auch schnell wieder in die übliche Rolle hinein, nämlich in die Rolle derer, die das Dope organisieren musste. Das war immer so, weil ich – ohne dass ich etwa stolz drauf bin – einfach die einzige war, die es über längere Zeit schaffte, für mehrere Leute den täglichen Stoffverbrauch zu sichern. Es wäre ja schliesslich auch absurd gewesen, wenn ich mit dieser Gabe den Haushalt übernommen hätte (obwohl ich meistens auch den fast alleine machte!) und ein anderer, in Organisationsfragen weniger Begabter, hätte das Dealen übernommen.

Tatsache war auf jeden Fall, dass immer eine ganze Menge Leute von mir lebte und ich auch nicht mehr von der Sache hatte als sie. Ausser vielleicht, dass ich so halt auch der Boss war, obwohl ich den eigentlich nie sein wollte.

Wenn ich jeweils aus der Kiste kam, wo ich meistens auch für alle sass, da ich nie jemanden durch Verrat mitriss, war ich auch immer wieder auf zero. Diesmal hatte ich so weit Glück gehabt, als dass ich in dem Chef der Jugobande einen fairen Geschäftspartner fand, der mich weder beim Preis noch bei der Qualität des Stoffs übervorteilte. Ich sorgte natürlich durch schlaue Taktik dafür, dass ich ihm was wert war, und dadurch, dass ich ihm doch sehr viel – und immer mehr – abkaufte, verliefen die Geschäfte jeweils reibungslos.

Ich fuhr mit dem Auto und einem Chauffeur nach Zürich, traf mich irgendwo mit dem Dealer – wo und wie viel von was hatten wir vorher telefonisch abgemacht. Ich übergab ihm einen Packen Geld, er mir ein in Alufolie gewickeltes Paket Stoff. Weder zählte er das Geld nach, noch überprüfte ich den Stoff, denn wir wussten beide, dass das, was wir vom andern bekamen, korrekt nach Abmachung war.

Nun ging das so weit, dass ich ihm drei- bis viermal wöchentlich für 17 000 Franken je 100 Gramm Sugar und Koks abkaufte. Manchmal fuhr ein Kollege aus St. Gallen mit. Der lebte davon, dass er mich dem Jugochef vermittelt hatte. Mit ihm hatte er abgemacht, dass er jeweils fünf Prozent eines vermittelten Deals als Provision erhalte. Davon lebte er besser, als wenn er selber dealte.

Auch diesmal war Hugo dabei. Wir fuhren mangels eines Fahrers mit dem Taxi nach Zürich. In einem Kaff ausserhalb der Stadt mussten wir kurz warten, bis der Dealer mit seinem Taxi ankam. Wir stiegen zu ihm um und fuhren für das Business um ein paar Blocks herum. Seltsamerweise sass diesmal noch ein Typ hinten im Wagen, wodurch es auf dem Rücksitz ziemlich eng wurde.

Später, als wir uns an die Szene erinnerten, kam uns in den Sinn, dass sich der Typ sehr merkwürdig benommen hatte. Er schaute nämlich strikte zum Fenster hinaus, so dass wir nur seinen Hinterkopf sahen. Die Hand hielt er unterm Sitz versteckt. Wie wir später erfuhren, hatte er eine durchgeladene ungesicherte Knarre in jener Hand und hätte jederzeit auf uns geschossen, wenn wir Lunte gerochen hätten. Doch das taten wir nicht, denn im Übrigen verlief die Sache wie immer. Einzig der Jugo war etwas nervös beim Austausch der Pakete, aber das fiel uns auch erst später wieder ein. Wir fuhren nach Hause, ohne uns den Stoff unterwegs anzuschauen. Als ich die beiden durchsichtigen Plastiksäcke aus der Alufolie packte, freuten wir uns. Denn beide Inhalte waren weiss, was bedeutet hätte, dass uns der Dealer aus Versehen zweimal 100 Gramm Kokain geliefert hätte. Das wäre für uns ein Vorteil gewesen, denn Kokain ist einiges teurer als Heroin und wir hätten den Irrtum natürlich von uns nicht aufgeklärt. Doch schon bald merkte ich, dass beides nur Mehl war. Ich würgte einen Moment, schluckte ein paarmal leer und sagte dann so ruhig wie möglich:

«Hugo, wir haben 200 Gramm Mehl gekauft!»

«Was?»

«Es ist beides nur Mehl!» Hugo starrte mich an, wusste nicht, ob er zu brüllen und zu toben anfangen sollte; nur meine zur Schau gestellte Ruhe hielt ihn davon ab.

Ich erholte mich, wie meist in solchen Situationen, recht schnell vom ersten Schreck.

«Lass uns die Ruhe bewahren, Hugo», sagte ich, «es bringt eh nix, wenn wir ausflippen! Jetzt müssen wir genau überlegen, was wir machen!»

Als Erstes riefen wir die uns bekannte Telefonnummer an – es war besetzt. Nach einer nervös abgewarteten halben Stunde nahm endlich jemand ab. Zuerst hörte man nur Stöhnen und jemand, der unverständlich etwas sagte, dann nahm ein anderer den Hörer in die Hand und redete mit Hugo. Er sagte, es sei etwas Schlimmes passiert mit dem Typen, den wir kannten, und wir sollten morgen dann und dann am alten Ort sein, man könne dann gemeinsam weiterschauen.

Es blieb uns nichts anderes übrig, als den nächsten Tag abzuwarten und vage zu hoffen. Zum Glück waren wir nicht ganz am Arsch. Ich hatte noch Stoff genug für alle und etwa 3500 Franken waren auch noch da. Ausserdem konnte ich am nächsten Tag wieder mal 1200 Franken Rente auf der Post abholen. So war ich wenigstens nicht pleite und konnte mir im schlimmsten Fall einen neuen Dealer suchen. Doch hatte ich ja immer noch die Chance, dass die Typen am Telefon etwas ersetzten oder mir sonst wie weiterhalfen. Ich weigerte mich einfach, down zu sein und mit dem Schicksal zu hadern wegen irgendeinem linken Sauhund.

«Es musste ja fast mal so was kommen!», sagte ich zu Hugo. «Ich habe nun mal hoch gepokert und schliesslich muss man in diesem Business jeden Tag darauf gefasst sein, gelinkt zu werden. Aber weisst du was, Hugo, dem Jugo gebe ich eine Woche, dann habe ich wieder alles beieinander, was er mir hat wegnehmen können. Mehr als ein paar Tage lass ich mich so ein Arschloch nicht kosten!»

Hugo konnte sich nur wundern ob meiner Ruhe, denn er war eher der cholerische Typ.

«Ich weiss nicht, wie du das machst, Britta!», sagte er. «Ich an deiner Stelle würde glatt ausflippen – ich würde mich umbringen!» Und einmal mehr rief er: «Das darf doch alles nicht wahr sein, 17 000 Franken!»

Am andern Tag trafen wir uns mit zwei Typen am alten Ort. Sie stellten sich als Kollegen des andern vor, mit dem wir sonst zu tun gehabt hatten. Und nun erzählten sie uns die Geschichte, die zu dem Verlust meiner 17 000 Franken geführt hatte. Der Chef, den wir kannten, hatte bei der italienischen Mafia hohe Spielschulden. Nun war einer von denen, ein bezahlter Killer – der, der im Taxi gesessen hatte –, nach Zürich gekommen, um zu kassieren. Er hatte dem Chef zuerst alles weggenommen, was der hatte, und nachdem das zur Begleichung der Schulden nicht reichte, erpresste er ihn mit Waffengewalt, zwei Tage lang zusammen mit ihm alle guten Kunden abzulinken. Ich war nur eine davon gewesen.

Die Geschichte war glaubhaft – später stellte sich heraus, dass sie wirklich wahr war. Da das Geld jedoch verloren war und der Chef, der von dem Mafia-Killer bös spitalreif geschlagen worden war, nach Jugoslawien verfrachtet worden war, boten die übrig gebliebenen Bandenmitglieder mir nun besonders gute Konditionen an, damit ich mit ihnen weiterarbeitete. Das Angebot war insofern fair, als dass die beiden neuen mit dem vorherigen Typen nicht viel zu tun gehabt hatten, denn der hatte ja zu den Chefs gehört. Ich nahm das Angebot an und nach sieben sehr, sehr stressigen Tagen war ich tatsächlich wieder gleich weit wie vor dem Link. Auch mit diesen Typen blieb das Geschäft fair, bis sie schliesslich gleichzeitig mit mir aufflogen. Zum Glück wurde kein Zusammenhang hergestellt und ich blieb mehr oder weniger unbehelligt.

Kokain

Während den ersten Jahren meiner Drogenkarriere konsumierte ich fast nur Heroin. Dreimal nahm ich mehr notbehelfsmässig Kokain, einmal davon sogar aus Versehen, – ich hatte geglaubt, weisses Heroin zu konsumieren. Der Schock, den ich dabei erlitt und die Erfahrungen mit den anderen beiden Malen brachten mich zu der Aussage: Kokain wäre mein sicherer Tod. Falls, sagen wir mal, Heroin vom lieben Gott kommt, so hat uns der Teufel das Kokain beschert. Zwei Wochen koksen und ich wäre psychiatriereif und spätestens nach zwei Monaten wäre ich tot. Diese Meinung verfestigte sich während den folgenden zehn Jahren bei mir und ich nahm strikte nie mehr Koks. Zum Glück vielleicht – denn wer weiss, ob ich diese Entscheidung nicht aufgrund einer in meiner Lage erstaunlich klugen Selbsteinschätzung gefällt hatte und ich im gegenteiligen Fall wirklich noch nicht imstande gewesen wäre, die Erfahrung mit Kokain zu bewältigen und zu überleben.

Als ich zehn Jahre später, nach dem Tod meines Mannes, trotzdem noch damit anfing, änderte ich diese Negativ-Suggestion sofort in eine positive um, denn ich wollte nicht sterben, schon gar nicht wegen irgendeiner Droge. Wenn mich bis jetzt nichts umgehauen hat, werde ich wohl auch das noch überleben, dachte ich. Kokain wird mich nicht davon abhalten, mindestens 96 Jahre alt zu werden! Diese Gedanken waren auch angebracht, denn wie bei allem begann ich auch beim Koksen gleich mit dem Extremsten. Free Base ist meiner Meinung nach die absolut extremste Form, in der man Koks konsumiert. Anders als beim Schnupfen oder Spritzen wird dabei das Kokain mit Natriumbicarbonat oder Ammoniak in einer chemischen Aufbereitung in eine noch reinere kristalline Form gebracht. Was dabei herauskommt, wird auf Alufolie oder in Wasserpfeifen geraucht. In Amerika wird es Crack genannt und aus den Horrorstories, die man von dort hört, wissen viele, wie süchtig diese Droge macht.

Wie beim Spritzen geht der Stoff auch beim Rauchen sofort ins Blut und erzeugt fast augenblicklich im Kopf einen Flash. Beim Heroin ist der Flash so eine Art Wärme, die sich wohlig im Körper ausbreitet, beim Koks hingegen ist der Flash ein Gefühl, als explodiere etwas im Kopf. Psychisch ist es umgekehrt. Da wirkt Heroin zuerst auf den Kopf und bildet dort eine Art Sieb, durch das man sortieren kann, welche Gefühle man zulassen will und welche nicht. Es ist einfacher, wenn man zum Beispiel im Stress ist und keine zusätzliche Belastung ertragen würde, einfach zuzumachen und die miesen Gefühle von sich zu weisen. Mit anderen genossen gibt Heroin ein Gefühl von Gemeinsamkeit und von Wir-sind-doch-alles-Brüder-und-Schwestern-auf-dieser-Welt. Kokain geht im Gegensatz zum Heroin nicht zuerst in den Kopf, sondern fadengerade auf die dunkelste Ecke in der Seele und wühlt dort, man könnte meinen wahllos, Gefühle und Erinnerungen rauf, die man einmal dahingestopft hat, um ihnen nie mehr zu begegnen. Es ist kaum steuerbar, was im Kopf abgeht, wenn einem diese Sachen bewusst werden, ausser man hat viele Erfahrungen mit Koks gemacht und ist sehr sorgfältig und bewusst mit diesen Erlebnissen umgegangen. Das Einzige, was einem dann vor dem Verrücktwerden rettet, ist Fantasie. Leute, die keine haben, können diese wie zufällig hochkommenden Bilder nicht zulassen und somit auch nichts damit anfangen; sie werden paranoid, bekommen einen Verfolgungswahn und landen oft in der Psychi.

Im Endeffekt macht Kokain jeden einsam. Es gibt wenig auf der Welt, was innerlich einsamer macht als diese Droge. Anfänglich ist man noch gut drauf, geht unter die Leute, tanzt, geht in Clubs und so weiter. Doch mit der Zeit wird Koks zu einer Hirn-wix-Droge. Ich nenne sie so, weil man mit Koks plötzlich gar nichts mehr braucht: Man braucht weder Gesellschaft, noch Freundschaft, noch Sex, man braucht nicht mehr zu essen oder zu trinken und auch keine Unterhaltung wie Lesen oder TV. All das braucht man nicht mehr, es läuft alles im Kopf ab, ohne dass man etwas dafür tut, ausser immer öfter Koks in die Birne jagen.

Ich begann zu basen, als ich mit Steve zusammen war. Er war einer der ersten Baser in der Ostschweiz gewesen und schon jahrelang drauf. Zudem war er der grösste Vollextremist, den ich in Sachen Base je kennen gelernt habe. So lernte ich, was Sucht ist, wirkliche Sucht. Dagegen war alles, was ich mit Heroin oder Methadon je erlebt hatte, jedes Verlangen danach und jeder Entzug, heilig. Das war Sucht, die nichts mit körperlichen Entzugserscheinungen oder dergleichen zu tun hatte, denn die hatte man nicht von Kokain, das war Sucht, die nur im Kopf stattfand. Und einen dort fast verrückt machte. Seit ich Base kenne, weiss ich, was es mit jenem Klischee, das man manchmal in billigen Schundreportagen lesen kann, auf sich hat; nämlich dass man seine Grossmutter killen könnte oder sonst so etwas Vollgestörtes machen würde für einen Zug Base. Ich habe zwar in solchen Zuständen nie jemanden umgelegt oder überfallen oder so, aber ich bin einmal im Taxi für 2500 Franken von Amsterdam nach St. Gallen gefahren, weil ich gierig war und wusste, dass ich zuhause Koks hatte. Aber ich wagte nicht, in Amsterdam mitten in der Nacht auf die mir unbekannte Drogenszene zu gehen. Am nächsten Mittag wäre mein Flugzeug gegangen, aber ich konnte nicht so lange warten.

Am Anfang merkte ich gar nicht, wie extrem das war, was ich mit Steve machte. Wir konsumierten zusammen täglich an die 30 Gramm Koks, was mit Bicarbonat verarbeitet etwa 25 Gramm Base ergibt. Mir war gar nicht klar, was das für Mengen sind, denn ich kannte anfangs keinen anderen Baser. Erst als ich wieder mehr auf der Gasse verkehrte und es dort auch immer mehr Baser gab, nahm ich den Unterschied zwischen dem, was die taten, und uns wahr. Erst jetzt sah ich, wie exzessiv mein Konsum war.

In Wirklichkeit hatte auch Steve nie vorher solche Mengen geraucht, obwohl er immer so tat als ob. Auf der Gasse bereiteten die Leute das Base mit Ammoniak zu, weil es damit weniger Verlust gab als mit dem Bicarbonat. Ich fand Basen mit Bicarbonat stilvoller, weil es sauberer war und man keine Ammoniakreste mitrauchte und weil es nicht jeder machte. Ausserdem war es eine Kunst, mit dem Bicarbonat möglichst viel Base aus dem zur Verfügung stehenden Kokain herauszuholen.

Man musste genau wissen, wie viel von dem Bicarbonatpulver man mit wie viel Kokspulver vermischte; dann kam es darauf an, mit wie viel Wasser man es wie heiss aufkochte, wie dick der Löffel sein durfte, in dem man das tat, und wie man nachher das Base, das am Schluss wie ein Ölfleck auf dem Wasser schwimmt, abschöpft. Nachher muss man es gut austrocknen, je trockener, desto besser. Im Gegensatz zu dem, was oft in den Zeitungen steht, bekommt man so aus einem Gramm Koks nicht mehr als ein Gramm Base, sondern weniger, – wenn die Qualität des Kokains mies ist, sogar viel weniger. Aus synthetischem Kokain kriegt man entweder gar keines oder völlig unbrauchbares Base.

Base ist eine noch teurere Angelegenheit als Koks schnupfen oder spritzen. Ausserdem macht es noch gieriger, noch süchtiger. Beim Spritzen macht man sich die Venen kaputt, beim Schnupfen die Nasenschleimhaut und kann deshalb nicht endlos konsumieren. Doch Rauchen kann man ein übers andere Mal. Ausser etwas Husten riskiert man nicht allzu viel.

Ich drückte einen Schuss Koks ab und merkte sofort: Es ist zu viel, viel zu viel. Es wird knapp, ich weiss es, aber ich werde es überleben, wenn ich wirklich will. Aber ich werde da durch müssen, es gibt keinen einfachen Ausweg diesmal. Es ist mehr zu viel als sonst manchmal zum Spass. Das Erste, was ich merkte, war, dass ich nicht mehr atmete: Irre spassig, dachte ich, es tut überhaupt nicht weh, nicht mehr zu atmen. Im Gegenteil, mir ist sauwohl. Nimmt mich wunder, wie lange mir noch wohl ist, ohne zu atmen, da mache ich jetzt ein Experiment! Doch plötzlich drang in diese heitere Stimmung ein störender Gedanke: He, he, Frau, du atmest schon ganz lange nicht mehr, wenn du nicht sofort wieder damit beginnst, dann geht gar nichts mehr! Ich beschloss zu atmen. Doch ich musste mir erst meinen Hals und meine Lunge bewusst machen, um einen ersten Atemzug nehmen zu können. Filmschnitt.

Ich schwebe in einem milchig-orangen Nichts: Es ist der Anfang der Unendlichkeit. Ich bin noch materiell, aber die Atome, aus denen ich bestehe, sind viel weniger dicht als sonst. Und der Raum, der milchig-orange unendliche, ist irgendwie dichter als Luft, denn er hält mich. Mir war noch nie so wohl, nichts drückte, nichts lastete auf mir, ich bewegte mich nicht – wozu auch? Ich wusste: Ich bin dort angelangt, wo ich genau 50 zu 50 die Wahl habe, zu leben oder zu sterben, zu gehen oder zu bleiben, zwischen Welt und Jenseits. Beides ist als Wahl genau gleich gut. Um zu gehen, muss ich nur bleiben, wie ich bin; um zu bleiben, muss ich was tun. Eine Stimme, es war die des Lehrmeisters in mir, sagte: «Wenn du bleiben willst und leben, dann musst du jetzt das Bild deiner Kinder heranholen!» Der Lehrling in mir tat wie angewiesen. Ich versuchte, mir meine Kinder vorzustellen. Es gelang, ich beschloss, am Leben zu bleiben.

Ich wusste: Bei mir sind Daniela und Ne. Noch schwebte ich. Ich redete mit ihnen, glaubte, ich hätte laut gesprochen, doch die

Wahrheit des Lebens, die ich ihnen mitteile, hörten sie nicht wirklich. (Ich selber weiss heute – sinnvollerweise – nichts mehr davon, nur so viel, dass ich sie damals gewusst habe.)

Dann wollte ich ganz zurück auf die Welt. Vom orangen Nichts zurück ans Ufer. Doch ich hatte Mühe. Da waren plötzlich meine Freunde, die sich sorgten. Ich bat sie: «Zieht mich rüber, zieht mich ans Ufer!» Sie sagten zu mir: «Aber, Britta, dann fällst du vom Sofa!» Ich antwortete wütend: «Dann tut doch wenigstens so als ob!» Gleichzeitig verschwand das Nichts, ich sah wieder meine gewohnte Umgebung: Ich lag auf dem Sofa.

Es geschah noch viel mehr, aber das ist das, was ich mit Worten beschreiben kann. Alles andere bleibt Gefühl.

Eine zweite Todeserfahrung erlebte ich bei der kleinen Anni zuhause. Ich wollte mir in einem kleinen Plastikbecherlein einen Methadon-Kokain-Cocktail mischen und schmiss meine übliche Dosis Koks für einen guten Schuss ins Becherlein. Dann schlief ich nochmals kurz ein. Als ich aufwachte, dachte ich: Ich wollte mir doch nen Knall machen, und schmiss meine übliche Dosis Koks in das Plastikding, das ich dafür immer benutzte. Ich hatte vergessen, dass da schon eine Dosis drin war.

Als ich mir den Schuss gesetzt hatte, merkte ich sofort: Es ist wieder mal so weit: Overdose! Manchmal setze ich mir auch nur so zum Spass einen Knall, der am Rande einer Overdose einfährt. Ich hab das nämlich voll im Griff mit der Dosierung, ich weiss, wie viel es leiden mag. Versehentlich eine Überdosis zu nehmen, ist mir schon ab und zu passiert, und darum weiss ich mehr als alle Ärzte über den Verlauf einer Überdosis Kokain und speziell über die Art, wie man jemand retten kann. Ausserdem habe ich dadurch eine Körperbeherrschung erlangt, die es mir erlaubt, jede Überdosis im Griff zu haben.

Zweimal war es etwas mehr als sonst, dies war das zweite Mal – eine erste Todeserfahrung hatte ich ja schon gemacht. Ausserdem hatte ich sicher fünf Leuten, die eine Koksüberdosis drin hatten, das Leben gerettet und Dutzenden geholfen, eine nicht ganz tödliche Overdose zu überstehen. Ich war bekannt dafür, und die Leute kamen zu mir, um sich beraten zu lassen oder wenn irgendwo in der Nähe so was passierte, holten sie mich. Denn eine Koksüberdosis verläuft ganz anders als eine Heroinüberdosis, die relativ einfach zu versorgen ist. Eine Koksüberdosis geht viel tiefer und ist subtiler.

Ich gab mir Mühe zu atmen. Ich sah nichts mehr. Ich war noch nicht so weit wie beim ersten Mal, noch nicht im milchig-orangen Nichts, sondern erst im schwarzen Loch. Ich war noch nicht da, wo man die Wahl hat zwischen Leben und Tod. Denn ich wusste von Anfang an, ich hatte den Wunsch zu überleben. Trotzdem wurde es heiss. Ich glaubte, einige Leute stünden neben mir und seien aufgeregt, weil sie gesehen hatten, was passiert war und nicht wussten, was zu tun sei – aber in Wirklichkeit ist niemand da, ich bin allein.

Ich hätte gewusst, wie sie mir helfen konnten, doch ich kriegte keinen Ton raus, ich konnte nicht reden. Ich hatte das Bedürfnis, dass mich jemand anfasste. Mit einem festen Griff an den Oberarmen sollte mich jemand halten. Da ich nicht reden konnte, begann ich, mit einem Finger Anweisungen aufs Sofa zu schreiben. Ich konnte den Arm nicht bewegen, nur einen Finger. So schrieb ich die Buchstaben über- statt nebeneinander. Ich wusste, die meisten würden nicht checken, was ich mit dem Finger machte, sie würden die Bewegungen für unmotiviert halten. Aber Elise, meine beste Freundin, würde mich gut genug kennen, um zu wissen, dass ich nie ganz weg war. Ich wusste, sie würde erkennen, was ich tat, und es würde ihr gelingen, zu entziffern, was ich schrieb. Der Kopf funktionierte immer bei mir, auch wenn alles andere abgestellt hatte.

Damals konnte ich ihr, nachdem ich beim Abdrücken gemerkt hatte, es ist zu viel, gerade noch sagen, ich hätte eine Overdose drin, aber sie sei nicht gefährlich; dann musste ich mich hinlegen und ich konnte nicht weitersprechen. Elise war furchtbar aufgeregt und zitterte vor Angst neben mir. Ich wollte ihr irgendwie mitteilen, dass ich voll da sei, doch reden ging nicht und jede Bewegung hätte sie für unkontrollierte Reflexe halten können. Also gab ich mir einen Ruck, setzte mich kurz auf und gab ihr einen Kuss, denn ein Kuss ist eine gezielte Handlung. Sie erkannte meine Absicht und war beruhigt.

Doch weder Elise noch sonst jemand war da. Das sah ich, als plötzlich quasi das Licht wieder anging und ich meine Umgebung erkennen konnte. Ich dachte: Jetzt musst du etwas machen, um nicht wieder abzufahren, etwas möglichst Alltägliches, Gewohntes! Ich sah meine Zigaretten auf dem Tisch liegen und zündete mir eine an. Ich gab mir Mühe, zu rauchen, als ob nichts wäre. Doch plötzlich war ich wieder im Dunkeln, auf dem Weg zum Jenseits. Dann wieder im Zimmer – im Dunkeln. Im Zimmer. Im 3-Sekunden-Turnus wechselte ich von da nach da, drei Sekunden sah ich was, dann war es wieder schwarz.

Noch ein Mal hatte ich die Wahl zwischen Mich-wieder-auf-den-Weg-nach-drüben machen und am Leben bleiben. Ich wählte spontan das Leben und wusste gleichzeitig: Ich muss etwas tun, um bleiben zu können. Die vier Elemente, schoss es mir durch den Kopf. Ich muss die vier Elemente spüren, das hilft! Ich ging zuerst zum Wasserhahn und liess mir ganz kaltes Wasser über die nackten Arme und das Gesicht laufen. Feuer, dachte ich, wie komme ich zu Feuer? Ich ging zum Tisch, nahm das Feuerzeug und liess eine Flamme aufspringen. Dann fuhr ich mit der ganzen Hand durch die Flamme, ohne mich zu verbrennen. Nachher ging ich zum Fenster, riss es auf und genoss den Wind. Gleichzeitig wurde mir bewusst, wie hoch oben ich war und dass ich im dritten Stock das Element Erde nicht wirklich spüren konnte. Ich liess es darum aus.

Inzwischen hatte das Hin und Her aufgehört. Ich war wieder voll da. Ich überlegte mir, ob ich darum eine zweite Überdosis produziert hatte, eine zweite, die an den Rand des Todes führte, weil ich aus der ersten nichts gelernt hatte. Oder aber nicht die richtige Essenz daraus gezogen hatte. Denn ich hasste Wiederholungen im Leben! –

Nein, die beiden Erlebnisse bildeten eine Einheit, zusammen waren sie als Lehre vollkommen. Ich werde nie eine dritte Überdosis mit Todeserfahrung erleben. Die beiden Male haben mir etwas gezeigt, was ich schon immer zu wissen geglaubt habe: Ich muss keine Angst vor dem Tod haben. Es ist toll zu sterben. Aber für mich frühestens mit 96, das steht fest. Ich weiss, dass ich steinalt werde.

Aids

1977, als ich zu fixen begann, gab es noch kein Aidsproblem, denn es gab schlichtwegs noch kein Aids. Das Schlimmste, dass man beim Spritzentausch riskierte, war eine Hepatitis B (Gelbsucht). Die musste man fast in Kauf nehmen, denn ohne Gebrauch von alten Spritzen gings damals nicht. Nirgends konnte man legal Spritzen kaufen. Es gab zwar Geheimtipps, aber die hatten meistens einen Haken – entweder es war irgendein kleines Spitalzubehör-Lädelchen irgendwo in der Pampa oder man musste die Pumpen gleich zu Hunderten kaufen, wozu man selten genug Geld hatte.

So geschah es oft, dass man sich zum Schuss eine gebrauchte Spritze von irgendwem kaufen musste. Das einzige Kriterium dabei war, dass die Nadel nicht ganz stumpf war. Und wenn sie stumpf war, dann schliff man sie an der Abreibefläche einer Zündholzschachtel, bis sie wieder einigermassen spitz war. Man kann also sagen, dass ich Glück hatte, dass ich nicht HIV-positiv bin. Denn in der Zeit, in der es Aids zwar schon gab, aber noch nichts darüber bekannt war, war ich mit einem Mann zusammen und wir tauschten gegenseitig die Spritzen. Beide waren wir negativ. Von den Leuten, die ich damals kannte, sind fast alle tot, und die wenigen Überlebenden – ich kann sie fast an einer Hand abzählen – sind – mit einer Ausnahme – alle HIV-positiv.

Auch Harry, mit dem ich zu fixen angefangen hatte, ist heute schon ziemlich krank und oft im Spital wegen dem Virus, und auch Raphael, mit dem ich nach Harry fast zwei Jahre lang eine Liebesbeziehung hatte, steckte sich an meiner Nachfolgerin mit dem HIV an. Nicht alle hatten also so viel Glück wie ich. Denn auch in der ersten Zeit, als Aids bekannt wurde, gabs noch viele, die sich ansteckten. Andere wiederum kamen ganz fies zu ihrem Virus. Wie zum Beispiel meine beste Freundin Elise. Elise ist fast zwanzig Jahre älter als ich. Ich lernte sie durch Nita kennen, und fortan waren wir zu dritt beste Freundinnen.

Als ich mit meinem Mann den Abgang von der Szene machte, um nur noch Methadon zu konsumieren, begann Elise mit Heroin. Vorher war sie immer die cleane unter uns gewesen. Bis sie durch Nita und ihren Freund Giuseppe Nino kennen lernte. Elise war seit Jahren mit Fidi zusammen, der viel später als sie bös auf Sugar und Koks abstürzte und zu einer der bekanntesten Figuren der St. Galler Szene wurde. Durch Psychopharmaka wie Haldol und andere verbrecherische Mittel der Pharmaindustrie, die man seinerzeit Leuten mit LSD-Psychosen verabreichte, war er zum Zombie geworden. Klar, dass Elise mit so einem Problemmann am Hals empfänglich war für die Schmeicheleien eines viel jüngeren, italienischen Gigolos. Nino war ein hübsches Bürschchen, kaum zwanzig, der wusste, wie er Elise gefallen konnte – Elise, die auf die vierzig zuging. Sie ging eine Beziehung mit Nino ein und bald wurde sogar geheiratet. Und natürlich begann auch sie bald zusammen mit ihm ihre ersten Schüsse zu machen, denn leider feit auch ein gewisses Alter nicht vor der Versuchung. Schon gar nicht, wenn man frisch verliebt und dadurch mit Blindheit geschlagen ist.

Dummerweise war sie nicht nur blind, sondern auch taub. Sie glaubte Nino, der ihr versicherte, er sei nicht HIV-positiv, obwohl er sie brandschwarz anlog. In Wirklichkeit wusste er schon eine ganze Zeit lang, dass ihn das Virus erwischt hatte. Doch wahrscheinlich bangte er um seine Chancen. Er war ein abgebrühter Lügner und gleichzeitig so etwas wie ein verwirrtes Kind, das sich nach Sicherheit sehnte – so sehr, dass er riskierte, Elise mit einer tödlichen Krankheit zu infizieren. Tragisch dabei finde ich, dass sein langjähriger Hausarzt, zu dem Nino Elise gebrachte hatte, von seiner Ansteckung gewusst hatte und ihr nichts sagte. Als es rauskam, berief er sich auf seine ärztliche Schweigepflicht. Ich denke, in so einem Fall sollte die Menschlichkeit im Vordergrund stehen und nicht eine unter diesen Umständen absurd gewordene berufliche Ethik.

Das Drama nahm seinen Lauf. Ziemlich am Anfang dieser unglücklichen Beziehung brachte Elise ihre 12-jährige Tochter zu ihrem Ex-Mann. Fidi war bei der Erziehung des Mädchens gerade noch drin gelegen, doch was nun mit Nino folgte, konnte Elise nicht mehr mit ihrem mütterlichen Pflichtbewusstsein vereinbaren. Zum Glück konnte sie in dieser Hinsicht wenigstens ihrem Ex-Mann voll vertrauen. Er nahm seine Tochter auf.

Noch schlimmer wurde es, als Elise nach einem misslungenen Selbstmordversuch ein Kind abtreiben lassen musste. Da sie schon in einem sehr späten Stadium schwanger war, konnte sie nur in Amerika, wo ihre Schwester lebt, noch eine Abtreibung vornehmen lassen. In Amerika gibt es Kliniken, in denen nur solche Abtreibungen gemacht werden, und durch die Abgebrühtheit, mit der man dort mit ihr umgegangen war, wurde diese Sache zu einem ihrer schrecklichsten Erlebnisse; mit der Erinnerung daran wird sie wohl ihr ganzes Leben nicht fertig werden. Obwohl das Kind völlig deformiert war und nicht überlebensfähig gewesen wäre.

Danach stürzte Elise ganz ab. Ich hatte nur noch selten Kontakt zu ihr, denn ich hatte zu der Zeit mit Dope und Szene gar nichts am Hut und war nur Hausfrau und bald einmal auch Mutter. Ich sah Elise und Nita meist nur, wenn es irgendein Problem gab, bei dem ich helfen konnte. Manchmal zahlte ich mit dem Lohn meines Mannes ihre Stromrechnungen, nachdem man ihnen den Strom abgestellt hatte, oder ich musste in irgendeiner Zwistigkeit zwischen ihnen vermitteln.

Es gab viele Intrigen zwischen uns, vor allem wieder, als Nita und ich fast gleichzeitig unsere Söhne gebaren. Nita war eine furchtbare Intrigantin, die fast nur log, wenn sie den Mund aufmachte. Sie brachte es oft fertig, dass Elise und ich grundlos in Streit gerieten und es sollte noch lange dauern, bis wir endlich merkten, wie der Hase jeweils lief. Auf mich waren die beiden in gewissem Sinn neidisch, weil ich durch das Methadon versorgt war und einen Mann hatte, der alles für mich tat und mir trotzdem alle Freiheiten liess. Was in der Drogenszene lief, erfuhr ich eigentlich nur von den beiden.

Als sie gar nicht mehr weiterwussten, gingen Elise und Nino in eine Therapie. Nach zwei Jahren kam Elise zurück. Mit einem neuen Freund und nichts als einer Garnitur Kleider. Ich wohnte damals nach kurzer Trennung wieder mit meinem Mann zusammen in meiner Wohnung in St. Gallen. Unsere gemeinsame Wohnung in Trogen stand leer.

Es war eine voll eingerichtete 5-Zimmer-Wohnung, in der alles vorhanden war, und die dadurch, dass mein Mann eine Zeit lang allein dort gewohnt hatte, lediglich etwas verwahrlost war. Ich stellte sie Elise und Kurt, ihrem neuen Freund, samt vollen Kleiderkästen zur Verfügung, so dass sie in aller Ruhe etwas Eigenes suchen konnten. Für Ginger und mich hatte das den Vorteil, dass wir so heimlich in St. Gallen wohnen konnten, was wegen der Arbeitsstelle von meinem Mann, die dadurch näher lag, ganz praktisch für uns war. In den Kanton St. Gallen zügeln konnten wir nicht, weil wir sonst das Methadon nicht mehr bei unserem Arzt in Trogen hätten beziehen dürfen. Als die Sache auskam und Trogen unsere Schriften kurzerhand nach St. Gallen sandte, erhielten wir in der Stadt St. Gallen nicht einen Bruchteil der Menge Methadon, die wir in Ausserrhoden bezogen hatten; das war der Anfang des tragischen Endes von Ginger.

Elise und Kurt fanden zum Glück schnell ein eigenes Häuschen in Trogen. Sie blieben lange Zeit sauber und kapselten sich von der übrigen Welt etwas ab. Ich hatte in dieser Zeit Schwierigkeiten, mit Elise zu reden. Sie war ganz sauber und hatte sich mir gegenüber, die immer noch einen Haufen Methadon drückte, ein furchtbar sektiererisches Gehabe angewöhnt, das ich auf den Tod nicht ausstehen konnte. Mit meinen langjährigen Erfahrungen auch mit Leuten, die aus Therapien kamen, konnte ich da nur denken: Hochmut kommt vor dem Fall. Und tatsächlich: Nach dem Tod meines Mannes kamen wir beide wieder zusammen, beide am Koksen, sie meistens heimlich, ohne dass Kurt etwas davon wissen sollte. Die Ereignisse verbanden uns wieder, brachten uns wieder näher. Sie half mir mit meinem Problem mit Steve, ich half ihr, ihre Abstürze durchzuziehen, ohne dass es allzu schlimme Folgen für sie hatte, – zum Beispiel ohne dass sie sich finanziell ruinierte und ohne dass sie ihre Arbeit verlor.

Nita hatte wieder die Rolle der Intrigantin. So erzählte sie Elise einmal, als diese sich eine tödliche Überdosis Kokain bei mir zuhause gesetzt hatte und gestorben wäre, wenn ich sie nicht wieder geholt hätte, ich sei, gleich nachdem es passiert sei, abgehauen, mit den Worten: Wenn sie verreckt, legt sie irgendwo auf die Strasse, ich kanns mir nicht leisten, dass sie hier tot gefunden wird! In Wirklichkeit war ich erst, als das Schlimmste überstanden war und Elise wieder atmete, mit dem Dope im Keller verschwunden, damit ich nicht da war, wenn die Ambulanz, die wir geordert hatten, kam – weil die in solchen Fällen bekannterweise mit der Polizei kam. Als Elise zu sich kam, war ich deshalb tatsächlich nicht – mehr! – anwesend, und so glaubte sie Nita die gemeine Story. Die Sache sollte eineinhalb Jahre lang zwischen uns stehen und erst dann zwischen uns bereinigt werden.

Doch Nita schaffte es trotzdem, uns ganz gegeneinander aufzubringen. So war ich nicht dabei, als Elises grösste Krise ihren Lauf nahm. Das war das langsame Sterben ihres Freundes Kurt. Er hatte wie sie Aids und war eh ziemlich geschwächt. Einmal rettete ich ihm das Leben. Elise arbeitete in einer mehr als eine Autostunde entfernten Stadt und war beunruhigt, weil sie Kurt telefonisch nicht erreichen konnte. Das war zwar nichts Besonderes, aber sie wurde von einer unerklärlichen Unruhe befallen, so dass sie mich anrief und mich bat, ich solle nachschauen, ob nichts passiert sei. Sie rief mich an, weil sie wusste, dass ich sie nicht auslachen würde und die Sache ernst nähme, ernst genug, um wirklich nachzuschauen.

Ich lief sofort zu ihrer Wohnung, fand dort Kurt blau angelaufen am Boden liegen und sah, dass ich nur noch die Ambulanz rufen konnte. Zum Glück hatte ich nicht selber versucht, ihn zu retten, denn es war keine Überdosis gewesen, die ihn umgehauen hatte –

das hatte ich wahrscheinlich intuitiv erfasst. Die Sanitäter konnten ihm das Leben retten. Doch wurde er nie mehr richtig gesund. Das Nächste, was ich durch Nita von Elise hörte, war, dass Kurt am Sterben sei. Das Virus fresse ihm langsam das Gehirn weg, er sitze gelähmt im Stuhl und könne sich nur noch durch Augenzwinkern mitteilen, sei aber bei vollem Bewusstsein.

Elise kämpfte darum, dass sie von den Ärzten Morphium zum Spritzen für Kurt bekam. Das war das Einzige, was er sich noch wünschte und was ihm etwas Erleichterung brachte. Wie immer gab das erstmal eine Riesendiskussion, anstatt dass man einfach schnell und unbürokratisch geholfen hätte. Ich erfuhr, dass Elise Tag für Tag auf die Szene musste, um etwas Sugar für Kurt aufzutreiben. In so einer Situation fand ich den Streit zwischen uns dumm und nichtig. Ich sagte Nita, sie solle Elise ausrichten, ich würde ihr gern mit dem Sugar, den Kurt benötigte, aushelfen. Sie brauche deshalb nicht den Streit zwischen uns beizulegen, wenn sie nicht wolle, sie könne einfach alle paar Tage jemanden mit einer Vollmacht vorbeischicken und dem sagen, wie viel sie brauche, ich würde mich bei meiner Ehre verpflichten, so lange ich nicht von der Polizei davon abgehalten würde, für Kurts Sugarverbrauch aufzukommen, bis eine bessere Lösung gefunden sei.

Doch nun machte Nita etwas, was ich ihr nie mehr verzieh, obwohl sie schon viele schlimme Dinge getan hatte: Sie verschwieg Elise mein Angebot! Und das nur, weil sie eifersüchtig war auf mich – denn quasi wenn schon, so sollte das Angebot von ihr kommen oder lieber gar nicht, als von mir, ihrer grössten Konkurrentin. So entzog sie einem Sterbenden aus reinem Eigennutz die Hilfe, die er brauchte. Wie immer hatte sie Elise die Sache raffiniert unterschlagen, und wieder kamen Elise und ich erst viel später darauf, was da schief gegangen war. Ich hatte natürlich gedacht, Elise sei zu stolz, meine Hilfe anzunehmen oder sie habe mittlerweile eine bessere Lösung zustande gebracht.

Nita auf jeden Fall strich ich aus meinem Kopf, als mir das alles klar wurde. Ich erklärte sie für mich für inexistent, denn ich fand, diese Frau sei nicht einmal meinen Hass wert. Es gelang mir, sie ganz aus meinen Gefühlen und aus meinem Herzen zu streichen; wenn ich heute an sie denke, löst das keinerlei Gefühle mehr aus, weder Hass noch Wut noch Bedauern. Auch wenn ich sie sehe, ist es, als ob ich einer Fremden begegne. Sie ist bis heute der einzige Mensch, mit dem ich so verfahren bin. Für mich bleibt es das letzte Mittel, mich vor Bösem zu schützen, indem ich jemanden, den ich nur noch als böse empfinde, für nicht mehr existent erkläre. So vermeide ich den Hass, der ja mir am meisten weh tut. Denn Hass ist nicht das Gegenteil von Liebe, sondern ein Bestandteil davon. Ein Ausdruck grösster, unerfüllter Liebe sogar meistens!

Kurt starb, auf grausigste Art und Weise, ganz langsam nämlich. Elise war immer an seiner Seite, auch in seiner letzten Stunde. Nach seinem Tod brach sie erst mal zusammen, raffte sich ein weiteres Mal wieder auf und das Leben ging weiter. Wir kamen wieder zusammen und seit wir Nita aus unser beider Leben gestrichen haben, haben wir nur noch kleinere Streitereien und sind nach wie vor beste Freundinnen.

Mit dem Thema Aids gehen wir beide eher locker um. Wir können untereinander mit rabenschwarzem Sarkasmus darüber reden. So entwarfen wir zum Beispiel einmal in unserer Vorstellung T-Shirts zum Thema Aids und HIV. Da sollte drauf stehen: «Sind Sie immer noch stolz darauf, negativ zu sein? HIV positiv!» Ich hoffte, Elise überlebe das Virus, denn ich dachte, dass dies tatsächlich möglich wäre. Sie kämpfte sich zwar von Infektion zu Infektion, doch sie kam zwischendurch auch immer wieder auf die Beine – und kämpfte weiter.

Im Herbst 1997 ist sie an Lungenkrebs im Kantonsspital St. Gallen gestorben.

Die Lieblingsgeschichten meiner Kinder

Es gibt nichts Schöneres für Pascal und Chloé, als Geschichten aus der Zeit zu hören, «wo wir noch klein waren». Ausser Witze erzählen – das ist fast so gut. Meistens sind es etwas intimere Momente, aus denen so eine nostalgische Erinnerungsstunde entsteht, wenn ich zum Beispiel einmal wagte, meinen zehnjährigen Riesen-Sohn zu mir heranzuziehen und zu umarmen und ihn ein wenig zu knuddeln. Und er dann nicht richtig wusste: Soll ichs nun geniessen wie früher oder bin ich nun schon zu alt dafür? Ich sagte dann vielleicht noch etwas Rührseliges wie «Ist mein Tiger nicht ein Riesen-Bübi geworden?» Das konnte dann der Anlass dazu sein, dass mein Sohn, der mir schon bis zur Schulter reichte, sagte:

«Du, Mama, erzählst du mir wieder einmal das, wo ich das mit dem Bübi gesagt habe?»

«Du meinst das mit dem ‹Nein, Mama usw.›?»

«Ja, genau das! Bitte erzähl das!»

«Da warst du noch ganz klein. Hast erst gerade angefangen, in Sätzen zu reden. Ich habe dich Tiger oder Bübi genannt. Doch als ich wieder einmal Bübi zu dir gesagt habe, bist du mit in die Hüfte gestemmten Armen vor mich hin gestanden – so ein richtig trotziger kleiner Zwerg – und hast geschimpft: ‹Nein, Mama! Ich kein Bübi – ich Ba-call!› Du konntest noch nicht einmal richtig Pascal sagen, fandest aber Bübi schon nicht mehr angebracht.»

Pascal lachte und machte vor, wie das seiner Meinung nach ausgesehen hatte und sagte auch seinen Spruch vor sich hin. Aber zufrieden war er noch lange nicht mit dieser einen Geschichte.

«Mama, weisst du noch ne Geschichte von mir von früher?», bettelte er und forderte mich damit heraus, mehr alte Geschichten aus meinem Gedächtnis zu kramen.

«Ich erzähl dir noch die, als ich so wahnsinnig stolz auf dich war!»

«Und wie alt war ich da?», fragte Pascal nach.

«Du warst zweieinhalb. Es war Sommer und wir waren in der Badi. Du hast mit anderen Kindern im Sandkasten gespielt und dabei einem etwas älteren Jungen Sand in die Augen geworfen, ob extra oder nicht, weiss ich nicht einmal. Auf jeden Fall rannte der Junge weinend zu seiner Mutter. Da kam die wie eine Furie, hochrot im Gesicht und sackwütend, auf die Kinderschar zugerannt und schrie: ‹Wer war das?› Sogar ich hätte Angst vor der gehabt. Doch mein kleiner Tiger machte zwei Schritte auf die Person zu und sagte mit fester Stimme: ‹Ich!› Ich bin fast geplatzt vor Stolz, das kann ich dir sagen. Obwohl du ja wahrscheinlich zuerst einen Scheiss gemacht hast – aber das war mutig! Und wenn man denkt, wie klein du warst!»

Pascal leuchtete. Das gefiel ihm, dass ich ihn als mutig bezeichnete, auch wenn es schon viele Jahre her war. Ich schaute ihn an und dachte: Den Mut, den er damals hatte, hat er auch heute noch!

Das bestätigte sich bei einem Gespräch, das ich kürzlich mit meinem Sohn führte. Es ging dabei um seine Stellung bei seinen Kameraden in der Schule. Ich wusste, dass er früher Probleme hatte, weil er manchmal gehänselt worden war. Er hatte damals aggressiv reagiert und ich fragte ihn, wie das denn heute sei. Er erzählte mir frei heraus, dass er nur noch ab und zu wegen seinen abstehenden Ohren gehänselt werde.

«Sie sagen dann Dumbo zu mir oder was mit Segelohren und so. Aber dann sage ich zu denen: Diese Ohren gehören nun einmal zu mir. Ohne diese Ohren wäre ich nicht der Pascal Serwart, der Pascal Serwart hat nun mal abstehende Ohren und basta.»

Mir gefällt diese Haltung, die er anscheinend seinen Fehlern oder angeblichen Fehlern gegenüber gewonnen – oder vielleicht nie verloren hat. Ausserdem hörte ich erfreut, wie stolz er seinen Nachnamen zusammen mit seinem Vornamen nannte. Das ist ungewöhnlich, wenn man bedenkt, dass er bei meinen Eltern aufwuchs, die ja einen anderen Namen tragen. Doch ich denke, Pascal ist stolz auf seinen toten Vater und wahrscheinlich sogar auf mich und darum mag er auch diesen Namen. Ich erzählte ihm, dass ich seine

Ohren in seinem ersten Lebensjahr immer mit Klebband am Kopf angeklebt hatte, weil mir mein Arzt gesagt hatte, dass der Knorpel im ersten Jahr noch formbar sei. Doch hatte es nur auf einer Seite und auch da nur wenig genützt. Ich hoffte, dass er aus dieser Information heraushörte, dass mir seine Probleme weder früher noch heute egal sind, auch wenn ich als Mutter versagt haben mag.

Ich sehe ein verschmitztes Lächeln in Pascals Gesicht. Er grinst in Erwartung von etwas Spassigem. Was wohl jetzt noch kommt?, denke ich. Und schon sagt er:

«Mama, erzähl noch das mit der Pampersschachtel, ja?» Jetzt kommt auch bei Chloé Begeisterung auf. Sie klatscht in die Hände und ruft: «Au ja, Mama, ja!» Sie scheint sich auch an diese Geschichte zu erinnern.

«Das war, als Pascal noch ein Baby war, das man wickeln musste!», fange ich an. «Ich war gerade wieder einmal dran, da läutete das Telefon. Ich liess dich auf dem Wickeltisch liegen und ging schnell zum Telefon. Nach einer Weile höre ich plötzlich die Stimme vom kleinen Pascal, aber sie tönte so komisch, so wie von weit her.» Ich mache die Stimme nach, indem ich mit den Händen einen Trichter vor dem Mund bilde. «Wähhh, wähhhh!», mache ich ein weinendes Baby nach. «Ich renne zurück ins Bad und was sehe ich da? Der kleine Pascal steckt kopfvoran in der Pampersschachtel neben dem Wickeltisch und brüllt, was das Zeug hält. Man sieht nur noch zwei zappelnde Beine oben rausschauen!» Ich zeige mit den Armen, wie das ausgesehen hat und Chloé quietscht vor Freude. Dann wird sie nach einer Weile etwas nachdenklich. Sie schaut mich mit grossen, fragenden Augen an.

«Mama, weisst du von mir auch eine Geschichte? Auch eine, als ich noch klein war?» Ich ziehe sie in meine Arme und setzte sie auf meine Knie. «Ach was, du bist ja jetzt noch klein!», versuche ich zu scherzen. Aber im Grunde bin ich verlegen und versuche nur, Zeit zu gewinnen. Denn mir kommt beim besten Willen auf Anhieb keine Geschichte in den Sinn. Chloé wird da immer im Nachteil bleiben, denn sie war erst zwei Jahre alt, als ich meine Kinder zu meiner Mutter brachte. Deshalb versuche ich jetzt immer, mich ganz besonders um sie zu kümmern.

Nun aber überlege ich mir fieberhaft eine Lösung. Ich möchte Chloé so gern auch etwas Lustiges von früher erzählen. Durch die Assoziation mit Pascals erster Gesichte kommt mir gerade noch rechtzeitig etwas in den Sinn.

«Also gut, stellt euch vor: Ich, Pascal und Klein-Chloé gehen spazieren!», fange ich an. «Dann, wie üblich, kommt eines der ewiggleichen alten Weiber angetrabt und findet bei Klein-Chloés Anblick: Ach, wie süss!» Ich nicke zu Pascal rüber: «Du warst halt schon nicht mehr so klein und süss, du bleibst verschont von feuchten Küssen und so weiter, aber Miss Chloé wird immer noch dauernd gefragt: Wie heisst du denn, meine Kleine? Und Klein-Chloé antwortet artig: Lo-i! – Wie bitte?, heisst es dann jeweils und Chloé sagt etwas lauter: Lo-i!! Dann kommen die Fragen in meine Richtung: Wie heisst sie? Und Klein-Chloé hat endgültig genug von so viel Ignoranz und schreit ganz laut: Lo-i!!! Ich drücke Chloé ein bisschen an mich, doch sie macht sich los und macht überstellig den Hampelmann. Sie schreit ein paar Mal Lo-i, Lo-i!»

Ich muss lachen, weil ich mir vorstelle, wie sie wirklich ausgesehen hat – ein siebzig Zentimeter hoher Stöpsel mit wütend blitzenden Augen, der einfach nicht begreift, dass sie niemand versteht.

«Wisst ihr – etwas habt ihr immer beide, nämlich alles geteilt miteinander. War ich zum Beispiel mit Chloé unterwegs, so konnte ich ihr unmöglich ein Eis kaufen, ohne Pascal eins mitzubringen. Aber das macht ihr ja eigentlich heute noch, wenn ichs mir recht überlege!»

Mir kommt das letzte Wochenende in den Sinn. Ich hatte den beiden ein kleines Geschenk zum Spielen versprochen, damit sie auch etwas Spielzeug bei mir in der neuen Wohnung haben würden. Im Laden stellte ich ein Limit von zwanzig Franken auf, damit die

Wünsche nicht ins Uferlose gingen. Nun hatte sich Pascal für eine Hörspielkassette für knapp zehn Franken oder ein Auto für zwanzig Franken entschieden, doch Chloé machte immer noch an einer Barbiepuppe rum, die dreissig Franken kostete und darum zu teuer war. Da kam Pascal plötzlich und sagte: «Du, Mama, wenn ich nun nur die Kassette für zehn Franken nehme, dann kann ich ja die übrigen zehn Franken Chloé geben, dann kann sie die Barbiepuppe für dreissig Franken nehmen!»

Ich bin froh, dass die beiden so zusammenhalten. Der Gedanke, eines von ihnen würde allein bei meinen Eltern aufwachsen, ist mir unerträglich. Er ist mir deshalb so unangenehm, weil ich weiss, dass meine Mutter nie mit ihnen über ihre Probleme spricht. Schon gar nicht über die Probleme, die sie haben müssen, weil ich nicht bei ihnen bin und sie manchmal lange nichts von mir hören. Denn meine Mutter schweigt mich einfach tot. Ich vergesse nie mehr die Antwort meiner beiden zwei- und fünfjährigen Kinder, als eine Freundin von mir mit ihnen in der Badi über mich sprach. «Weisst du, wir dürfen halt nicht miteinander über die Mama reden, wenn die Oma da ist, sonst wird sie böse!», sollen sie gesagt haben. Das bricht mir manchmal fast das Herz, sogar in der Erinnerung. Aber die Kinder schaffen es immer wieder, bei mir aufkeimende Schuldgefühle wieder vergessen zu lassen. Sie haben mehr Verständnis für meine Situation, als es meine Eltern je haben könnten. Wenn ich bedenke, dass mein Sohn in der vierten Klasse beim Thema «Drogen» sich zu Wort meldete und sagte, seine Mutter habe auch mal Drogen genommen.

Die Gegenwart

1997 wurde ich vor Gericht gestellt und zu zweieinhalb Jahren Haft unbedingt verurteilt. Dazu kam ein Widerruf von zwei Jahren, die ich nun abzusitzen hatte. Abzüglich der verschiedenen Untersuchungshaften und des Drittels, der einem bei guter Führung erlassen wird, blieb nur ein Jahr, das ich im Gefängnis verbrachte.

In dieser Zeit hatte ich die dritte Endokarditis und die Herzklappe war nun endgütlig kaputt. Das gereichte mir im Knast zum Vorteil. Ich musste nur fünfzig Prozent arbeiten und zwar in der so genannten Therapie. Wir stellten Holzspielzeug her und machten andere Handarbeiten. Ich produzierte eine eigene Schmuck-Kollektion aus Ton und Perlen, die im Anstaltsladen verkauft wurde.

Alle vier Wochen hatte ich fünf Stunden Ausgang und alle sechs Wochen einen Wochenend-Urlaub. Voraussetzung dafür waren saubere Urinproben. Die Urinproben wurden wöchentlich abgenommen, doch es war uns ein Leichtes, sie zu manipulieren. Meine Freundin Renate war eine Spezialistin auf diesem Gebiet.

Wer Ausgang oder Urlaub hatte, wurde von den Mitinsassinnen beauftragt, Dope mitzubringen. Ich fuhr jeweils nach St. Gallen, kaufte zehn Gramm Koks und verknallte davon, so viel es ging. Den Rest nahm ich mit in den Knast, wo ich dann mit Renate zusammen ein Riesenfest hatte.

Der Knast war insgesamt nicht so schlimm. Trotzdem möchte ich nie mehr dort landen.

Bevor ich rauskam, suchte ich mir eine Wohnung in St. Gallen. Aber als ich dann entlassen wurde, hatte ich keine Lust, in die leere Wohnung zu gehen. Mit dem ganzen Geld, das ich im Knast verdient hatte, kaufte ich Koks und fuhr zu Renate, die drei Wochen vor mir entlassen worden war.

Renate wohnte mit zwei total abgefuckten Junkies zusammen. Die ganze Wohnung stank nach Katzendreck und überhaupt war die ganze Situation dermassen beschissen, dass es mir ablöschte. Nach zwei Tagen reiste ich nach Hause und habe seither das Dope nicht mehr angerührt. Ich wusste in diesem Moment ganz genau: Das will ich echt nicht mehr haben – diesen Stress und diese Leute, die nichts anderes als Dope, Dope und nochmals Dope im Kopf haben.

Ich richtete mich in meiner Wohnung häuslich ein und besorgte Michelle und später Renate eine Wohnung im gleichen Haus, so dass wir nun so etwas wie eine Wohngemeinschaft haben. Zudem traf ich Andrea, eine Kollegin von früher, die nun auch sauber ist; mit ihr verbindet mich eine gute Freundschaft.

Vor allem habe ich aber wieder eine sehr innige Beziehung zu meinen Kindern. Sie sind fast jedes Wochenende bei mir und helfen mir beim Einkaufen und Putzen, wofür ich ihnen sehr dankbar bin, denn durch meine kaputte Herzklappe bin ich deutlich handicapiert. Meine Kinder sind für mich das Allerwichtigste auf der Welt. Wegen ihnen möchte ich nie mehr abstürzen. Ich weiss zwar, dass ich dafür nicht garantieren kann.

Wenn ich an früher denke, kann ich guten Gewissens sagen, dass ich alles noch einmal so machen würde. Mein Leben heute hat zwar nicht mehr viel Ähnlichkeit mit meinem früheren Leben, doch eines ist geblieben: Ich lebe immer nur für einen Tag. – We can be heroes forever and ever, we can be heroes just for one day (David Bowie).

Kokain und Heroin ins Warenhaus, neben Salz und Zucker!

Nachwort von Jürg Bachmann

1. Britta Serwart ist eine aussergewöhnliche Frau. Nach einer langen, dramatischen Drogenkarriere hat sie es geschafft, ihre Erlebnisse aufzuschreiben. In ihrem Text gibt sie unverfälschte, eindrückliche Einblicke in eine Welt, von der meistens nur isolierte Aspekte bekannt sind.

In ihrem Buch «Nur für einen Tag» schildert Britta Serwart Bilder und Szenen aus ihrem eigenen Leben ohne klagende Weinerlichkeit, ohne falsche Romantik und ohne verbitterte Anklage. Die Drogenszene ist für sie Fakt, weil selber erlebt und, gar nicht selbstverständlich, sogar überlebt. Die Geschichten, die sie schonungslos beschreibt, zeigen, wie dominierend die vielen Abhängigkeiten sind, in denen sich solche Leben bewegen: Abhängig vom Stoff, dem Deal und der Geldbeschaffung. Zudem dauernd in freiwilligem oder unfreiwilligem Kontakt mit Polizei, Fachleuten und Helfern aller Art.

Die Welt, die sie skizziert, ist jene von Drogenabhängigen, die letztlich ihren ganzen Lebensalltag nur um den Stoff und dessen Beschaffung organisieren. Tagesabläufe und Rhythmen werden ausschliesslich von der Sucht und der Angst vor Entzugserscheinungen vorgegeben, die so stark ist, dass sich alles andere unterordnet. Kollege ist man nur, solange das gleiche Schicksal verbindet. Zentral ist die lückenlose Beschaffung des Stoffes, am liebsten ein paar Portionen mehr als für den Eigenbedarf nötig, um sich damit über Wasser zu halten. Kompromisse gibt es in der Welt von Britta Serwart keine.

2. Es ist naheliegend, dass Britta Serwart in ihrem Buch nur eine Seite dieser komplexen Welt schildert. Verständlicherweise werden Politiker, Behörden, Polizei, Familie, Drogenfachleute und Sozialarbeiter in ihrer Rolle ausschliesslich so dargestellt, wie sie von Abhängigen gesehen und erlebt werden. Um das Bild abzurunden, lohnt sich darum ein kurzer Blick auf die Arbeit all jener, die das Drogenproblem zu lösen versuchten oder das Leben auf der Gasse wenigstens erträglicher machen wollten. Bereits Mitte der 80er-Jahre, als es den Zürcher Platzspitz schon gab, St. Gallen aber noch kein Drogenelend in diesem Ausmass kannte, war viel guter Wille vorhanden, aber es fehlten Konzepte und Projekte und in erster Linie das Verständnis für das Verhältnis zwischen Süchtigen, Deal und Staat sowie eine realistische Einschätzung der Situation.

Die beiden Welten, jene der Drogenabhängigen und jene der Gesetzeshüter und Helfer, waren absolut unkompatibel. Im besten Fall verstanden die einen nicht, wie die anderen funktionierten, in der Praxis lehnten sie sich gegenseitig rundweg ab. Drogenarbeit erschöpfte sich oft im mitleidigen, hilflosen Helfen, das vielleicht noch von einer gesellschaftspolitischen Vision oder Ideologie geprägt war. Polizeiarbeit beschränkte sich auf das Auflösen von Ansammlungen, wobei auch die Vertreiber keine Vorstellungen davon hatten, wohin die Vertriebenen gehen sollten und wo ihr Aufenthaltsort sei. Für Drogenabhängige waren alle Nichtabhängigen feindlich gesinnte Spiesser, die es auszunutzen galt, weil sie ohnehin kein Verständnis und nur Ablehnung für sie aufbrachten.

Unter diesen Rahmenbedingungen entstand jenes Modell, das später unter dem Begriff «St. Galler Weg» weit über die regionalen Grenzen hinaus Beachtung fand.

Der «St. Galler Weg» ist das erfolgreiche Modell, ein komplexes gesellschaftliches Problem teilweise ausserhalb der Verwaltung, aber in enger Zusammenarbeit mit dieser, in einer gut funktionierenden Zweckgemeinschaft zu bearbeiten: nah an den Problemen, kreativ in der Konzeption, kurz in den Entscheidungswegen, effizient in der Umsetzung, pragmatisch an den Schnittstellen und schlank in der Administration. Grundlage des «St. Galler Wegs» ist die Erkenntnis, dass im Drogenbereich Projekte nur zu realisieren sind, wenn Betreuerinnen und Betreuer, wenn möglich auch Eltern und Angehörige, Sozialamt, Polizei und Justiz, also Verantwortliche der öffentlichen Hand sowie Private, zusammenarbeiten. Ohne Kooperation untereinander, ohne Koordination der einzelnen Massnahmen, ohne Verständnis füreinander gibt es keine langfristig funktionierende Drogenarbeit. Der «St. Galler Weg» ermöglicht es, das labile Gleichgewicht zwischen noch tolerablen, kontrollierten Zuständen und plötzlich veränderten Situationen, die rasch polizeiliche, fürsorgerische oder soziale Eingriffe erfordern, mit einem vielseitigen, differenzierten und vernetzten Hilfsangebot zu halten.

Um ihren Auftrag zu erfüllen, verfügt die Stiftung Suchthilfe über verschiedene Betriebe, die präzis auf die Lage der süchtigen Menschen in der Gesellschaft ausgerichtet sind: Spritzentausch und Gesundheitsförderung, Methadon- und Heroinverschreibung und -abgabe mit sozialer und medizinischer Betreuung, Suchtberatung sowie Gassenarbeit. Ergänzend dazu werden besondere Programme geführt, die die Tagesstruktur der Klientinnen und Klienten verbessern, zum Beispiel Arbeitsprogramme, die Gassenküche und eine kleine Wohngemeinschaft.

Im Wesentlichen waren es zwei Kriterien, die am Anfang dieser neuen Drogenarbeit standen:

Einerseits eine Grundachtung vor den Menschen, auch vor Drogenabhängigen. Diese Menschen leben in einer Notsituation und funktionieren nach eigenen Kriterien. Britta Serwart schildert sie uns. Die Frage, ob sie verschuldet oder unverschuldet in diese Lage gekommen sind, ist völlig unwichtig, sie sind es einfach. Ihnen zu helfen war eine gesellschaftliche Pflicht und ein juristischer Spagat zugleich. Das Leben der Drogenabhängigen verlief oft unwürdig, war geprägt von dauerndem Katz-und-Maus-Spiel mit der Polizei und endete oft in offenen Drogenszenen. Diese Ansammlungen von Abhängigen waren unter menschlichen Aspekten absolut intolerabel. Voraussetzung für deren unbedingt notwendige Auflösung waren die Substitutionsprogramme, also Orte, wo Abhängige den Stoff

(Methadon oder Heroin) unter genau vorgegebenen Bedingungen beziehen konnten und immer noch können. «Nie mehr eine offene Drogeszene!», ist noch heute der wichtigste Grundsatz der Arbeit von Polizei und Drogenfachleuten. Viele Angebote, die heute selbstverständlich sind, wie der Spritzentausch und die ersten Substitutionsprogramme, aber auch der Versuch mit einem Injektionsraum im Bienehüsli, kamen nur zustande, weil sich auf der Seite des Staates und der Stiftung Suchthilfe Personen dafür einsetzten, die bereit waren, über den eigenen Schatten zu springen und neue Wege zu gehen, was immer umfangreiche juristische Abklärungen erforderte, um die Möglichkeiten, die die Gesetze erlaubten, ganz auszunützen.

Andererseits war die Bevölkerung ebenso wichtige Adressatin jeder Drogenarbeit. Beschaffungskriminalität, offene Drogenszenen, Aids usw. bedrohten sie und belasteten das Leben der Gemeinschaft massiv. Grundachtung vor den Menschen bedeutete auch, die bestehenden Gesetze durchzusetzen und ihren Bestimmungen Nachdruck zu verleihen.

Der «St. Galler Weg» ist geprägt von diesen Grundvoraussetzungen, die noch heute im Rahmen des «Vier-Säulen-Modells» des Bundes (Prävention, Repression, Schadensverminderung und Therapie) praktiziert werden. Die Entwicklung und Umsetzung des «St. Galler Wegs» ist das Ergebnis eines langen Lernprozesses und der Bereitschaft, Neues zu wagen und die Gesetze trotzdem einzuhalten.

3. Der wichtigste Einfluss auf all jene, die, an welcher Stelle auch immer, im Drogenbereich tätig sind, geht aber von einer dritten Kraft, dem Drogenhandel aus, der international organisiert ist und dem Süchtige, Polizei und Betreuer wie Spielbälle ausgeliefert sind. Es gehört sicher zu den ungelösten Problemen unserer Zeit, dass es nicht gelungen ist, dieser Branche das Handwerk zu legen. Ebenso wäre es naiv anzunehmen, der Drogendeal werde je verschwinden. Die kommerziellen Interessen und Gewinne, die dahinter stecken, werden dies verhindern. Weil unsere Gesellschaft verständlicherweise nicht zu einer völligen Liberalisierung von Suchtmitteln bereit ist, kann der Handel nur mit internationaler Fahndung und mit den erwähnten Substitutionsprogrammen etwas gestört werden. Diese Programme sind insgesamt ein Erfolg, denn jede abgegebene Dosis trägt neben der körperlichen Wirkung auch dazu bei, die Kriminalitätsrate zu senken. Davon profitieren Abhängige und Gesellschaft.

4. «Kokain und Heroin ins Warenhaus, neben Salz und Zucker!» Bei einer Demonstration hat Britta Serwart diese Forderungen lautstark geäussert, die zwar vernünftig tönt, aber viel zu kurz greift, weil sie zwar einige Probleme löst (z.B. die Beschaffungskriminalität), aber durch den ungehinderten Zugang zu sehr starken Stoffen ebenso viele neue Probleme schafft, insbesondere auch verhängnisvolle Abhängigkeiten. Für dieses Dilemma gibt es weiterhin keine Lösung und ein Kompromiss ist trotz aller partei- und gesundheitspolitischen Diskussionen nicht in Sicht. Die Standpunkte schliessen sich gegenseitig weiter aus und werden sich wohl noch lange nicht annähern. Dieses Spannungsfeld hat zu einem aufwändigen Kompromisswerk geführt, das immerhin pragmatisch genug war, um vielen Abhängigen ein Leben in etwas mehr Würde führen zu lassen und die Gesellschaft vor den starken, negativen Auswirkungen einer offenen Drogenszene entlastet hat. Vieles wurde erreicht, manches ist gescheitert und einige Visionen mussten aufgegeben werden. Diskussionen um die Verhältnismässigkeit des getätigten Aufwandes sind zwar naheliegend, aber irgendwie auch nicht zulässig, weil es immer um Menschenleben und ein sehr komplexes Problem geht, bei dem einfache Lösungen nicht greifen. In diesem Sinn waren auch Teillösungen, die gefunden und umgesetzt wurden, Erfolge, für die sich der Aufwand gelohnt hat und auch in Zukunft lohnen wird. Zu den Erfolgen kann man bestimmt auch die Tatsache zählen, dass andere soziale Probleme, wie Erwerbstätigkeit und Ausländerintegration, das Drogenproblem von der Spitze der Aufmerksamkeit der Öffentlichkeit verdrängt haben.

5. Die Drogenwelt ist für alle Beteiligten eine harte Realität. Britta Serwart beschreibt sie schonungslos und offen. Darum hat sie ein gutes, ein lesenswertes Buch geschrieben, das Achtung verdient. Wer in dieser Welt überleben will, muss Haltung und Linie haben. Deshalb gehen die meisten unter. Überlebt haben letztlich nur die Konsequenten. Auf allen Seiten.

Jürg Bachmann, lic. rer. publ., ist seit deren Gründung im Jahr 1990 Präsident der Stiftung Suchthilfe St. Gallen (vorher Stiftung Hilfe für Drogenabhängige). Die Stiftung Suchthilfe St. Gallen hat zusammen mit den kantonalen und städtischen Behörden den «St. Galler Weg» entwickelt und umgesetzt, der auf Bundesebene als Vier-Säulen-Prinzip Leitmodell für die Massnahmen im Suchtbereich geworden ist. Beruflich ist Jürg Bachmann in St. Gallen und Zürich im Medienbereich tätig.

Britta Serwart ist 1961 in St.Gallen geboren und bis zum siebten Lebensjahr in Rom und in Stockholm aufgewachsen. Besuch des Gymnasiums in St.Gallen, Wechsel in die Kunstgewerbeschule. Seit dem 16. Lebensjahr drogensüchtig. Nach der Verbüssung einer Gefängnisstrafe hat sie 1998 ihre Fixer-Karriere abgeschlossen.